中公文庫

あたしとママのファイトな日常

山本幸久

中央公論新社

目次

あたしとママのファイトな日常

1　風花

女のひとが橘《たちばな》風《ふう》花《か》をにらみつけていた。かみの毛をロープみたいに何本もたばねている。ドレッドヘアだ。真《ま》っ赤《か》なスポーツブラに短パンとハダがあらわになったかっこうだが、色っぽくないのは、おナカがチョコレートの板のようにわれているからだ。しかもポーズを決め、するどい目つきで風花を正面から見すえている。

子ども相手におとなげないわけではない。ドレッドヘアの彼女は写真なのだ。名前はサクラ、ミニフライ級世界チャンピオンらしい。いや、ちがう。チャンピオンの下に小さく〈間近〉とあった。そしてサクラの頭の上には、〈戸《と》部《べ》ボクシングジムならあなたも強くなる！練習生募集中！〉と記されていた。つまり風花の前にポスターがはってあるのだ。

〈初心者・女性・キッズも大歓迎！　元プロボクサーの女性トレーナーがいますので、女性むけのトレーニングコースも充実しています！〉

〈ボクシングは全身の筋肉を使うスポーツです。カロリー消費度が高く、体脂肪が見る見るうちに減っていき、トレーニング次第ではだれでもスリムでイケてる健康体になれます！〉

〈なによりもストレス解消には最適！　いい汗かいて日頃のウップンを晴らしましょう！〉

小学四年生でまだ九歳の風花には、学校で習っていない文字はいくらでもあった。それでも伝えたいことはだいたいわかった。

だがどうしてこのポスターが、歯医者の待合室にはってあるのかはわからない。歯がいたいなぁ、よぉしボクシングをやろうとはならないだろう。とは言うものの、こうして風花が気になったのだから、まるでムダでもなかったわけだ。

じつは風花にも晴らしたいウップンがあった。なぐってやりたいヤツがいるのだ。六年生の織田《おだ》公平《こうへい》である。名前はコーヘーだがまったく公平ではない。自分勝手でワガママだ。しかもまわりのみんなにメーワクばかりかけている。

今日の昼休みもそうだった。二年生の子たちがドッジボールをしているところを、織田公平と何人かの男子が、おれらの場所だからどけとイチャモンをつけていた。すぐそばで、ともだちとなわとびをしていた風花は、注意をしたかった。でもできなかった。そんな自分がイヤで、二年生の子たちがすごすごとその場をさっていくのを見て、泣きそうにもなった。

あのとき織田公平をボカンと一発なぐれたら。

そう思っていると、とうの織田公平があらわれた。まどの外を歩いていたのだ。風花はあわてて顔をそむける。この鯨沼《くじらぬま》歯科はその名のとおり、鯨沼商店街のど真ん中にあった。そして織田公平のウチは商店街のはしっこにある織田はんこ屋さんだ。歩いていてもフシギではない。

鯨沼商店街にはちょくちょくおとずれるが、鯨沼歯科ははじめてだ。風花は四年生になってすぐカゼをひいて、身体検査を休んでしまった。身長、体重などをはかるのは学校でできるが、虫歯を調べるとなるとそうはいかない。だから歯医者にいくようにと先生に言われたのだ。

まどと反対側に顔をむけたら、カウンターのむこうに立つ受付のオネーサンと目があってしまった。待合室には彼女とふたりだけだった。彼女はにっこりほほえんで、風花に話しかけてきた。

「そのボクシングジム、すぐそばなのよ。ななめ左にネイルサロンがあるでしょ。そこの三階」

「近所だからここにポスターがはってあるんですか」

「それもあるけど、この歯医者ではオーダーメイドでマウスピースをつくっているの」

そう言われても風花はぜんぜんピンとこなかった。それが顔にでたようだ。

「マウスピースってね、ボクシングの試合のとき、口の中に入れて、なぐられても歯がおれたりかけたりしないよう、ふせぐものなの。自分で食いしばりすぎて、歯をボロボロにしちゃうひともいるのよ。スポーツ用品店でも売っているけどね。ひとそれぞれ、自分の口にあわせてつくったマウスピースをつけたほうが、ピッタリあって外れにくいから、よりいっそうケガがふせげるの。それにお店のだと、息苦しくなって、スタミナが目べりしていっちゃう場合もあるけど、ここでつくったのは、息も楽にできるんだ」

オネーサンの話は熱を帯びていき、風花はだまって聞いているしかなかった。

「きみ、何年生？」

「小学四年です」風花はすなおに答えた。

「近所の子？」

「キラキラヶ丘団地に住んでいます」

風花のウチの住所は、キラキラヶ丘北十八号棟五〇二号室で、団地の北のはしっこだった。鯨沼商店街には子どもの足で十分ほどだった。近所と言えば近所だろう。

「吉良《きら》小？　それともクジラ小？」

「クジラ小です」

正しくは鯨沼小学校だ。鯨沼商店街をぬけた先にあるのだ。大ザッパに言って、キラキラヶ丘の北半分が鯨沼小学校、南半分が吉良小学校に通っていた。

「四年何組？」

「一組です」

「小松《こまつ》先生のクラス？」

「そうです」三十代なかばの女の先生だ。歯医者へいくように命じたのも彼女である。「どうして知っているんですか」

「彼女、月に一回、歯石をとりにくるのよ」そう答えてからだ。「立ってみてくんない？」言われたとおりにする。オネーサンは風花をしげしげ見つめながら、「バランスがとれたイイからだしているわね。なにかスポーツやってる？」とたずねてきた。

「とくにはなにも」

「こんなふうにかまえてちょうだい」

オネーサンはポスターのサクラとおなじ、ポーズをとった。なんであたしが？　と思ったものの、ことわる理由もないのでマネてみた。

「ききウデはどっち？」

「右です」

「まずは」オネーサンはカウンターからでてくると、風花のとなりにならんだ。「足をカタとおんなじ広さに開いてみて。そうそう。そして左足を前にだして、そのツマ先をななめ右にむけるの。右足はカカトをうかせておく」

オネーサンが、見本をしめしてくれるので、風花はそれをマネればよかった。

「アゴを引いて、その右横に右手を持っていく。左手は顔の前、目の高さに。そして左右のワキをしめる。いいわよ。ここまではカンペキだわ。これがボクシングのキホンシセイ」

「はい」風花は元気よく返事をしてしまう。

「いよいよパンチよ。まずは左のコブシね。まっすぐ前につきだすんだけど、このとき親指が上ではなく横にむいてなきゃいけないの。いっしょにやってみましょ」オネーサンとおなじ動きをする。「のばし切ったらもどす」もどした。「これがジャブ」これがジャブか。

「つぎに、全身をひねって右ウデをのばす。そのコブシができるだけ遠くにとどけって気持ちでね。はい、もどす」もどした。「これがストレート」これがストレート。

「今度はジャブとストレートをかわりばんこにやってみようか。ジャブがワンでストレートがツー。ワァンンッ」

「ワァンンッ」左のコブシをまっすぐ前につきだしもどす。

「ツウゥゥッ」

「ツウゥゥゥッ」全身をひねって右ウデをのばしてもどした。いずれもスローモーションよろしく、ゆっくりだ。

「ワァンツゥウッ」「ワァンツゥウッ」

「ワンツーッ」「ワンツーッ」

「ワンツーワンツーッ」「ワンツーワンツーッ」

オネーサンのワンツーがしだいに速くなっていった。言葉だけでなく動きもだ。風花もそれにあわせようと必死になる。

「ワンツーワンツーワンツー、いいよ、いい。もっと速くするわよ、ワンツーワンツーワンツー」

「戸部さんっ」

女のひとの声で、オネーサンの動きが止まった。風花もだ。オネーサンとおなじ服を着ているが、ふとっちょでオネーサンよりもずっと年上だ。たぶん六十歳はこえているだろう。

戸部さんってことは、このオネーサン、ボクシングジムのひとなわけ？

「カンジャをジムにカンユーしちゃダメでしょ」

たしかにカンユーはされていない。

「あなた、橘さんよね。橘風花さん」

「はいっ」オバサンにフルネームでよばれ、風花はまた元気よく返事をしてしまう。

「どうぞ、お入りください」

「セイ、アァアァアァ」

歯医者の先生が言った。セイは英語の〈Say〉で、〈言う〉の意味だとは先生自身にいましがた教わった。風花は言われたとおりに口を大きく開く。すると先生がのぞきこみ、細長い銀色の器具を口の中に入れてきた。

「虫歯は一本もない。みがき方がパーフェクトだからだな。だれに教わったの？　お母さん？」

「はひ」口を開いたまま返事をする。

「いいお母さんだねぇ」

どうだろう。自分のママ以外のママに育ててもらったことがないのでくらべようがない。でもまあ、よその家庭とちがってパパがおらず、ママが働かなければならない。その分、がんばっているのはたしかだった。

「キョーセーも必要なし。キレイな歯ならびだ。この子どもの歯、ぐらついているけど、いまぬく？　それとも自分でぬく？」

「じふんでふひまふ」

「オッケーオッケー、オバッケー」

アニメ番組の『オバケデイズ』にでてくるセリフというかアイサツだ。そのときになって、自分を照らす照明のアームに『オバケデイズ』の主人公のエンリョーくん、その助手のオニゾーとデビノスケのぬいぐるみが吊《つ》るしてあるのに気づいた。

風花も昔は『オバケデイズ』が好きだった。いまでも子どもっぽいと思いながら、毎週土曜の朝九時を楽しみにしてしまう。

「さっき戸部さんにワンツーワンツーって、やらされていたでしょ」風花の歯石を取りながら、先生が言った。「戸部さん、戸部ボクシングジムのむすめなんだよ。私と同い年で、小中学校がおんなじだったんだ」

この先生もクジラ小なのか。

「昔はボクシングやってたんだけど、二十七歳んとき、試合で目をやられちゃってね。いまはトレーナーやってるんだ。ウチでマウスピースをつくるようになったのは、彼女のためだったんだよ。はい、口、ゆすいでぇ」

風花は口をゆすぎ、水をはきだしてきいた。

「ポスターに書いてあった、元プロボクサーのトレーナーって、あのひとだったんですね」

「そうそう。戸部さん、教え方がウマくてさ」

たしかにワンツーの教え方はとてもわかりやすかった。自ら見本をしめしながら、はっきり言葉で説明していたからにちがいない。

「戸部さんのおかげで、サクラさんもチャンピオンに、まだなってないけど、なれそうなくらいの実力がついたんだよねぇ」

「なんでそのひとがここで受付してるんです？」

「ジムだけじゃなかなかねぇ。それに日がな一日、親父《おやじ》さんと顔つきあわせているのもツライだろうし」

「親父さんって、戸部さんのですか」

「うん。戸部ボクシングジムのオーナーだよ。母親を早くになくして父ひとり娘ひとりなんだ」

あたしんチとにてるな。風花は六年前にパパをなくし、ママひとりむすめひとりなのだ。

「どう？　コマチ、いや、戸部さんにワンツー習って、ボクシングやってみる気になった？」

「マコトッ」先ほどのオバサンの声が聞こえた。風花からは見えないが、近くにいるらしい。

「あんたまでジムをすすめてどうすんのっ」

「はいはい」先生は首をすくめると、風花を見て、照れくさそうに笑った。

「これ」と戸部さんがさしだしてきたのは、カベにあるポスターを小さくちぢめたチラシだった。ウラには、〈見学・無料体験できます!〉とか〈いまなら入会金タダ〉とか、ジムについてあれこれ書いてあった。彼女が小声なのは、あのこわいオバサンに気づかれないためにちがいない。

「よかったらどうぞ」

「戸部さんって、このジムのむすめさんだったんですね」風花も声を小さくして、ちょっとオトナっぽい口調で言った。「トレーナーもなさっているって、先生がおっしゃっていました。教え方もじょうずだとも」

「じょうずかどうかは、きみが決めてちょうだいな」

戸部さんはにっこりほほえんだ。

ママさえも生まれていないずっと昔、ここは吉良ヶ丘という名前だった。この丘を切り開き、団地をつくり、キラキラヶ丘にしたそうだ。たぶん当時はキラキラしていたにちがいない。でもいまはちがう。真っ白だったはずの建物はどれも黄ばんで、ところどころヒビわれ、年々どころか日に日に空きが多くなった。そこでなんとか住むひとをふやそうと、団地の北側から少しずつキレイに直していくことになった。風花とママが住む北十八号棟はそのうちのひとつだ。ふたりでここに引っこしてきたのは、いまから六年前の夏で、となりや下の部屋に音がもれないようにも、リフォームされていた。ただしこの計画は北四十二号棟で止まっている。せっかくキレイにしたところにも、ひとが入らなかったせいだ。

四車線の国道をわたって、キラキラヶ丘団地を北口から入ってきたのだが、まるでひとけがない。もうじき自宅がある北十八号棟だが、まだだれともすれちがっていなかった。

そうだ。だれもいないんだったら。

風花はアゴの横に右のコブシ、顔の前に左のコブシを目の高さにかまえ、ワキをしめてから、「ワンツー、ワンツー」とかわりばんこにつきだしながら歩いた。するとやがて、目の前にうっすらと織田公平が見えてきた。彼が悪さばかりするのは、家庭がフクザツだからだと言う子もいた。両親がおらず、織田はんこはお母さんの実家で、おじいさんとおばあさんとの三人ぐらしらしい。でもだからって、悪さをしていい理由にはならないと風花は思う。

パパがいなくても、あたしは悪さなんかしないわ。

「橘さんっ」

目の前から織田公平が消える。手を止めてふりむくと、風花にむかって走ってくる男子がいた。かいならされた犬が、投げられたボールをひろってきたみたいないきおいだ。

一路《いちろ》だ。フルネームは川原《かわはら》一路だが、みんなは下の名前でよんでいた。イチローと最後をのばすと、イチロだとあらためる。団地の東側にあるジュクのかばんを、一路はカタからさげていた。

「いまからジュク？」

「ない日なんだけど自習室で勉強するんだ」

どんだけ勉強好きなんだよ。

おなじ四年一組で、私立か国立のエリート校へいくために、受験勉強をしているらしい。以前、きいてもいないのに本人が話してきたのだ。

「そう。がんばってね」

「あのさ」去ろうとする風花を一路が引き止めた。「橘さん、雪渡りダンス、おぼえている？」

なにをいきなり。

一路もキラキラヶ丘団地の住民だ。おなじく北の七号棟の三〇三号室にくらしている。団地内にあるキラキラヶ丘保育園でもいっしょだった。そこでは三月のアタマの発表会で年長さんは宮沢賢《みやざわけん》治《じ》の『雪渡り』のおシバイをするのが決まりだった。そして四年前は風花が〈かん子〉を、一路が相手役の〈四郎〉をやった。ふたりでうたいながらおどる場面もある。それが雪渡りダンスなのだ。

「ぼくんチのとなりのとなりの部屋の子がいま、キラキラヶ丘保育園の年長さんでさ。保育園で習う前に、雪渡りダンスを教えてほしいって、ウチの母さんにたのみにきたんだ。でもところどころ思いだせなくて」

「どのへん？」

「おぼえているの？」

「わかんない。でも言われたら思いだすかもしれない」

「助かるよ。じつはアタマの部分なんだけど」一路は両手をうしろでつなぐ。「キックキック」右足を前に二回だす。「トントン」右足で地面を二回ふむ。「キックキック」今度は左足を前に二回だす。「トントン」左足で地面を二回ふむ。「ここまではあってる？」

「あってるよ」

「しみゆきしんこ」一路は両手をコシにあて、右足を一歩ふみだした。

「ちがうよ。いい？　しみゆき」風花は両ヒジを曲げ、両手をヒラヒラさせて、右足を一歩ふみだし、「しんこ」でもどす。「かたゆき」両手をヒラヒラのまま、今度は左足を一歩ふみだし、「かんこ」でもどす。

「そっか。手をヒラヒラだったか。やっててなんかモノ足りないなと思ったんだ。ありがと。またわからないところがあったらお願いするよ。それじゃ」

一路はあたふたと走っていったが、足をもつれさせ、転びかけた。勉強はできるが運動オンチなのだ。走るのはおそいし、ドッジボールではいちばん先に的になってしまう。

くらべる必要はないものの、織田公平はあんだけイヤなヤツなのにスポーツは得意だった。運動会ともなれば花形だ。去年などは最後の全学年リレーで、五年生なのにもかかわらずアンカーをつとめ、それまでビリッケツだったのをイッキに追いあげ、トップでゴールしたほどである。風花は織田公平とはおなじチームで、このときばかりは声をはりあげ、彼をオーエンしたものだった。

ママがうたっている。夕ごはんのおかずをつくりながらだ。カラオケボックスにいけば必ずうたう、モーニング娘。の『LOVEマシーン』だった。こういうときのママは会社でイヤなことがあったにちがいない。気分を晴らすためにうたっているのだ。

　ママは浅利洋裁《あさりようさい》という会社で働いている。キラキラヶ丘団地からだと鯨沼駅で私鉄に乗って、各駅停車で五つ先の駅をおりて、バスを使うには近いが歩くには遠いところにあった。風花も保育園のころに何度か連れていってもらったが、小学生になってからは一度もない。どんなところだったかは、うっすらおぼえている。会社といってもママが働いているところは、ミシンやらアイロンやら生地《きじ》を切るどでかい機械やらがたくさんあって、何人かのチームで、一着ずつ服をつくっていく。ママはいま、その一チームのリーダーだった。あいだに数年ブランクはあったにせよ、ママはこの道十五年のベテランなのだ。

　ところがこの春、チームのメンバーは入れかわった。なんとママのチームは新人のヒヨッコばかりになってしまった。働きだして三年目と二年目、そしてこの四月に入ったばかりの三人だ。社長には、ひとを育てるのもあなたの仕事ですと言われたらしい。

　だったらそのぶん、給料をあげろっていうの。

　四月からのママは、このセリフを何度か口にしている。風花もそう思うでしょ、と同意を求められるのもめずらしくなかった。新人のヒヨッコトリオについてもヒドい悪口を言う。子どもの前でいかがなものかとは思うものの、これでストレスがハッサンできるのであればと風花はテキトーに聞き流していた。

　こまったなぁ。

リビングで宿題をしてはいるものの、ノートの横には戸部ボクシングジムのチラシがあった。ママが帰ってくる前に、ノートパソコンで、戸部ボクシングジムのウェブサイトを見つけた。戸部さんの写真があって、小町《こまち》という名前だとわかった。鯨沼歯科の先生がコマチと言って、戸部さんと言い直したのを風花は思いだした。戸部ボクシングジムのオーナーで、小町さんの父親の写真もあった。五分《ごぶ》がりのヒゲ面で、かみの毛にもヒゲにも白いものがだいぶまじっていた。名前は戸部松乃進《まつのしん》だ。

明日、ひとまず見学だけでもいきたい。ただしそのためにはママにゆるしをえなければならない。

でもごキゲンななめとなると、ゆるしてもらえるかどうか。

「風花っ。もうじきおかずができるから、ごはんよそってちょうだいっ」

「はぁい」風花はチラシを四つにおって、おしりのポケットにつっこみながら立ち上がった。

「あなた、ボクシングのことなんか調べてどうしたの？」

夕ごはんを食べはじめるなり、ママにいきなり言われ、風花は「なんでわかったわけ？」とききかえした。

「そりゃわかるわよ。ウチのノートパソコンとママのスマホ、連動してて、帰りの電車でケンサクしたら、リレキがボクシングに関してだらけだったからさ。戸部ボクシングジムも調べてたでしょ。鯨沼商店街の」

「ママ、知ってるの、あのジム？」

「会社のいき帰りに前を通るだけよ」

こうなれば正直に話したほうがよさそうだ。風花は鯨沼歯科でのデキゴトを話した。ママは口をはさまず、「へぇ」「ふぅん」「そうなんだ」とかけ声みたいにアイヅチを打つだけだった。

「でね。あたし、そのジムにいってみようと思うんだ」

「いってみるって、なに、ボクシングを習うの？」

「まだわかんない。ひとまず明日、見学にいって、無料体験コースを受けてこようと思う」

「あなたがやりたいって言うんだったらいいけど」ママはこまった顔になった。「あぶなくない？　ボクシングってなぐったりなぐられたりするのよ」

風花はなぐることばかり考えて、なぐられることまで考えていなかった。

「で、でもなぐられる前になぐればイイんだし」

ママにというよりも、自分をナットクさせるように風花は言った。

「そうはウマくいかないでしょ」ママはこまった顔のままで笑う。

「ダメ？」

「子どもがやりたいことは必ずやらせる」ママはセンゲンするみたいに言った。「あなたが生まれる前にパパと決めたことのひとつよ。でもまさかボクシングをやりたいって言いだすとは思ってもなかったな。ジムには私から電話をしておいたほうがいいわよね」

「電話番号、ここに書いてある」風花はおしりのポケットからチラシをだした。「夜の九時までやってるから、ごはん食べおわって電話をしてもだいじょうぶ」

だいじょうぶだった。

夕ごはんをおえ、かたづけがすんでからママは戸部ボクシングジムに電話をかけ、明日の午後四時の約束を取り付けてくれたのだ。

「あなたと話したいって」

ママのスマホを受け取り、耳に当てると、小町さんの声が聞こえてきた。

「ほんとにきてくれるのね。うれしいわ。動きやすい服できてちょうだい」

「学校の運動着でもいいですか」

「いいわよ」小町さんは笑いながら答えた。「よろしくね」

「こちらこそよろしくお願いします」

電話を切って、スマホを返そうとしたところだ。ママはテーブルの上に二種類の生地をならべていた。

「どっちがいい？」

「どっちでも」

「どっちか選びなさいよ。あなたの服になるんだから」

ママが服をつくるのは仕事のときだけではない。風花の服のほとんどはママの手作りだ。なにしろ育ちざかりなので、季節ごとに新しくしないとすぐに小さくなってしまう。

「じゃあ、こっち」

「もっとよく考えなさいな」

　めんどくさいなぁ。

　そうは思ったものの、ジムへいくのをゆるしてくれたのだ、ここはおとなしく、したがっておこう。

　つぎの日は朝から雨だった。

「き、昨日はありがと」先生がくる前に風花の席まできて、一路が礼を言った。「おかげでとなりのとなりの部屋の子に正しい雪渡りダンスを教えることができたよ」

「ああ」お役に立ててなによりと思ったものの、口にだして言えるほど、風花はオトナではなかった。

　雨はずっとふりつづけていた。昼休みにおなじクラスの女子数人にさそわれ、図書室へいくと、風花はぎょっとした。織田公平が席にすわって本を読んでいたのだ。

「雨の日は必ず、ここにいるんだよ」女子のひとりがささやくように言った。

「ああやって、本を読んでるだけでもカッコイイよねぇ」べつの女子が言うと、みんなもウンウンうなずいた。なんとまあ、風花以外は織田公平目当てで図書室にきたらしい。

　カッコイイもんか。六年のくせして二年をイジメるサイテーなヤローだぞ。昨日、あんたちだって見てたじゃないか。それとこれとはべつだって言うの？

風花は図書室をでていった。去りぎわに織田公平が読む本の表紙が目に入った。宮沢賢治の『よだかの星』だった。

『TOBE BOXING GYM』

しゃれたデザインの英語のシールがドアにはってある。ローマ字は習っているが、英語はわからない。それでも『トベボクシングジム』だと読むのはなんとなくわかった。

ドアノブに右手をかけたまま、息を整える。商店街をぬけ、団地に帰り、ランドセルを置き、引き返してここをおとずれるまで走りっぱなしだったのだ。

キンコンカンコンとカネの音が聞こえてきた。約束の午後四時だ。鯨沼商店街には団地側に門があって、その真ん中に時計が付いており、一時間ごとにクジラがシオをふきだしながらカネを鳴らす。ハト時計ならぬクジラ時計だ。午後に雨があがったからよかったものの、ふりつづけていたら間にあわなかっただろう。

あぶなくない？　ボクシングってなぐったりなぐられたりするのよ。

ママの言うとおりだ。

なぐられるのはイヤだなぁ。

でもここまできて引き返すのもみっともない。それに今日は無料体験コースだ。ジムのウエブサイトによればストレッチになわとび、シャドーボクシング、サンドバッグ、ミット打ち、パンチングボールを三分二回ずつやるだけだ。なわとび以外はチンプンカンプンだったので、ネットで調べておいた。ぜんぶあわせて四十分くらいの時間でおわるらしい。だったら心配ない。

　カネが鳴り止《や》んだ。風花はドアを開く。

　歌が聞こえてきた。風花にとってはウルサいだけの、ロックとかそういうのにちがいない。だがそれ以上に大きなボリュームの声が耳にとびこんできた。

「なにやってんだ、サクラァッ」

　教室よりもやや広め、図工室とか理科室とかくらいだろう。カベのほとんどはカガミだ。ロープをはった四角いところがリングというのをネットで調べて知った。いまそこでなぐりあうふたりがいた。どちらもヘルメットにしてはやわらかそうなものをかぶって、目と鼻しか見えない。その色はひとりが赤で、もうひとりは青だ。

「もっと足を動かさなきゃダメだろ」

　さきほどとおなじどなり声だ。人一倍からだが大きくて、五分がりのヒゲ面のオジサンだ。戸部松乃進にちがいない。赤をかぶったほうが彼に言われたとおりに、両足をこまめに動かしだす。あのひとがサクラか。名前にあわせてなのか、黒いTシャツにさくらの花びらがまっていた。

　青は小町さん？　たぶんそうだ。たしかめるために風花は中に入って、おそるおそるリングへと近づいていく。左側にどでかいデジタル時計があった。見る見るうちに数字がへっている。時計ではなくタイマーらしい。

「イバラ、イバラ、イッ、バッ、ラッ、イバラ、イバラ、イッ、バッ、ラッ、イバラノミチコソワガミチナリッ」

ロックだかなんだかわからない歌が流れる中、さらにはげしいなぐりあいがつづく。ふたりとも全身からあせがふきでて、水をあびたかのようにびっしょりだ。

「そこで引くんじゃないっ。いつもの悪いクセがでてんぞ、サクラッ。あと一発かませ。小町も本番だと思ってバンバンやりあうんだ」

赤と青がはげしく打ちあう。どちらがどれだけ強くてよりすぐれているのか、風花にはよくわからない。

「サクラがんばれっ。コマチもまけるなっ」

風花の間近でさけんだのは五、六歳の小さな女の子だった。この子もボクシングをやるのだろうか。でもいま着ているのはピンク色でヒラヒラだらけのワンピースだ。

リングのふたりの打ちあいがさらにはげしくなる。風花は息をのみつつ、目はそらせなかった。それどころか、じっと見入ってしまう。気づけば青の動きにあわせて、両手を動かしていた。あまりのスピードで追いつかない。それでも風花は動かしつづけた。

「あっ」

赤が左足をふみこんできた。彼女の右コブシがまっすぐ前につきでて、青の左ホホに当ったらしい。らしいとはあまりの速さに、風花の目が追いつかなかったのだ。どさんと音を立て、青がたおれた。それが合図のごとくビィィイイとブザーみたいな音がした。タイマーが発したのだ。デジタルの数字は0がならんでいた。

「だいじょうぶか、コマチ」

ベンチに横たわる小町さんに、女の子が心配そうに問いかけた。

「はは。だいじょうぶだよ、ミクちゃん」

とてもだいじょうぶには見えない。小町さんは顔の左半分に、氷が入ったビニールぶくろをあてていた。

「すみません」

「いやいや、あやまらないでよ、サクラ。たいしたパンチだった。ヘッドギアがなかったらヤバかった」

ヘルメットみたいなヤツはヘッドギアというらしい。やはり青が小町さんで、赤がサクラさんだった。いまはふたりとも外している。サクラさんはドレッドヘアではなく、ありきたりのショートボブだ。

「あの右ストレートは不意打ちだったよ。しかもきちんとコシの入ったパンチだったし。左足をふみこんできたときに、からだがねじれて、自然とコシにタメができてたんだね」

「小町さんに教わったとおり、練習のときには、一連の動作を力まず、ゆっくりひとつひとつていねいにするよう心がけてましたから」

「ヒジをふりかぶっていないのもよかった」

「それはいちばんに注意しました。足からコシ、ウデへと伝わったせっかくのパワーを、ヒジをふりかぶったらだいなしですもんね」

「カンペキ」小町さんは左ウデをあげ、親指をつき立てる。そのときになって、ようやく風花に気づいた。むくりと起きあがると、からだを九十度まわしてベンチにすわった。

「きみ、いまのスパーリング見てた？」

「はい」とは言ったものの、風花はスパーリングの意味がわからなかった。

「だれだ、このひと」

「橘風花さんよ」

「フーカ」女の子が手をさしだしてきた。「あたしはミク、六さいだ。よろしく」

「あ、はい」風花はミクの小さな手をにぎる。

「無料体験コースを受けにくるって言ってたのは、この子か」頭の上で声がした。小町さんパパの松乃進だ。「だけど小町、そんなんじゃ教えられんだろ。代わりにオレがやろうか」

　え？

松乃進は身長百八十センチ以上、体重はたぶん百キロを軽くこえているにちがいない大男である。うしろに立たれるだけで、おしつぶされるんじゃないかと不安になった。さっきみたいに野太い声でおこられたら、ふるえあがって、なにもできなくなってしまうだろう。

「オーナーじゃ身長がちがいすぎて、ミット打ちができないでしょう。あたしがこの子、みてあげますよ」

「サクラがやってくれるんだったら、それにこしたことはないわ」

小町さんが言い、松乃進もうなずく。

「それじゃ、よろしくね」

ミクとおなじようにサクラさんも右手をさしのべてきた。ぬのみたいのをまきつけているのが気になったものの、風花はその手をにぎった。オトナの手にしては小さい。

こんな手でさっきみたいなパンチが打てるなんて。

風花はおどろきとともに、あたしもやればできるかもしれないという心持ちにもなった。

待ってろよ、織田公平。

2　陽菜子

「こんな甘い縫《ぬ》い方じゃ駄目だって」橘陽菜子《ひなこ》は思わず叫んでしまう。工場全体に自分の声が響き渡っていくのがわかったが、もう遅い。「これじゃ、出荷する前にほつれちゃうでしょ。なにしてくれてんのさ、まったくっ」

目の前では君田《きみた》が顔を強張《こわば》らせていた。ヒヨッコトリオの中でも、専門学校を昨年卒業したばかりのいちばん年若だ。怒鳴ったところで、相手を萎縮《いしゅく》させるだけで意味がない。このあとの作業は確実に滞《とどこお》る。わかっている。でも我慢できなかったのだ。

「す、すみません」君田の頬を涙が伝う。

こっちが泣きたいよ、まったく。

「で、でもあたし」洟《はな》を啜《すす》りつつ、最年少のヒヨッコは言った。「一所懸命やったんです」

一所懸命でも鼻歌唄いながらでも、お客さんには関係ねぇんだよっ。

君田には袖に装飾のリボンを縫い付ける作業を任せていた。ほぼ最後の仕上げで、手縫いである。急がず丁寧《ていねい》にやりさえすればいい。なのにそれが君田にはできなかった。百着できたところで点検してみると、どれもヒドい出来だった。ぜんぶやり直すしかない。

中学生の頃から服をつくるのが得意だった陽菜子は、高校卒業後、専門学校で服のつくり方を習って、二十歳で服飾メーカーに就職、パタンナーとして働いていた。取引先の営業で六歳年上の隆重《たかしげ》とは二十五歳で結婚、二十八歳で風花を生むと子育てに専念するため、八年勤めた服飾メーカーを辞めることにした。ところがその二年後、三十歳のときに隆重を事故で亡くし、人伝《ひとづて》に浅利洋裁を紹介してもらい、働くことにした。そのために都心のマンションを引き払い、家賃と共益費あわせて四万六千円のキラキラヶ丘団地に引っ越してきた。

浅利洋裁がつくるのはプレタポルテだ。定価は安くても二十万円を下らない。ときには七、八十万円のものもある。三人から五人の縫製者《ほうせいしゃ》がチームを組み、リーダーの統率のもと、一着の服を完成させる。今回、陽菜子がリーダーを務めるチームは五日間で二百着をつくるのがノルマだった。本来ならば七日間のはずが、メーカーから届くはずの生地が二日遅れたのである。ならば納品も二日先に延ばしてもらいたい。でもいつもそうはならない。

陽菜子以外の三人は服飾系の専門学校あるいは大学をでて長くて三年、短いのはこの春卒業したヒヨッコばかりだ。三人にあれこれ指導しなければならないことが山ほどあり、自分の作業がままならない日もある。当然ミスも多い。多過ぎる。

壁時計を見ると、午後五時を少しまわったところだった。浅利洋裁では午後五時半に仕事をおわらせ、十五分で片付けをして帰るのが通常だ。そのつもりで陽菜子は今日一日の仕事の段取りを組んでいた。しかし土壇場にきてこの始末である。だれかが失敗すれば、チームみんなの連帯責任なので、四人でリボンを付け直す。とは言えヒヨッコトリオの残りふたりも当てにはできない。結局は大半を陽菜子がやる。今日の場合、そのうえ君田に教えながらやらなければならない。となれば一時間では済まない。最低でも二時間はかかる。

まったくもって、やれやれだ。

「あなたにしては頑張ったほうだよ」「そうそう、泣かなくていいって」

あれこれ考えを巡らせていると、君田をおなじヒヨッコトリオの讃岐《さぬき》と砧《きぬた》が慰めていた。
てめえの仕事だってロクにこなせやしないくせに、なに言ってやがるっ。なかよしごっこもたいがいにしろっ。

あまりの怒りに頭が痛くなってきた。ここ最近、よくある症状だ。

「ほらほら、あなた達、なにやってるの」浅利社長だ。六十五歳の彼女がパンパンと手を鳴らしながら、近づいてきた。「自分の仕事に戻りなさい。ただでさえ、あなた達のチームは作業が遅れているんだから」

まったくそのとおりだ。浅利社長は作業台に辿《たど》り着くと、ワンピースを一着、手に持った。

そして老眼鏡をかけ、リボンの部分をしげしげと見る。

「これはまたヒドい出来だわ。これじゃあ、叱られても当然よ」

「すみません」

「自分でぜんぶ取りなさいな。いいわね。それから橘さん、あなたは定時であがっていいわよ。リボンの付け直しは私が手伝うわ。掃除も任せて」

「いえ、そんな」陽菜子は思わず首を横に振る。

「六時半には風花ちゃんを迎えにいくんでしょ」

「それはあの、なんとかなりますので、私もやっていきます。やらせてください」

しばらく浅利社長と陽菜子で睨《にら》みあうカタチになった。

「だったらこうしない？」最初に口を開いたのは社長だった。「私が君田さんに改めて付け方を教えるから、そのあいだにあなたと讃岐さん、砧さんでリボンの付け直しをするっていうのはどう？」

「わかりました」つまらぬ意地を張っても意味はない。このへんで手を打っておくとしよう。それに社長が手伝ってくれれば七時過ぎには会社をでることが可能だ。「よろしくお願いします。すみませんが私、電話を一本してきますんで」

「トベボクシングジムだ」

ぶっきらぼうだが、愛らしい幼い子どもの声だ。この一ヶ月、娘が通うジムへ何度か電話をかけているので、相手がだれだか、陽菜子はすぐにわかった。

「未来《みく》ちゃん？」

「フーカママだな。フーカはいま、シャドーボクシングをしている。でんわにでられない。だからバイバイ」

「待って」声が大きくなりかけるのを、陽菜子は必死に抑える。壁一枚むこうは工場なのだ。いまいるのは廊下で、窓のそばに立ち、スマホを耳に当てていた。夏至《げし》を過ぎて数日、外はまだまだ明るかった。「オーナーさんは、いらっしゃる？」

「トイレだ。あ、かえってきた」

「なんだ、未来ちゃん。電話、だれだい？」

「フーカママだ」

「もしもし」野太い声がでてきた。「お電話代わりました、オーナーの戸部です。風花ちゃんのお母さん？」

「いつもお世話になっています。申し訳ありませんが、風花を迎えにいくのが八時近くになるかと」

キックキックトントン、キックトントン。未来ちゃんの歌声が微《かす》かに聞こえてくる。雪渡りダンスにちがいない。保育園に通っていた娘とふたりで練習したものだ。ほんの三、四年前のはずが、遠い昔のようだ。陽菜子は少しだけ切なくなった。

「了解です。ウチはいっこうにかまいませんので。急がずゆっくりいらしてください」

「ありがとうございます。よろしくお願いします」

陽菜子はその場でペコペコ頭をさげた。そして電話を切ってから、スマホをエプロンのポケットに突っこんだ。

五月のなかばすぎからほぼ毎日、娘の風花は戸部ボクシングジムに通っている。土日もだ。楽しくてたまらないらしい。ウチの中でも、暇さえあれば「ワン、ツーッ」「ワン、ツーッ」と拳《こぶし》を握り、左右の腕を交互に前へと伸ばしている。ノートパソコンを開いたまま、ボクシングの試合を動画で見ながら、選手の動きにあわせて、風花自身も動いていた。基礎体力づくりのためにと、朝六時に起きて、団地の中をジョギングもしている。陽菜子もつきあったものの、最初の三日でギブアップしてしまった。

戸部ボクシングジムは月会費が九千八百円だが、娘はまだ九歳なので四千円だった。この三月まで娘は学校をおえたあと、学童保育所に通っていた。月額五千五百円で、六時を過ぎると延長料金として三十分につき六百円、夕食を頼むとこれまた六百円取られたものだ。残業が嵩《かさ》んだ月には一万円を軽く超えることもあった。

小学四年になったいまは、学童保育所に通えないので、この出費がなくなった。しかし娘の帰りは早いと午後二時、いくら遅くても四時だ。陽菜子は七時に帰宅できれば早いほうである。八時過ぎだって珍しくない。それだけ長いあいだ、娘をウチでひとりきりにさせるのはいささか心配だった。戸部ボクシングジムは毎週水曜が休みで、月一回でも毎日でも月会費はおなじだった。そう考えると、四千円は安いと言えなくもない。なんにせよ娘がこんなに物事にハマるのははじめてだ。熱量がハンパではない。だが陽菜子は素直によろこべなかった。この先いつか、娘がだれかと殴りあうかもしれないのだ。でもいまさらやめろとは言えない。

子どもがやりたいことは必ずやらせる。

風花が生まれる前、〈子どもを育てるための五か条〉を夫の隆重と決めた。そのうちのひとつだ。でもどうだろう。隆重が生きていたら、風花がボクシングをやると言ったら、素直に賛成しただろうか。

浅利洋裁では業務に支障がない休日ならば、工場のミシンその他の機器の私用は可だった。社員の中には自らのウエディングドレスをつくるものまでいた。ウチの家庭用ミシンより、ほぼ毎日触れている工場の職業用ミシンのほうが使い勝手がいいし、ボタン穴や直線縫い専用の機器などがあるのも便利なのだ。陽菜子も娘が幼い頃は月に二、三度、休日の会社へ連れていき、彼女の服をつくった。ところが成長するにつれ、娘は会社にいきたがらなくなってしまった。理由を訊《たず》ねると、じつに単純明快だった。

あそこにいっても、することないんでツマンナイ。

この言葉は少なからずショックだった。陽菜子としては、服をつくる自分の姿を見て、あたしもつくってみたいと娘が言いだすのを、心のどこかで願っていた。ところが百八十度ちがうことを言い放ち、さらにこうまで言った。

ママだけ、たのしそうでズルイ。

これでは諦めざるを得ない。いまも娘の服をつくってはいるが、基本はウチでおこなう。服をつくれば、よろこんでくれる。しかし自分でつくりたいとは、ついぞ口にしなかった。残念でたまらない。でも仕方がない。

親である自分の考えを娘に押し付けない。

これもまた隆重と決めた〈子どもを育てるための五か条〉のひとつだ。

リボンの付け直しは思ったよりも早くおわった。

「社長に教わったほうが、ずっとわかりやすかったですぅ。ありがとうございますぅ」

帰り際、君田がそう言ったのが癪《しゃく》だった。だが聞こえないふりをして、陽菜子も社長にお礼を言い、会社を飛びだした。

鯨沼駅に着いたのは午後七時四十分、改札口を抜けると、ケバケバしい光が出迎えてくれた。駅前はちょっとした繁華街なのだ。呑《の》み屋《や》が軒《のき》を連ね、パチンコ屋が三店舗もある。大人むけの店も目立つ。そこそこ人出があって、騒々しいとまでいかずとも賑《にぎ》やかだ。ご機嫌で赤ら顔のオジサン達のあいだを足早にすり抜け、駅からいちばん遠いパチンコ屋まで辿り着く。この脇道を抜けていけば鯨沼商店街だ。

いや、道ではない。ビルとビルの隙間だ。パチンコ屋の客が無造作に置いた自転車が並び、ひとり通るのがやっとで、左右のビルから洩《も》れる灯《あか》りしかないため薄暗い。もう少し先にふつうの歩道があるが、遠回りになってしまうのだ。できれば一分でも早く、ジムにいきたい。

ところがそこに入ってから陽菜子は後悔した。自転車だらけの中で、言い争う男女がいたのだ。正しくは女のほうが一方的に捲《まく》し立《た》て、男は首をうなだれているだけだった。

素知らぬ顔で通り過ぎちゃえばいいや。

そう考え、陽菜子は足を速める。

「二度とこないって約束したのに、なんできたんだよ。それも店にくるってどういう神経？ルール違反もたいがいにしてくんない？」

「ふざけたこと言ってんじゃねぇよ。おまえ、自分がなにしたか忘れたのかっ。あん？　自分の娘を殴ったんだろうがよぉ」

娘を殴った？　その言葉に陽菜子は思わず足を止めてしまう。

「陽菜子姉さんっ」女が叫ぶ。星矢《せいや》だ。「なにしてんスか、こんなとこで」

「いや、あの」

「あたしに気づいて、心配で見にきてくれたんスね」

ちがう。だが星矢に気圧《けお》され、陽菜子はコクコクとうなずいてしまう。

「ちょうどよかった。あたしもそろそろいくつもりだったんスよ」

そう言いながら、星矢は居並ぶ自転車の隙間からでてくるなり、陽菜子の右腕にしがみついてきた。途端にキツい香水が漂ってくる。

「動くんじゃねぇよっ」星矢が男にむかって叫んだ。薄暗くて顔は判然としない。それでもスーツ姿の彼が、縋《すが》るような目つきで、こちらを見ているのはわかった。「おまえはそこで五十数えるんだ。いいかっ。数えおわるまで微動だにするな」

　男の口が動く。

「聞こえねぇよ、もっと大きな声で数えろっ」

「一、二、三、四っ」

「いきましょ、陽菜子姉さん」

「十五、十六、十七」

　ふたりが脇道を抜けたあとも、数を数える男の声はしばらく聞こえていた。

「基本、昼キャバオンリーなんスけど、今日はどうしても五時から入ってくれって、店長に拝まれちゃいましてね。しょうがないんで、保育園に未来を迎えにいって、ジムに預けて、店でてたんスよぉ。そしたらさっきの野郎がひょっこりやってきまして」

　真っ赤なルージュを塗りたくった、ぽってりとした唇で、星矢は吐き捨てるように言う。長いつけまつげは、瞬きする度にバサバサと音がしているように思えた。身体《からだ》の線がはっきりわかるワンピースは、薄いピンクに紫の花柄で、ネックの部分にフリルが付いている。よその国の工場で大量生産されたモノだ。縫い目が粗くて、仕上げも満足にできていない。実際、ところどころ綻びていた。布もとんだ安物だ。浅利社長ならば、服の紛《まが》い物《もの》よと鼻で笑うだろう。カツカツと音が鳴るのは、すらりと伸びた足に真っ赤なピンヒールを履いているからだ。左の肩にかけたバッグは高級ブランドのロゴが付いているものの、本物かどうかは怪しい。

「彼は何者？」

「三年前に別れた旦那です」

「未来ちゃんのパパ？」

「ええ、まあ」

あの男に未来ちゃんは殴られたのか。

想像するだけでぞっとする。そして怒りも感じた。

星矢とはじめて会ったのは戸部ボクシングジムで、娘の風花が正式に習うことになった初日だった。陽菜子もついていくと、星矢が未来ちゃんを連れてあらわれたのである。そのときもらった淡いピンクで角が丸っこい名刺には、『クラブまぼろし　星矢』と横書きで記してあった。

駅前のキャバクラなんスけどね。いっしょに働きません？

いきなりそう言われ、呆気《あっけ》にとられてしまった。なにしろ娘の前だったのだ。

ジムで仕事に誘うの、やめてくれる？

注意したのは小町である。助かったのはたしかだが、あなたはウチの娘を歯医者でジムに誘いましたよね、と思わないでもなかった。

星矢は戸部ボクシングジムの練習生だった。週に四、五回は通っているという。トレーニングのあいだは、娘の未来をオーナー室で待たせておく。ジムとおなじフロアにあって、六畳くらいの部屋で、境がガラスなので、中は丸見えなのだ。

星矢と未来はキラキラヶ丘団地の住民だった。キタ七ゴートー三〇一ゴーシツだと教えてくれたのは未来ちゃんである。彼女は娘が通っていた、キラキラヶ丘保育園の年長さんだった。

もしかして川原一路、知ってる？

しってる。三〇三ゴーシツのおにいさんだ。

娘の質問に未来ちゃんは答えた。川原一路なら陽菜子も知っていた。保育園の発表会で、娘と兄妹の役を演じた子だ。演目は宮沢賢治の『雪渡り』だった。ふたり揃《そろ》って雪渡りの歌を唄いながら踊った動画はいまもときどき見る。

未来ちゃんは娘とおなじ、かん子の役を演じるために、川原一路に雪渡りダンスを教えてもらったそうだ。気の早い話である。なにせ発表会は来年の三月アタマなのだ。それでも未来ちゃんは星矢のトレーニングのあいだ、ガラス張りのオーナー室で、雪渡りダンスを踊っているらしい。このひと月のあいだ、ふたりはすっかり仲良しになり、本物の姉妹のようだった。それはいいのだが、未来ちゃんの母親である星矢が陽菜子に懐いてきてしまった。

女手ひとつで風花ちゃんをこんなに素直でイイ子に育てることができるなんて、凄《すご》いッスよ。マジ、リスペクトします。

そう言われて陽菜子も悪い気はしなかった。見た目は派手で、しゃべり方も気になるものの、話していると娘思いなのはよくわかった。ただし別れた旦那について、いままで聞いたことはなかった。話したくないんだなと思い、陽菜子から訊ねるような真似《まね》もしなかった。

「ボクシングは日本語では拳闘と言って、拳で闘うって書くの。だけどね、風花ちゃん。ボクシングで大切なのは足なのよ、足」

「はいっ」娘は小町の教えに元気よく返事をした。

あなた、ほんとにわかってるの。

陽菜子は胸の内で呟《つぶや》く。小学四年生の娘は拳闘の漢字をどちらも習っていないはずだ。

「なによりもまず足の運び方、つまりステップをマスターしなくちゃ駄目なんだ。まずは私がやるから見ててちょうだい」

小町の足元には赤のカラーテープが三本、どれも一メートル半くらい、三十センチほどの幅で貼ってあった。小町は左側のテープに左足、真ん中のテープに右足を乗せる。どちらの足も踵《かかと》をあげて、爪先に体重をかけ、膝を曲げていた。そして右の拳は顎《あご》の下、左の拳は目の下あたりに構えた。ボクシングの基本姿勢だ。

「まずは前後の動きね」小町は爪先だけで前へ進んでいく。テープの先っちょに辿り着いたら、おなじ足取りでバックしていった。小町はこれを十回繰り返した。

「今度は左右の動きよ」足の位置はそのままだ。ただし右足を右側のテープに移し、左足を引きつけるようにして真ん中のテープに動かす。つぎに左足を左側のテープに移したら、右足を真ん中のテープへと動かす。

たったそれだけだが、陽菜子にはとてもできそうになかった。敏捷《びんしょう》で華麗な足さばきはもちろん、腰から上の基本姿勢がまるで崩れないのが凄い。小町は顎を少し引いて、まっすぐ前を見たままなのだ。

「それじゃ、やってみよっか」

「はいっ」

小町と交替に娘がテープの上に立つ。爪先立ちだが、へっぴり腰だ。それを小町が直す。陽菜子は壁際に立ち、見守るしかない。トレーニング中に声をかけるのは厳禁だ。ジムのルールではない。以前、それをやったら娘に「邪魔しないで」とえらい剣幕で叱られたのだ。

戸部ボクシングジムはなかなか盛況だった。

主に二、三十代、中には五十代と思《おぼ》しきひとまで、十人を超える練習生がいた。みんな女性だ。それぞれがトレーニングに励む中を巨体の戸部松乃進が隙間を縫うようにして歩き、ひとりひとりに声をかけ、自ら見本を示したり、手取り足取りフォームを直したり、指導をして回っていた。

星矢は更衣室だ。ジムは九時までなので、いまからトレーニングをしても一時間とできない。未来ちゃんを連れて帰るだけのつもりが、元旦那との一件で憂さ晴らしにちょっとだけでもやっていくことにしたのだ。未来ちゃんはオーナー室のソファで眠っているようだった。

デジタルタイマーのブザーが鳴った。一分間の休憩に入るが、娘は立ったままで、持参した水筒の水をゴクゴク飲んでいる。

「風花ちゃん、ママがお迎えにきたわよ」

小町に言われ、娘はやっと陽菜子の存在に気づく。

「もう少し、やっていきたいんだけど」

ねだるような口ぶりだが、目は真剣そのものだ。ボクシングをはじめてから、娘の目つきが鋭くなったように思うが、気のせいだろうか。

「いいわよ。でも無理しないでね」

「だいじょうぶ」陽菜子にそう答えてすぐ、娘は小町に顔をむける。「小町さん、つぎ、シャドーボクシング、やっていい？」

「いいわよ。ステップの練習はおウチでもしてね」

「はい」

娘がにっこりと微笑《ほほえ》むのを見て、陽菜子は一抹の寂しさを覚える。いまの風花は母親といるよりもボクシングをしていたほうがいいのか。保育園へお迎えにいくと、走って抱きついていた頃が懐かしい。

九歳の娘は壁の鏡の前に立った。どちらの手にも、拳から手首にかけて包帯のようなものを巻いている。バンテージというらしい。しばらくはウチで巻く練習をしていた。デジタルタイマーのブザーが鳴るなり、鏡の中の自分にパンチを繰りだしていく。一歩前に左足を踏みこみ、腰を回して左腕を伸ばし、すぐさま引く。足は動かさずに腰を反対に回し、今度は右腕を伸ばして引く。娘はこれを繰り返しつづけていた。足から腰、そして腕を順番に、スムーズに動かしさえすれば、素早いパンチを打つことができるらしい。いつだかの夕食時に、娘が言っていたのだ。見ているうちに陽菜子は「ワンツー、ワンツー」と小声で呟いていた。

娘が着ているTシャツと七分丈のパンツも陽菜子の手作りだ。通いだして、はじめの幾日かは学校の体操着でトレーニングをしていたが、運動量が半端ではないために、汗でびっしょりになってしまった。翌日に体育の授業があると、吊るして乾かしておくのがやっとで、汚れるし汗臭くもなった。

そこで陽菜子は通気性や速乾性に優れたポリエステルの布を何種類か通販で購入し、Tシャツとパンツを五セット、休日の昼間に三時間で仕上げた。娘は「ありがと」と言ってくれただけだった。それはそうだ、母親が服をつくるのは娘にすれば太陽が東からのぼって西に沈むくらい、当たり前なのだ。陽菜子もそれ以上は求めない。物足りないが仕方がない。

オーナー室で娘を待つことにした。ガラス張りなので都合がいい。六畳くらいの広さというか狭さで、事務机に接客用のソファ、壁には平たいテレビの他に、額に入った賞状や写真などがかかっていた。ドレッドヘアのサクラもいた。練習生募集のポスターだ。だがいちばん目を引いたのは人体解剖図だ。なんでこんなものが貼ってあるのかわからない。棚にはトロフィーがところせましと並んでいる。大きさもマチマチだった。モノによっては、だいぶホコリをかぶっているものまであった。

ソファに座ろうとしたところ、未来ちゃんが仰向けですぅすぅと寝息をたてていた。身体が卍《まんじ》に近いカタチになっている。よくもまあ、こんな格好で眠れるものだ。タオルケットを未来ちゃんにかけようとしたときだ。彼女の瞼《まぶた》がぱちりと開いた。

「おはよう、フーカママ」そう言って、未来ちゃんはむくりと上半身を起こした。「ここはジムだな。ミクのママはきているか」

「あそこにいるわ」

着替えを済ませた星矢はストレッチの最中だった。腰に手を当て、両足を前後に広げ、足首の筋を伸ばしている。でるとこがでて、引っこんでいるところは引っこんだ身体つきのうえに、手足は細くて長い。スタイルに関して言えば、ジムに通うひと達のだれよりも秀でている。蛍光ピンクのTシャツに、膝下までのグレイのレギンスと派手ないでたちだが、一重《ひとえ》瞼で凹凸《おうとつ》のない平べったい顔が露《あらわ》になっていた。彼女に限らず、トレーニングの際は、化粧を落とさなければいけない。

「ユメをみた」星矢を見ながら未来ちゃんが言う。

「どんな夢？」

「パパのユメだ」

その答えに陽菜子はぎょっとする。夢の内容を訊ねかけたが、やめておいた。話題を変えたほうがいい。そう思いながら、陽菜子は未来ちゃんの隣に腰をおろす。すると未来ちゃんが「フーカのオヨーフクは、ぜんぶフーカママがつくっているってホントか」と唐突に言った。

「ぜんぶじゃないけど、だいたいは」

「キョー、フーカがきてたワンピースもか」

「コバルトブルーのでしょう。そうよ」

「あれ、カワイイ」

「ありがとう」素直にうれしい。六歳の子どもがお世辞を言うはずがないからだ。未来ちゃんは腕組みをしている。このくらいの歳《とし》の子は、どんな格好をしても愛らしい。娘もそうだった。幼い頃は年中、スマホで写真を撮っていた。でもいまはときどき動きをチェックしたいと頼まれ、自宅でシャドーボクシングをする娘を動画で撮るだけだ。その度に、こういう娘を撮りたいわけじゃないんだけどなぁと思わないでもなかった。

「ミクもつくってほしい」

「お洋服を？」

「そうだ」

「いいわよ。つくってあげる」お安い御用だ。娘が保育園の頃はママ友に頼まれ、園児の服を何着もつくったことがあった。

「それはこまる」未来ちゃんは首を横に振る。「フーカのオヨーフクはフーカママがつくった。ミクのオヨーフクはミクのママがつくらなきゃダメだ」

　なるほど。自分のママにつくってほしいのね。

「ママはボタンもつけられない」未来ちゃんが言った。六歳にしては深い溜息をつきながらだ。「そんなママにオヨーフクのつくりかたをおしえてほしい」

　これがお願いか。

　型紙を使わず、布を縫いあわせるだけでできるワンピースならばできるだろう。しかしボタンも付けられないようなひとが、裁縫道具はまだしもミシンを持っているとは思えない。

「だったら今度、ウチにいらっしゃいな。そしたら未来ちゃんのママにお洋服の作り方を教えてあげる」

「イイのか」未来ちゃんの顔がぱっと明るくなった。

「イイわよ」

「ゼッタイだぞ。ゆびきりげんまんだ」

　組んでいた腕を解き、未来ちゃんは小さな小指を立てる。陽菜子はその小指に自分の小指を絡めた。

「フーカママ、おレイはなにがイイ？」

「タダでいいわよ」

「タダはダメだ。タダよりたかいモノはないとママがいってた」

また腕組みをして未来ちゃんが言う。もっともだ。星矢の教育方針は正しい。だからといって六歳児相手にお金を請求するわけにもいかない。

「それじゃあ未来ちゃんの雪渡りダンスを見せて」

陽菜子の申し出に未来ちゃんは目を丸くする。

「だったらフーカにみせてもらえばいい。あのダンスはフーカにおそわったんだ」

「となりのとなりのウチの川原くんに教わったんじゃないの？」

「アイツはダメだ。マチガイだらけだったんだ。フーカがちゃんとおしえてくれた。だからダンスがみたいなら、フーカにみせてもらったほうがいい」

ダンスが見たいわけではないと言ったら、未来ちゃんを混乱させてしまうかもしれない。そこで陽菜子はこうお願いした。

「でも未来ちゃんのママに服の作り方を教えるんだから、未来ちゃんが踊らなくちゃ」

「そっか。そうだな」

未来ちゃんはソファから下りると、ジムを背にして立った。背中をまっすぐにして、ぺこりとお辞儀をする。顔をあげると、両手をうしろで繋《つな》ぐ。

「キックキック」右足を前に二回だす。「トントン」右足で床を二回踏む。「キックキック」今度は左足を前に二回だす。「トントン」左足で床を二回踏む。「しみゆき」両肘を曲げ、両手をヒラヒラさせて、右足を一歩踏みだし、「しんこ」で戻す。「かたゆき」両手をヒラヒラのまま、今度は左足を一歩踏みだし、「かんこ」で戻す。「のはらの」泳ぐ蛙《かえる》の前脚のごとく、両腕を水平にぐるりとまわす。「まんじゅうは」両手でまんじゅうのカタチをつくる。「ポッポッポ」両手を上にむけ、開いて閉じて開く。「よってひょろひょろタエモンが」まさにお酒に酔ったかのような千鳥足だ。「きょねん、三十八」右手で三をだし、それをパーに開いていた左手にぺたりとつける。「たべた」両手を交互に口へ持っていく。「しみゆきしんこ、かたゆきかんこ、のはらの」ここまではさきほどとおなじ、「おそばは」右手で箸、左手でお椀《わん》をつくって蕎麦《そば》を食べる真似をする。「ホッホッホ」両手を上にむけ、閉じて開いて閉じる。「よってひょろひょろセーサクが」ふたたび千鳥足。「きょねん十三ばい」右手で一本、左手で三本指を立てる。「たべた」また蕎麦を食べる真似だ。「キックキックトントン、キックキックトントン」

いけない。そう思ったときには遅かった。陽菜子は溢《あふ》れでた涙を手の甲で押さえる。いまの未来ちゃんと同い年くらいのときの娘を思いだし、涙腺が緩んでしまったのだ。

「どうした、フーカママ」未来ちゃんがまた目をまん丸に見開く。「オナカがイタイのか。それともアタマか？　わかった、ココロだな。ママもココロがイタくて、よくナクんだ。オナカやアタマはクスリをのめばなおる。でもココロのイタみにはクスリがない。だからひたすらナクしかないそうだ。だからどんどんナイていいぞ」

「ちがうのよ。お腹《なか》も頭も心も痛くないわ。未来ちゃんのダンスに感動して泣いたの」

「カンドーってなんだ」

「あまりに上手で驚くことよ」

「ミクのダンスはじょうずか」

「ええ」陽菜子は遅まきながら拍手した。涙はどうにか引いた。「とっても素敵だったわ」

「ステキなのはフーカだ。フーカがきちんとおしえてくれたから、じょうずにおどれた。フーカはえらい。ミクはフーカがすきだ」

　こんな愛らしくてイイ子をどうすれば、殴れるのだろう。自転車だらけの道で見かけた男に対して、陽菜子は改めて怒りを感じた。

「前後と左右、どっちのステップも両足の幅をつねにキープしておくのが大切だって小町さんに言われたんだ。動く度に幅が変わると、からだのバランスがくずれて、まともなパンチが打てなくなる、かといって足の動きに集中してしまうと、上半身の構えがおろそかになっちゃうらしいんだ」

　興奮冷めやらぬといった調子で、風花はしゃべりつづけている。

　いまはまだ鯨沼商店街だ。ウチでもステップの練習ができるように、カラーテープを買っていこうと百均ショップに立ち寄った。しかし娘はマスキングテープのコーナーの前で足を止めた。何十種類もの愛らしい柄が並んでおり、娘はその中から選ぶことにしたのだ。

「ママ、どれがいいと思う？」

「どれでもあなたの好きなのにしなさい。なんだったら二、三種類買ってもいいわよ」

「ママ、ふとっぱら」

娘が楽しそうに笑う。陽菜子もつられて笑う。ところが娘はなにかに気づいた様子で、左側に顔をむけた。一瞬にして笑みが消える。その視線の先に男の子がいた。グレイのパーカーを着てフードを被《かぶ》った彼は、ペット関連のコーナーに立って、こちらを睨みつけていた。

「おまえ、戸部ボクシングジムに通ってるのか」

男の子が喧嘩腰《けんかごし》に言う。

「そうよ。悪い？」

娘が言い返す。返事がない。男の子は娘を睨むばかりだ。気づけば娘も彼を睨んでいた。

「女のくせに生意気だな」

捨《す》て台詞《ぜりふ》のように言うと、男の子は棚にあった猫のエサを手に取って、去っていった。

3　風花

キックキックトントン、キックキックトントン。

心でつぶやきながら、風花はなわとびをしていた。

学校のなわとびは、その名のとおり、なわをとべばいい。でも戸部ボクシングジムで習ったボクシングのためのなわとびはちがう。

ワキをしめたまま、手首をスナップさせて、なわをまわし、カカトはつねにあげ、ジャンプは低めに、ヒザのバネをつかって着地をすること、そしてなわとびのあいだはずっと、アゴをひいていなければならない。ぜんぶがそろってできるようになるまで、風花は二週間近くかかった。すると小町さんからさらなる課題をあたえられた。二回とびである。右足だけで二回、左足だけで二回と代わりばんこに、とびつづけるとび方だ。なんだそれぐらいと思ったが、いざやってみると、十回もつづかなかった。

だが、毎日つづけているうちに、風花はいつしかキックキックトントンと言っていた。キックキックが右足で、トントンが左足だ。おかげで小町さんに教わってから一週間でとべるようになった。

キックキックトントン、キックキックトントン。

宮沢賢治もまさか自分の書いた歌がこんなふうに使われるとは思ってなかったろうな。

それはそれで悪い気がするので、風花は夏休みの宿題の読書感想文は宮沢賢治の本に決めた。なにを読むかはこれからだ。キラキラヶ丘団地の中にある図書館で選んで借りるつもりだ。夏休みはまだひと月ある。ヨユーのヨッちゃんだ。

いつだったか、織田公平が雨の日に図書室で本を読んでいたのを思いだす。宮沢賢治の『よだかの星』だった。

女のくせにナマイキだな。

風花に面とむかってそう言ったこともあった。ママとジムの帰り、ヒャッキンによったとき、そこにいたのだ。

マジ、ムカツク。

夏休みでも朝は六時に起きて、団地の中を一回りしてくる。七時にウチにもどると、ママと朝食を食べ、七時四十分にママが会社にでかけたあとはせんたくだ。一学期最後の学級通信に、夏休みのあいだ、おうちの手伝いをなにかひとつしましょうと書いてあったのをママが読んで、だったらせんたくしてくれない？　と言われてしまったのだ。

せんたく機をオンにしてから、夏休みの宿題に取りかかる。前日の夜に、ここからここまでねとママが決めたところをお昼までにこなす。宿題の合間にせんたく物をベランダにほして、正午になったら昼ごはんだ。もっぱら、レンジでチンするだけのチャーハンかチキンライス、それにラーメンのたぐいである。土日のいずれかにママと団地内のスーパーへいき、風花自ら選ぶ。今日はチャーハンだった。

食べおわったら、お皿などをかたづけ、ダイニングのテーブルにノートパソコンを広げ、お気に入りのユーチューバーのチャンネルをハシゴして、そのあとボクシングの試合の動画をいくつか見る。

試合を見るのもトレーニングだからね、と小町さんに、男女問わずさまざまなボクシングの試合の動画を教えてもらった。小町さん自身やサクラさんの試合もいくつかあった。

ただぼんやりと見てはいない。見ているうちに、対戦をするボクサーにあわせて、からだが勝手に動いてしまう。どちらか一方のときもあれば、青コーナーと赤コーナー代わる代わるのときもあった。すわっているのがまだるっこくて、気づけば立って全身でマネるのがいつものパターンだった。

風花はジムで小町さんに教わったことを、必ずその日、ねる前にノートに記していた。じつはこれ、サクラさんのマネなのだ。松乃進のデスクで、ノートにエンピツを走らせているサクラさんに何度かでくわしたことがあった。なにを書いているのかをたずねると、ノートを見せてくれた。表紙には〈トレーニングノート・H30／02／19〜・サクラ〉とあり、中身はその日一日、どんな練習をしたのか、どこか問題点はなかったか、あればどうしたら直せるのかなどといったことが、みっちり書いてあった。文章だけでなく、どういうコンビネーションでパンチを打っていけばよりコーカ的かといったことがマンガっぽくてかわいい絵でわかりやすくえがかれていた。

　こうやってあれこれ書いとかないと、わすれちゃうのよ、あたし。

　絵、じょうずですね。

　ありがと。中学生くらいまではマンガ家になろうと思ってたのよ。なんでボクサーになっちゃったんだか、いまだにわかんないわ。

　サクラさんはプロボクサーではあるが、運ぶのはビジュツヒンだけという運送会社につとめていた。入社したばかりのころは、デスクワークをやらされていたが、日がな一日オフィスにいるのはガマンできないと社長に言い、運ぶほうの仕事をさせてもらうようになった。そのためにも体力をつけねばとボクシングをはじめたのだが、やがて松乃進や小町さんのすすめもあって、プロデビューをしたそうだ。

ボクシングだけでゴハン食べてるわけじゃないから、プロって言われても、いまいちピンとこないよねぇ。

サクラさんがジムをおとずれるのは、会社の仕事をおえてからだ。さすがに試合が近づくと、会社を休むものの、せいぜい三日くらいらしい。

動画を見おえたあと、風花は自分のトレーニングノートをテーブルの上に開き、前日に小町さんに教わったことや注意されたことを、あらためてチェックする。そしてママのスガタ見をキッチンに運んできて、自分のフォームを見ながら、直すべきところを直す。今日はダイニングに、花ガラのマスキングテープをはって、ステップの練習をした。

戸部ボクシングジムは水曜が休みだ。それ以外は毎日、通っていた。土日祝日は正午、平日は昼の三時からで、風花は四時にはジムのドアを開く。この時間だとほとんど、ひとがおらず、小町さんがマンツーマンで教えてくれた。

今日もそうだった。

ストレッチとなわとびをおわらせたあとは、他にだれもいないジムで、小町さんと一対一でむきあい、おたがいポーズをとった。

「対戦相手であるあなたを中心に円をえがくようにして、動いていくんだけど、こうして相手に正面をむくのはダメ」小町さんがやってみせた。「どうしてか、わかるわよね？」

「パンチが当たるところが多くなってしまうからだと思います」

「そのとおり。相手がコーゲキできる面積をへらすためにも、必ず半身で動く」そのかっこうで小町さんは風花のまわりをステップで一回りして、ピタリと止まった。「じゃ、やってもらおっか。私が対戦相手ね」

風花はまずは右足から、追いかけるように左足をうつしていく。そして小町さんを中心に動こうとしても、足元が気になって、下を見がちになってしまう。

「私を見てなきゃダメ」

アゴをあげて小町さんを見る。あまえをゆるさないするどい目つきにひるみそうになりながらも、負けるもんかとにらみ返す。

「そこから左に回ってっ」

風花はまごつきながらも左足を左へうつした。つぎは右足だ。ところがこれが思うようにいかず、左足の前にいってしまい、両足がこんがらがって、あやうくコケそうになった。

「からだをすぐに立て直さなきゃ」

「はいっ」

あせるな、あたし。

そのとき目のはじっこに未来がいた。オーナー室で雪渡りダンスをおどっている。そのむこうに松乃進がいた。練習生はまだ風花ひとりきりなので、することがなく、自分のデスクのイスでねむっている。

未来ははじめ、となりのとなりの部屋にくらす一路に雪渡りダンスを教わった。ところがふりつけどころか歌もまちがいが多くて、風花が直してあげた。

キックキックトントン、キックキックトントン。

小声でつぶやきつつ、風花は足を動かす。

「バランスをくずさないよう、下半身はつねに一定のカタチをたもって」

キックキックトントン、キックキックトントン。

「その調子、その調子」

まったくもって宮沢賢治さまさまだよ。

「ひっ」

思わず声がもれた。小町さんの顔がひん曲がったのだ。ほんとはちがう。そう見えただけだと風花はわかっていた。なにしろこの動画を二十回以上見ているのだ。それでもいつもここで声がでてしまった。

動画は風花がうまれる前におこなわれた、ミニフライ級タイトルマッチで、橋本海《はしもとかい》という王者に、小町さんがいどんでいる。ウチで見るときはノートパソコンだが、いまはオーナー室のカベにかかった平べったいテレビだ。けっこうな大きさでハクリョク満点だった。

「7ラウンドまでは小町がせめてせめてせめまくっていただろ。KOしないまでもハンテー勝ちはできると思っていたんだ」

松乃進がくやしそうに言う。8ラウンドで橋本海が反ゲキに転じたのだ。ゴングが鳴り、ふたりがリングの真ん中でむきあうと同時に、小町さんの顔面に左ストレートを見まった。ボクシングをはじめて二ヶ月足らずの風花にでもわかる、キョーレツな一発だった。だからこそ小町さんの顔がひん曲がっているように見えたのである。よろけながらも、たおれないようにふんばってたえていたが、橋本海は手カゲンしなかった。つづけて左アッパーをボディにたたきこむ。

「この左アッパーが、小町のカンゾーをつきさしたんだ。風花ちゃん、カンゾーがどこだかわかるか」わからないと答える前に、松乃進はイスから立って、グロテスクな人体カイボー図のおナカのあたりを指さす。「ここだ、ここ。おナカの右がカンゾー、左がイブクロ。ボクシングはからだの外を打ってても意味がない、中をねらって打つんだ。わかるか」

「はい」と返事をしたものの、風花はいまいちわからなかった。それどころではない。小町さんを見ていてイタイタしくてたまらなかったのだ。そこでゴングが鳴った。

よろよろと自分のコーナーへもどって、小町さんがイスにしゃがむ。そこにあらわれたのは松乃進だ。いまみたいにブヨブヨではなく、ずっと引きしまっている。リングにあがると、タオルで小町さんをあおぎだす。

橋本海もイスにすわっていた。スキンヘッドのオニーサンがしゃべりかけているものの、小町さんをにらみつけている。

ゴングが鳴り、９ラウンドがはじまった。橋本海は前かがみでせまっていくと、間合いをイッキにちぢめ、真正面からパンチを打ちつづけた。はじめのうち、小町さんは両ウデでガードするだけで手だしができずにいたが、なんとか右にステップをふんで打ち返す。だがそれをチャンスとばかり、自ら打たれながらも橋本海は小町さんのボディにアッパーを細かく当てていき、はげしい打ちあいとなった。

松乃進の話だと、橋本海はいつもこうらしい。試合がおわりに近づくと、はげしく連打し、強引に自分のペースにしてしまう。ついたあだ名がマッドドッグだ。

「がんばれ、コマチッ」

未来だ。ソファの上に立ち、テレビにむかって声をはりあげた。風花もクツをぬいで、未来のとなりに立ち、小町さんをマネて、パンチをくりだす。

「ダメだ、小町っ」松乃進がさけぶ。「はなれろっ。海ちゃんからはなれて体力をたくわえるんだっ」

だが小町さんは橋本海から、はなれようとしなかった。あたりまえだ。十年以上むかしの試合なのだ。それでも松乃進は注意せずにはいられなかったらしい。

小町さんがへばっていくのがわかる。スタミナ切れで、パンチはおそくなり、パワーもなくなっていく。マネているのがつらくて、風花は両手をだらりと下げる。

小町さんが橋本海にだきつく。クリンチだ。やがてコーナーへ追いこまれ、小町さんは前かがみにたおれてしまった。

「コマチィイィ」

未来がかなしげに言う。テレビの中ではレフェリーがカウントを数えている。小町さんは立ちあがろうとしていたが、全身に力が入らず、もだえ苦しんでいるようにしか見えなかった。やがてレフェリーが橋本海の左手を持って高くあげる。

「またまけた」ソファにたおれるようにすわり、未来が言った。「コマチはいつも、このチャパツのひとにまけちゃうんだ」

　チャパツのひととは橋本海のことだ。十年以上むかしのこのタイトルマッチのとき、橋本海は三十五歳、小町さんは二十五歳だった。ただしふたりが対戦したのは、この一度きりである。いつも負けるのは未来がこの動画をくりかえし見ているからだろう。

　橋本海についてウィキペディアの記事があって、それによれば数年前になくなった父親もボクサーだったらしい。〈高校大学とボクシング部で、アマチュアとして好成績を残したのち、プロになってからも負け知らずで、ミニフライ級の世界王者となり、防衛しつづけてきた〉。その性格は〈勝気で負けず嫌い、判定負けの場合は決まって審判員に抗議し、物議を醸《かも》す〉こともあったという。〈マッドドッグ〉というあだ名も記されていた。〈四十歳で引退〉、おなじくプロボクサーだったダンナさん、橋本淳《じゅん》二《じ》がオーナーをつとめる橋本ボクシングジムでトレーナーとして、〈後進の指導と育成に励んでいる〉そうだ。

「そろそろいこうか」松乃進がよっこらせとかけ声とともに立ちあがった。どこへいくのかと言えば、橋本ボクシングジムだ。

　トレーニングをおえたあと、ママからオーナー室に電話がかかってきた。残業で帰りが九時をまわるとのことだった。夏休みに入ってからははじめてだった。

お母さん、なんだって？　電話を切ると、松乃進がたずねてきたので、正直に答えた。

サクラがよそのジムで練習するのに、つきそいでいくんだけど、よかったらくるかい？

プロアマ男女、いろんな練習生のトレーニングを目の当たりにできるから勉強になるぞ。

風花と同い年くらいの練習生もいると聞き、いくことにした。すぐさまママのスマホに電話をかけ、松乃進からそのことを伝えてもらった。

未来もいっしょにいく。彼女は昼の三時からずっとオーナー室にいた。ところが未来ママの星矢さんはやってこなかった。どうしてなのかは未来にも松乃進にも小町さんにも聞かなかった。ときどきあることなのだ。

戸部ボクシングジムをでて、風花は未来と手をつないで、松乃進のあとにくっついていく。橋本ボクシングジムはとなりの市にあり、ジムのライトバンでいくのだが、商店街のはしっこのパーキングにとめてあるので、ひとまずそこまで歩いていかねばならないのだ。

「みゃぁああ、みゃぁあああ」

パーキングに入っていくと、ジムのライトバンの横ではらばいになり、その下にむかってネコの鳴きマネをしているひとがいた。

あれってまさか。

「なにしているんだ」とたずねたのは未来だ。

「この下にネコがいるんだ」

「おまえのネコか」

「ちがう。ノラネコだ」電灯がないので顔はわからない。でも声でわかった。織田公平にちがいない。「つかまえてホゴシセツにあずけるんだ」

「あずけたらどうなる？」未来がつづけてたずねる。

「親切なひとに引き取られて、育ててもらえる」

「それはイイことだ」そう言うと未来は「みゃぁああ、みゃぁあああ」と鳴きだした。

「いいぞ。しばらく鳴いててくれ」

　未来に命じてから、織田公平はトカゲみたいにライトバンの下へと入っていく。風花は息を殺して見守るしかなかった。となりに立つ松乃進もだまったままだった。

「いてっ」織田公平がさけぶ。するとライトバンのべつの方向から黒いかたまりが飛びでていった。

「ネコ、にげてったぞ。おうのか」

「おわなくていい」織田公平がでてくる。それこそネコみたいに右手をペロペロなめている。

「この時間になると、必ずここにくるんだ。もうオレになれたかと思って、つかまえようとしたのがまずかった。手伝ってくれてありがとう」

　ありがとう？　織田公平がひとにお礼を言うのが、風花には信じられなかった。

「公平くんか」名前を呼んだのは松乃進だ。

「あ、はい」返事をしながら立ちあがる。そのときになって織田公平は風花に気づいた。

「なんでおまえがここに？」

「フーカのおともだちだったのか。だったらミクともおともだちだな」

「友だちなもんか」「友だちじゃない」織田公平と風花の声がそろう。

「だったらなんだ？」

松乃進の問いかけに答えることなく、織田公平は先ほどのネコみたいにパーキングを飛びだしていった。


「公平くんかぁ。なつかしいなぁ」

サクラさんが言った。鯨沼駅前でピックアップしてから、ライトバンは橋本ボクシングジムにむかっているところだ。道路の両側におなじカタチの木がならんでおり、それがさくらだとほんのいましがた、サクラが教えてくれた。満開になるとそれは見事で、歩道は花見におとずれたひとでにぎわうということもだ。そのあと松乃進がパーキングでおきたことを話したのである。

「なつかしいってどういうことです？」

「一年生の春から四年生の夏まで、ウチのジムの練習生だったんだ」

風花がたずねると、松乃進が答えた。運転席でハンドルをにぎりながらだ。未来を真ん中にサクラさんと風花は三人ならんで、うしろの席にすわっていた。

「ミクはコーヘーをみたのは、さっきがはじめてだ」

「未来ちゃんが、っていうか星矢さんがジムに通うようになったのは去年の春だからなぁ」

これも松乃進だ。

「ボクシングはやめたけど、ノラネコのホゴ活動はまだやってたわけだ」とサクラさん。

織田公平の言っていたホゴシセツは猫の事務所というらしい。サクラさんの話はつづいた。

「公平くんのおじいさんのお姉さんのウチなのよ。ご主人をなくしてふたりの子どもも大きくなってヨソでくらしてて、そのひとがひとりでくらしてる二階建ての家でね。一階をすてネコやノラネコのためにつくりかえて、ネットとかで里親をつのっているのよ。あたしの友だちもそこからネコを引き取って、育てているわ」

「それってダンキチくんのことだろ」松乃進が言った。

「たしかにダンキチはシンセツだ。ジムにくるときはかならず、オミヤゲをもってきてくれる」

「だれ、ダンキチって」風花は未来にたずねた。

「ダンキチはサクラのカレシだ」未来が答える。

「美ジュツ館の学芸員なんだけどさ。風花ちゃん、サクラの試合の動画を見ててさ」松乃進が言う。「会場で人一倍大きな声で、フレーフレーサクラとかサンッサンッナナッビョーシーとか声をはりあげている男のひとがいたのわかる？」

風花はすぐにわかった。じつはちょっと気になっていたことなのだ。

「着物を着てるひとですよね」

「着物でまちがいはないがハオリハカマだ。しかもゲタをはいてくるんだ。ただでさえ目立つのに歩くたびにガランガラン音を立ててな」

「大学時代、オーエンダンだったの」サクラさんが仕方ないという顔つきで言った。

「つきあってかれこれ六年近くたつんだが、いまだにケッコンしていないんだ」

松乃進が言う。風花にむかってではあるものの、サクラさんをからかっているようにしか聞こえない。

「あたしがチャンピオンになったらケッコンするって、言ったでしょうが。早いとこ、ヴィクトリアとタイトルマッチ、やらせてください」

ヴィクトリアはいまの女子ミニフライ級のチャンピオンだ。小町さんオススメのボクサーで、試合の動画もいくつか見ている。このクラスは体重一〇二ポンドごえ一〇五ポンドまで、キロだと四十六・二六キロをこえて、四十七・六二キロまでだ。ヴィクトリアは身長が百七十センチ近くあり、やせっぽっちだが手足が長く、スタイルはバツグンだった。

相手のパンチがギリギリとどかないところで、軽やかなステップをふんでいたかと思うと、いきなり近づき、ジャブをくりだす。これがハンパではないスピードとパワーで、相手が打ち返そうとしようものなら、さっと引き下がる。このくりかえしで、だんだんと弱っていく相手に、最後はキョーレツなストレートをくらわすというのが、ヴィクトリアが得意とする試合の流れだった。ヴィクトリアは風花が見るかぎり、なぐられたのは数えるくらい、顔は一発も食らっていなかった。

打たせないで打つ。

これが最高のボクシングスタイルだと小町さんは言う。リーチの長さが有利なのはまちがいないけど、それよりもヴィクトリアの足を見なさいとも言われた。たしかにたくみで、相手との間合いの取り方もウマい。ただし他のボクサーとはちょっとちがうトクチョーのあるステップだった。まるでダンスでもおどっているみたいなのだ。

他に気づいたこともあった。ヴィクトリアの美しさだ。試合の動画はたいがいリング全体をうつすので、顔がはっきり見えないのにもかかわらずだ。あんまり気になるので、ネットで調べてみたところ、サクラさんと同い年の二十四歳で、パリコレにモデルとして参加、コマーシャルには引っぱりだこ、セレブが集まるパーティーには必ずまねかれ、ＩＴ社長や石油王、ラッパーにロックスター、トップアスリートなど、言いよった男は数知れず、ハリウッドデビュー間近といったウワサのほうが多かった。

「やらせてやりたいのは山々だけど、なにせヴィクトリアは南米だからなぁ。あちこち働きかけてはいるんだけどなかなかどうも」

「オーナーはあたしをチャンピオンにしたくないんですか」

「来年の早いウチにはなんとかするさ。あと少し待ってくれ」

話がどんどん横にずれていく。サクラさんのカレシやタイトルマッチも気にならないわけではないが、風花にはもっと気になることがあった。織田公平が戸部ボクシングジムをやめた理由だ。それをきこうとしたときだ。

「なんでおなじガッコーなのに、コーヘーとフーカはともだちじゃないんだ？　ミクはホイクエンのみんなとともだちだぞ」

「いじめっ子なんだ、アイツ」そんなつもりはなかったのに、風花はぶっきらぼうな言い方をしてしまった。「自分勝手でワガママで、まわりのみんなにメーワクばかりかけて、先生に何回しかられても、まったく反省しないで、おんなじことばっかやって」

アイツをなぐりたくてボクシングをはじめたんだと言いかけ、さすがにマズいと風花は口をとざした。

「ネコはたすけるのに、ひとはイジメるのか」未来が言った。六歳とは思えないマジメな顔つきだ。「どんなひとでもイイとことワルいとこがあるって、ママがいってたのは、ほんとなんだな」

「織田公平はワルいとこが多すぎる」風花は言った。どうもアイツのことになるとカッカしてしまう。

「ミクのパパもそうだ。ワルいとこがおおすぎる。でもミクはパパのちょっとだけしかないイイとこがすきなんだ」

風花は未来の顔をマジマジと見た。そのうすくて細いマユのあいだに、小さなシワができている。

「着いたぞ」松乃進が野太い声で言うと、ライトバンは大きく左に曲がっていった。

「橋本くんの親父さんが、おせんべいの会社の社長だったんだけど、十年以上もむかしになくなって、会社もつぶれてしまってね。おせんべいの工場を、橋本くんがボクシングジムにしたんだ」

　ライトバンをおりてすぐ、松乃進が話しはじめた。元工場の正面は大型トラックが出入りするにもじゅうぶんな大きさのシャッターがしまったままだったが、そこにデカデカと〈橋本ボクシングジム〉と書いてあった。その右横にあるドアを松乃進はおし開く。

　広い。たぶん学校の体育館とおんなじくらいだ。パンチングボールやサンドバッグのみならず、いろんな種類のトレーニングマシンがたくさんあって、どれもだれかしらが使っている。なわとびをするひともいれば、バーベルやダンベルなどを持ち上げているひともいた。左側のかべ一面が鏡で、その前でシャドーボクシングにはげむひとも多い。四つもあるリングでは、スパーリングやミット打ちがおこなわれている。五、六十人はいそうだ。さまざまな音が入りまじり、それだけでもさわがしいのに、そのうえアップテンポな曲がガンガンと流れていた。だがなによりも気になったのは、あせのニオイだ。ここに比べると、戸部ボクシングジムなど、おしとやかなものだと風花は思う。

　風花は自分たちに手をふっているひとに気づいた。スキンヘッドのオジサンだ。入口からいちばん遠いリングの横に立っている。

「オーナー」そのひとを指差し、風花は松乃進に話しかけた。「あそこ」

「ああ、いたいた。ここはやたら広くて、ひとも多いから、風花ちゃんも未来ちゃんもまいごにならんように」

「さすがにまいごにはならないでしょ」

サクラさんが笑う。それはそうだが、未来が風花の左手をぐいとにぎりしめてきた。ちょっと不安げな顔もしているので、「だいじょうぶだよ」と風花は力づけるように言った。松乃進とサクラさんが歩きだしたので、そのあとを追う。

「ごぶさたしています、戸部さん」

スキンヘッドのオジサンのところに着いたところで、タイマーが鳴った。戸部ボクシングジムのよりも一回りでかくて、音もでかかった。すぐそばだったので、風花も未来も耳をおさえたほどだ。

「こちらこそ。それにしても平日の夜だっていうのに、すごいひとだね」

「ひとが多いのも考えもんですよ。実力のある選手が育たなくてこまっています」

松乃進と話をはじめたスキンヘッドのオジサンの顔をながめているうちに、オーナー室で見た動画にでていたひとだと気づいた。橋本海のセコンドだ。

「だけどおまえさんとこの練習生は、コンスタントにプロテストに受かってるじゃないか」

「テストに受かっても試合となると、からきしダメでしてね。ここイチバンってときにビビっちまうんです。ほんと、いまどきの若い者はなっちゃいません。きもったまが小さいくせして口ばかりタッシャな四回戦ボーイばかりです。よぉ、サクラちゃん」

「今日はよろしくお願いします」サクラさんがぺこりと頭を下げる。

「こちらこそお願いするよ。試合にでたことがあるの、二、三人見つくろっておいたからさ。スパーリングだから気にせずに、バンバンやっちゃって」

スキンヘッドのオジサンに言われ、サクラさんは苦笑いをうかべるだけだ。そして着がえてきますと去っていった。

「こちらのおじょうさんたちは？」

「ミクだ」未来は名前だけ言い、右手をさしだす。

「ここのオーナーとトレーナーとその他いろいろぜんぶやってる橋本淳二です。よろしくね」スキンヘッドのオジサンこと橋本が未来の右手をにぎる。

「この子は練習生のムスメなんだ。こっちの子はこの五月に入ってきた練習生」

「橘風花です」サクラさんをマネて、頭を下げる。

「何年生？」

「四年生です」

「ウチのタツコと同い年だね」

「そう言えばタツコちゃんは？」松乃進があたりを見回す。「海ちゃんもいないけど」

「ふたりしてジョギングいっているんですよ。じつはいま、タツコのところにテレビ局の取材がきていましてね」

「去年のジュニアグランプリのチャンピオンだもんな、タツコちゃんは」

「それもありますが、母親の海が女子プロボクサーだったのも、テレビ的にドンピシャだとかで。オレもボクサーだったのになぁとは思いましたけど、でもタツコにつきっきりでメンドーを見ているのは海ですからね。母とムスメで走っている場面をカメラにおさめたいと、ディレクターさんに言われて、ほんの数分前にでていったんです」

なんだろ、ジュニアグランプリって。

「この子、来年のグランプリには出場するんですか」

「でるよ」橋本の問いに松乃進が当然とばかりに答える。

「え?」風花は思わず声をだしてしまう。

「だったら、タツコとスパーリングやっていきますか」

ジョーダンではない。ここでいきなりなぐりあいをやれだなんて。

「やらんよ」松乃進が首を横にふった。「この子はボクシングをはじめてまだ、二ヶ月なんだぞ。タツコちゃん相手にスパーリングだなんてムチャだ」

風花はほっとした。それでもいつかはグランプリとやらにでて、ひととなぐりあわなくちゃいけないらしい。

できるかな、あたしに。

キックキックトントンキックキックトントンキックキックトントン。

声をださないで、風花は早口でくりかえした。足だ。サクラさんの足の動きにあわせて、言っているのだが、あまりにも速かった。一秒どころか〇・〇〇〇〇〇一秒だって止まらないのだ。ここかと思えばまたまたあちらである。軽やかで、リングの上をすべっているようにさえ見える。動きにムダがないのだ。

「サクラ、がんばれぇ」未来の声が頭の上から聞こえてくる。

「いいぞ、サクラ、その調子だっ。おまえのタイミングで打ちつづけていけば勝てるぞっ」

　これは松乃進だ。未来はそのカタに乗っている。サクラさんがスパーリングの真っ最中なのだ。リングの高さがちょうど風花の目線くらいで、足の動きを見るにはちょうどいい。

　相手は男のひとだ。サクラさんよりも二回りは大きくてがっちりしたからだつきだった。しかしそんな見た目とはちがって、サクラさんのほうがアットー的に強い。

「相手のペースに飲みこまれて、自分の動きができてないじゃないかぁ。しっかり相手を見て、打てるパンチを打ってけぇ」

　橋本の言うとおりだ。男のひとはサクラさんの動きに追いつけず、まごつくばかりだ。そのあいだにいくつもパンチを食らっている。

　キックキックトントンキックキックトントンキックキックトントン。

　左右のウデはワキをしめたままで足だけを動かす。サクラさんのステップをマネようとするが、あまりの速さに風花はついていけなかった。それでもやるだけやってみる。

　キックキックトントンキックキックトントンキックキックトントン。

　タイマーが鳴り、サクラさんの足が止まる。そしてゆっくりとコーナーにもどってきた。足取りがしっかりして、まったくつかれていない。それにくらべて反対側のコーナーへむかう男のひとはふらついていた。風花もである。できればこの場にすわってしまいたいくらいだ。でもそうはいかない。風花にも風花の意地があるのだ。立ったままで息を整える。

「選手コータイだっ」橋本が言った。

「オレ、まだできますって」

「なにイキがってるんだっ。足元がおぼつかないだろうが。おまえができるできないじゃねぇ。サクラちゃんの相手はつとまらんってことだ。さっさとリングをおりろ、バカタレッ」

橋本は男のひとの頭をひっぱたいてから、サクラのほうに顔をむけた。「ごめんな、サクラちゃん。つぎはもっとホネがあるヤツだからよ」

ところがつぎの男もホネがあるヤツとは言いがたかった。サクラさんに三分間、やられっぱなしで、ダウンこそしないまでも、バテバテになって、コーナーにもどると、これ以上はムリだと自ら橋本に言った。サクラさんは少しもつかれを見せず、ニコニコ笑っている。

カッコイイな。

風花は思う。あんなふうに男を負かすことができたら、気持ちがいいに決まっている。

「選手コータイッ」

三人目はだいぶマシだった。サクラさんのすばしっこい動きにきちんとついていけているし、自らパンチをくりだしてもいた。顔やボディにヒットしかけて、見ているほうとしてはヒヤヒヤだった。ここにきてようやく、ボクシングらしくなってきたと言っていい。

キックキックトントンキックキックトントンキックキックトントン。

口の中でつぶやきながら、風花はサクラさんのステップをマネる。いままでとおなじく動きが速いので、足がおいつかない。でもさっきのふたりを相手にしたときほど、軽やかではないのはわかった。少しみだれて、落ち着きを失っているようにも思う。

「その足、サクラさんのマネ？」

急に話しかけられて、風花はおどろいた。未来をカタに乗せた松乃進とは反対側に、女の子が立っていたのだ。

「え？」思わず足を止めてしまう。

「ごめん、ジャマしちゃったね。つづけなよ」

「あ、はい」ふたたび足を動かすが、となりの子が気になってならない。しかも少しはなれたところに、テレビカメラをかついだひとがいたのでなおさらだ。カメラのレンズはまちがいなく女の子のほうにむいていた。

この子がタツコ？

年がいっしょでからだつきもほぼかわらない。でもとなりにいるだけで、こっちが気後れしてしまうくらい、すごいオーラがでているのを感じた。おかげで足の動きがおろそかになる。それでもサクラさんが大きく一歩ふみこんでいくのは見のがさなかった。左足だ。すかさずそのマネをする。右ウデを引くのも見えた。風花は足だけではなく、右ウデの動きもマネる。ねらうは相手のワキバラだ。目の前に織田公平がうっすら見え、そのワキバラ目がけて右のコブシをつきさそうとする。

ところがそうはいかなかった。耳をつんざくタイマーの音が聞こえてきたからだ。風花とおなじく、サクラさんも右コブシを止めた。

「いい？」

女のひとが手をあげている。橋本海だ。小町さんとタイトルマッチをしたときとちがい、かみの毛は黒かったが、風花はすぐにわかった。

「サクラちゃんにお願いがあるんだけどさ」

「なんでしょう」サクラが海にききかえす。

「タツコとスパーリングしてやってくんない？」

「母さんったら」となりの女の子が不満そうに言った。やはり彼女はタツコだったのだ。

「テレビのひとの入れヂエだな」

ひとり言のはずだが、風花にははっきりと聞こえた。松乃進の耳にも入ったようだ。タツコのほうをちらりと見てから、リングをはさんでむこうにいる海に大声で言った。

「いくらタツコちゃんでも、サクラの相手はきびしくないかい、海さん」

「だったらハンデつけてよ。サクラちゃんが左ウデしかつかわないっていうのはどう？　タイムも三分じゃなくて二分」

「お母さんがああ言ってるけど」松乃進がたずねた。「どうする、タツコちゃん」

「やります」

やるんだ。

風花は改めてタツコを見た。ベリーベリーショートヘアで、顔のカタチは細長で、きりりとしたマユ毛に目じりがあがった細い目、とがった鼻、ひきしまった口と女の子とは思えない勇ましい顔つきだった。マンガやアニメだと二番手やライバルだけど、主人公よりも人気が高いキャラっぽい。

しかもタツコはどういうわけか、風花のほうを見て、にやりと笑った。

4　陽菜子

「キョーのフクもステキだぞ、フーカ。それもフーカママがつくったのか」

キラキラヶ丘北十八号棟五〇二号室、つまり陽菜子と風花のウチに入ってくるなり、未来ちゃんが言った。本気で羨ましそうだ。

「そうよ」陽菜子が答える。

「生地はあたしが選んだの」娘がつづけて言う。淡いピンクと白のチェック柄のその生地は、布の大型専門店のネット通販で購入した。月曜には生地が届き、その夜とつぎの夜で、陽菜子は娘にギャザーワンピースをつくってあげたのだ。

「その生地、まだ余っているのよ。未来ちゃん分くらいはあるから、よかったらそれでいまからママにワンピースつくってもらおうか」

陽菜子が言うと、未来は右手をぐいと前にだし、親指を立てた。

「グッドアイデアだ、フーカママ。フーカとおそろいはウレシイ」

「いまからッスか」未来ちゃんのうしろにいた星矢が素っ頓狂な声をあげる。

「そのためにきたんでしょう？」

「そりゃそうですけど」

ママはボタンもつけられない、そんなママにオヨーフクのつくりかたをおしえてほしい。未来ちゃんにお願いされたのはひと月以上前のことだ。なんやかんやあって、お盆休みの真《ま》っ只中《ただなか》の今日にようやく実現の運びとなったのである。

「まずは陽菜子姉さんが、手本を見せてくれてからやるもんだと思ってたもんで」

「いっしょにつくったほうが早いし、覚えられるわよ」

「ママはミクのワンピースをつくりたくないのか」

「そんなことないわよ。やる気満々だってば。めっちゃかわいいのつくってやるからな。覚悟しとけよ」

どんな覚悟だ。

陽菜子はまるまる一週間休みだが、どこへもいく予定がなかった。

お盆でも正月でも里帰りはしない。陽菜子の実家は富山だが何年も帰っていなかった。父は専門学校の在学中、母は陽菜子が結婚する直前に、いずれも病気で亡くなっている。二階建ての一軒家で、築四十年の実家は改築と増築を重ね、いまは七歳年上の兄夫婦の住まいだ。

陽菜子のだった部屋は今年、成人になった甥《おい》っ子《こ》が使っている。兄と仲が悪いわけではない。ただなんとなく疎遠《そえん》になっていった。

亡夫の隆重は、実家の墓に納骨されている。場所は鳥取《とっとり》だ。三回忌以来、足を運んでいない。隆重の両親は存命で、陽菜子を快く思っていない。三回忌のあとに、七回忌は私達でおこなう、今後は墓参りもくる必要はないと、義母に言われた。

例年であれば娘とふたり、近場へ二泊三日の旅行へいくのだが、できるだけ多く、ボクシングジムに通わねばならないのだと断られてしまった。子どもがやりたいことは必ずやらせるという夫の隆重と決めた〈子どもを育てるための五か条〉を守らねばならない。それにどこへいくにしたって、お金がかかる、節約できてイイではないかと自分に言い聞かせた。でもやはり物足りない。

娘は昼の二時半過ぎには戸部ボクシングジムにいってしまう。そのあと家でひとりきりでいると、虚《むな》しささえおぼえた。ジムへ迎えにいくと、トレーニングに励む娘が、自分を見て残念そうな顔つきになるのもたまらなく嫌だった。娘は母親といるよりもボクシングをしているほうが楽しいのだ。

娘はまだ小四の九歳なのだ。親離れには早過ぎる。

今日は水曜でジムが休みだった。そこで未来ちゃんと星矢をお招きしたのだ。

それともうひとり。

「サクラはまだか」

「十一時半くらいにくるって、さっきＬＩＮＥがきたわ」ダイニングのテーブルにミシンを載せてから、陽菜子は答えた。いまは十時過ぎだ。「昼になんかオイシイものをつくってくれるそうよ。その買いだしをしてから、こっちにむかうって」

「サクラさん、料理つくれるんだ。意外」娘が言う。

ママの私にはあなたがボクシングに夢中なことのほうが、ずっと意外だよ。

「ダンキチくんのために、料理学校でも通っているんじゃないッスかねぇ」

「だれ、ダンキチくんって」

「サクラさんのカレシだよ。前に話したじゃん。忘れちゃったの、ママ？」

娘に言われて思いだした。大学時代は応援団で、いまは美術館の学芸員の今田《いまだ》弾吉《だんきち》だ。

「サクラがチャンピオンになれないと、ダンキチとケッコンできないんだ」

未来ちゃんが言う。その話も娘に聞いた。

「なれそうなの、チャンピオン？」陽菜子は星矢に訊《き》いてみる。

「いまのチャンピオンっていうのが南米のボクサーでヴィクトリアってひとなんスけど」

星矢はスマホをだすと、その画面を何度かタップして、陽菜子にむけてきた。ハリウッドで活躍する女優のだれかとだれかとだれかを足して人数分で割ったような美貌だ。

「日本でもネットでちょくちょく話題になってるひとで、二、三日前には日本の化粧品のコマーシャルにでるってウワサが飛び交っていました」

「このひととサクラさんが戦うわけ？」と陽菜子。

「戦いたくても戦えない状況なんです。南米にいくにも日本に呼ぶにもお金がかかるんで、どうしたものかって、オーナーが頭を抱えている状態なんスよ」

「お金がかかるってどれくらい？」娘は興味津々だ。

「数千万円って額らしいよ」

「そんな大金、だすひといるの？」陽菜子は思わず訊ねる。

「鯨沼商店街を中心に、サクラさんの後援会があるんスけど、どんだけ寄付を募ったところで五十万円にも満たないそうで」五十万円だって陽菜子には大金だ。でも数千万円にはほど遠い。「これが有名なジムのドメジャーな男のボクサーだったら、大手企業が協賛してくれて、テレビで放送されてってことになるんでしょうけどね。ちっちゃなジムのドマイナーな、それも女のボクサーとなるとなかなかどうも」

「それじゃ、どうすればいいんですか、サクラさんは」

娘がまた訊ねた。問い詰めるような口ぶりに、星矢は戸惑《とまど》い気味だ。

「あたしに言われてもなぁ。オーナーは自分や小町さんが現役だった頃のファンに声をかけて、お金をだしてもらおうとしているみたいだけど、ウマくいってないんじゃないかなぁ」

「あれはどう？」陽菜子は思いついたことを口にしてみた。「あるじゃない、ネットでお金を募るヤツ」

「クラウドファンディングですか」

「そう、それ」

「あたしもオーナーに勧めたことがあるんスよ。それで小町さんとふたりで、あちこち意見を聞いてまわったんだけど、とてもタイトルマッチが開けるほどに、お金は集まらない、労多くして功少なしでおわるのが目に見えているからやめとけって忠告されて、やめちゃったみたいで。つまりはまあ、いまんとこは打つ手なしってとこらしいッス。なにかにつけて金の世の中って、ほんと、いやんなっちゃいますよね」星矢は自分のことのようにがっくりと肩を落とす。「この話、サクラさんには話さないでくださいね。本人もわかってることなんスけど、他人に言われるとめっちゃ凹《へこ》むらしくって。そりゃそうですよね。いつまで経《た》ってもチャンピオンになれない、つまりは結婚できないってことですからねぇ」

「サクラはケッコンできる」未来ちゃんが言った。腰に手を当て、ちょっと怒っているようだ。「チャンピオンにだってなれる。アイがあれば、なんだってこえられるって、ママいったじゃないか」

「それは」星矢はなにか言いかけたが、一旦口を閉じて、にっこり笑い、言い直した。「そうだ。愛があればなんだって超えられる。サクラさんもチャンピオンになって、結婚できる。そう信じてあげなきゃね」

「よだかは、実にみにくい鳥です。顔は、ところどころ、味噌《みそ》をつけたようにまだらで、くちばしは、ひらたくて、耳までさけています。足は、まるでよぼよぼで、一間《けん》とも歩けません」

リビングから娘の声が聞こえてきた。未来ちゃんにねだられて、本を読みだしたのだ。夏休みの宿題の読書感想文を書くため、キラキラヶ丘団地の中にある図書館で借りた、宮沢賢治の『よだかの星』だ。

どうしてこの本を選んだのか、訊ねたところ、宮沢賢治にはお世話になっているから、とよくわからない答えが返ってきた。

娘が言うには、キックキックトントンを胸の内で呟きながらトレーニングすると、調子がでるらしい。『雪渡り』で主人公の四郎とかん子の兄妹が唄う歌の一節である。宮沢賢治さまさまだよと娘は言い、そのお礼というわけではないが、宮沢賢治の本を読んで、読書感想文を書くそうだ。ならば『雪渡り』にすればいいと思ったが、何冊か読んでみて、よかったのを読書感想文で書くことにしたという。

『よだかの星』は三冊目だ。この一週間で『ふたごの星』、『オツベルと象』を読んでいた。いずれもおなじ出版社のシリーズで、薄くて絵が多いし、文字も大きいが、絵本とはちがうつくりになっていた。

「ある夕方、とうとう、鷹《たか》がよだかのうちへやって参りました。『おい。居るかい。まだお前は名前をかえないのか。ずいぶんお前も恥知らずだな。お前とおれでは、よっぽど人格がちがうんだよ』」

ぎこちないながらも、感情をこめて娘は読んでいる。鷹の尊大で鼻持ちならないキャラが、きちんと伝わってきた。

「嫌なヤツッスね、鷹の野郎」

生地を裁断しながら星矢が言った。ゆっくり慎重にハサミを動かしているが、娘の声が自然と耳に入ったのだろう。

「上から目線で、さも正論のように自分の意見を押しつけてくる鷹みたいなヤツって多くないッスか」多いとは思わないが、人生を振り返れば何人かいた。「店にくる客でもいるんスよね。キャバクラきてキャバ嬢に説教垂れるってなに様のつもりなんだっつうの」

「ママ、うるさい」リビングから未来ちゃんが注意してきた。ダイニングとの境に引き戸があったのだが、行き来するのに邪魔なので、入居直後に外してしまった。「クチをうごかさずにテをうごかしなさい」

「手も動かしてるって」星矢はようやく最後まで切りおわった。「ねぇ、陽菜子姉さん」

「そうね。そしたら今度は襟《えり》ぐり部分を切ろうか」

裁断の前に、陽菜子が青のチャコペンで引いた線に沿って切っていけばいいだけだ。ただしいままでは真《ま》っ直《す》ぐだったが、襟ぐり部分は丸みを帯びている。その線を陽菜子は指差す。

「ここんとこよ。切れる？」

「オッケー、オッケー、オバッケー」『オバケデイズ』の挨拶だ。わざとふざけて自らの緊張を解《ほぐ》そうとしたのかもしれない。そして襟ぐり部分を切りはじめた。これまたゆっくり慎重にだったが、どうにかおわった。

「よしっ」星矢はガッツポーズを取る。未来ちゃんもそうだが、母親の彼女も見ていて飽きない。

「そしたらいよいよミシンの出番ね。いま切った襟ぐりに袖口、それと裾の始末をして、両脇を縫えばオシマイ。簡単でしょ」

いざはじめると、思った以上に星矢はミシンをじょうずに使いこなした。まずは襟ぐりを五ミリ程度の三つ巻にして縫ったのだが、ウマいことできたし、縫いはじめと縫いおわりの返し縫いも完璧だった。

「いいわね」

「マジッスか。あたし、素質あるッスか」

「あるある」

「だったら陽菜子姉さんの会社で働けます？」

それは無理だ。

陽菜子の勤め先の浅利洋裁は、五十人近くいる社員のほとんどが、服飾系の専門学校あるいは大学をトップに近い成績で卒業してきていた。仕事ができなくて陽菜子を日頃イラつかせる、おなじチームのヒヨッコトリオもそうだった。縫製に関して我が職場はエリート集団と言っていい。さすがにあんたみたいな素人《しろうと》の働ける場所ではないとは言い辛《づら》い。するとなかなか答えようとしない陽菜子を見て、星矢はなにかしら察したらしい。

「やだな、陽菜子姉さん。冗談ッスよ。マジに考えないでください。服をつくる工場で働くとなると、それなりの腕がなきゃ駄目だって、あたしにもわかりますって。はは」

つぎに袖口に取りかかる。これも三つ巻にして縫っていく。

「未来も来年、小学生じゃないッスかぁ」作業をしながら、星矢が言った。いままでよりも声量を下げて、呟きに近い。「ほんとは今年の春にキャバ嬢をやめて、ふつうの会社に勤めるつもりだったんスよ。若いうちならまだしも、この先十年二十年とキャバ嬢やっていくわけにはいきませんからねぇ」

「なんかやりたい仕事はないの？」

「どんな仕事でもいいんスけどねぇ。できればフレックスタイム制とか自宅勤務とかで、自分の好きなときに働けて、同僚はテレビドラマみたいにイケメン揃いで、時々海外出張があって、住宅手当とか扶養手当とか福利厚生が手厚くて、月に手取りで五十万円もらえる会社だったらどこでもいいッス」

「そんな会社あるわけないでしょ」

「ですよねぇ。手に職がなくて、資格どころか車の免許すら持ってなくて、高校中退で、十八歳でデキ婚して二十歳で離婚した子持ち女なんか、ふつうの会社も無理だもんなぁ」

この子は私に相談しているんじゃなくて、話を聞いてもらいたいだけなんだな。だれかに話さなければ不安なのだ。気持ちはわかる。陽菜子もそんなときがあるからだ。

「結婚して専業主婦になるっていうのが、いちばん楽ってことになるんスかねぇ」

パチンコ屋の脇道で言い争っていた元旦那は、どうなったのだろう。気になったものの、子ども達がいるところでは訊くわけにはいかない。

「陽菜子姉さんもいっしょにどうッスか、婚活。どっかそういうサイトに登録して、お見合いパーティーとかにいきません？」

「あたしは再婚する気なんかないもん」

「だったらついてきてくれるだけでも」

「ママッ」未来ちゃんの鋭い声が飛んでくる。

「口を動かさずに手を動かしなさいでしょ。わかってるって」

　リビングにむかってそう言い、陽菜子に顔をむけ、星矢はぺろりと舌をだした。

「よくやったぞ、ママ」姿見に映る自分を見て、未来ちゃんは満足げに頷《うなず》いた。ほんのいましがた、完成したワンピースを着ているのだ。「かわいい。ステキだ」

「でしょ？」星矢だ。未来ちゃんのうしろに立ち、腕組みをしている。すべてをやりきった顔だった。「ママはね、やればデキるママなのよ」

「せっかくお揃いなんだし、風花と未来ちゃん、並んでちょうだいよ。写真撮ってあげる」

　子どもふたりをダイニングの壁を背に並んで立たせると、ほんとの姉妹のようだ。最近、風花は陽菜子とお揃いの服を着てくれなくなった。理由を訊ねると恥ずかしいというのだ。いささかショックだったがやむを得ない。娘が成長した証《あかし》だと思って諦めるしかなかった。

　スマホをかまえると、なにを思ってか、未来ちゃんは雪渡りの歌を唄い、踊りはじめた。

「キックキックトントン、キックキックトントン」

隣の風花も少し遅れて未来ちゃんと共に唄い踊る。

「凍《し》み雪しんこ、堅雪《かたゆき》かんこ、野原《のはら》のまんじゅうはポッポッポ。酔ってひょろひょろ太右衛《たえ》門《もん》が、去年、三十八、たべた」

陽菜子はスマホを写真からビデオに切り替え、ふたりの踊りを動画で撮影する。

「凍み雪しんこ、堅雪かんこ、野原のおそばはホッホッホ。酔ってひょろひょろ清作が、去年十三ばいたべた」

マズい。陽菜子は涙が滲みでてきた。このあいだ、未来ちゃんが踊るのを見たときも泣いてしまった。パブロフの犬状態だ。ともかくふたりの踊りがおわるまで堪《こら》えねば。いや、駄目だ。もうこぼれてくる。

するとそのとき玄関のチャイムが鳴った。

「遅くなりましたぁ、サクラですぅう」

サクラが陽菜子に頼み事があると、話しかけてきたのは二日前のことだった。

いつもどおり、戸部ボクシングジムへ迎えにいき、トレーニングをつづける娘を待って、オーナー室のソファに腰かけているところに、サクラがやってきたのである。

風花ちゃんの服、ぜんぶ橘さんがつくってるって、ほんとですか。

サクラとはそれまで挨拶を交わすだけだった。それがいきなり隣に座って、単刀直入に訊ねてきたので、陽菜子はコクコクと頷くことしかできなかった。

いま彼女が着てるTシャツとパンツもですか。

は、はい。

どのくらいかかるものなんです？

あれは五セットあるんですけど、三時間でつくりました。

天才ですか、橘さん。

いえ、そんな。

もしかしてガウンってつくれます？　試合会場に入る前に羽織るヤツで、いままでのはこういうのだったんですが。

そしてサクラはスマホをだして、画面を何度かタップして、陽菜子のほうにむけた。ギンギラギンでやたらに派手な衣装を羽織ったサクラがそこにいた。

つぎの試合がいつになるか、わかんないんですけど、こういうときにこそ、新しいのをつくっておいたほうがいいと思いまして。じつはつくってほしいデザインがありまして。いまちょっと資料とかなくて、説明しづらいんですよねぇ。どうしよっかなぁ。

サクラはフーカママに、フクをつくってもらうのか。

未来ちゃんが話しかけてきた。むかいのソファに座り、ふたりの話を興味深げに聞いていたのだ。

そうよ。未来ちゃんも？

あたしのフクは、ママがフーカママにおそわってつくるんだ。アサッテ、フーカのウチでおそわることになっている。

だったらあたしも明後日、橘さんのウチに伺ってもいいですか。そのとき資料も持っていきます。なんでしたらみんなの食事、つくってさしあげます。

ジョシカイだ、ジョシカイ。

未来ちゃんがうれしそうに言い、ソファの上で飛び跳ねた。

「今日、このウチに泊まっていくんスか、サクラさん？」

冗談とも本気ともとれる質問をしたのは星矢だ。たしかにそう思われてもおかしくないくらい、サクラは大荷物だったのだ。大きなショルダーバッグを袈裟懸《けさが》けにして、コンパクトなキャリーケースを引きずってきたのである。

「ちがうわよ。こっちはランチの食材とたこ焼き器」サクラはショルダーバッグを軽く叩《たた》き、つぎに玄関と呼ぶにはあまりに小さくて狭い出入口に置いたキャリーケースを指差す。「あっちはガウンの資料」

いったいどれだけ資料があるんだ。

「たこやき、つくってくれるのか」

「それがちがうんだよねぇ、未来ちゃん」ショルダーバッグを床に置いてから、サクラは未来ちゃんのほうを見る。「やだ、どうしたの、そのワンピース。かわいいっ。風花ちゃんとお揃いじゃないのぉ。あっ、そっか、これのこと？　ママがつくるって言ってた服？」

「そうだ。ステキだろ」

　未来ちゃんはその場でくるりと一回転した。

「素晴らしいわぁ。写真、撮っていい？　あれ、あたし、スマホ、どこに入れたっけ」

　サクラは身体中をぱたぱた両手で叩きだす。つぎにショルダーバッグを開き、「ないなぁ、ないなぁ」と言い、さらにはキャリーケースも開いた。サクラの背中に隠れて、はっきりは見えなかったものの、その中には箱らしきものがたくさん詰まっていた。

「あった、あった。やだ、あたしったら、なんでこんなとこにスマホ、しまいこんじゃってたのかな。謎だ、謎。我ながら謎の多い女だ。ささ、ふたり、撮るわよぉ」

「はじめからおどるぞ、フーカ」

「踊るってなにを？」

「あたしと未来ちゃんで踊っていたんです」娘が言う。「そしたらサクラさんがきて」

「なに踊っていたの？　ときどきオーナー室で踊っているアレ？　『雪渡り』の？」

「そうです」

「キックキックトントン、キックキックキックトントントン」

　未来ちゃんが踊りだし、娘も慌てて手足を動かす。今度は最後まで踊りとおせた。陽菜子は込みあげてくるものがあったものの、どうにか堪えることができた。

サクラがたこ焼き器でなにをつくったかと言えば、シューマイだった。

豚挽肉《ぶたひきにく》に玉ねぎとしいたけのみじん切りを混ぜ、おろししょうが、中華スープの素、砂糖、醤油《しょうゆ》、ゴマ油、片栗粉《かたくりこ》を入れて、ボウルで捏《こ》ねくりまわせば、具のできあがりだ。これをサクラはケーキづくりなどに使う絞り袋に入れていく。とても手際がいい。聞けばほぼ毎日、料理をつくっているらしい。

作業はダイニングのテーブルでおこなった。星矢が作り方を知りたい、できればスマホで撮影もしたいと言いだし、でもそうするにはカウンターキッチンの調理スペースだと狭いからだ。そしてまた、サクラは包丁に俎板《まないた》、ボウルまで持ってきていた。ウチのを使ってくれてもよかったのに、と陽菜子が言ったところだ。

「使い慣れた自分のじゃないと駄目なんです」

サクラは真顔でそう答えた。

たこ焼き器はリビングにあるコタツと兼用のテーブルに置いた。もちろんいまは布団をかけていない。ダイニングのテーブルは大きさはじゅうぶんでも、椅子が二脚しかないのだ。

「サクラさん、なにか手伝わせて」「ミクもだ」

「それじゃ風花ちゃんはたこ焼き器の穴の上にシューマイの皮を載せていってちょうだい。未来ちゃんはそれをちょっと押しこんでくれる?」

娘と未来ちゃんがそのとおりにすると、サクラが皮の上に絞り袋に入った具を適量、絞りだしていく。

「おっと、そうだ。この上に小エビを載っけるんだった。キッチンにあるんだけど」

「あたし、持ってきます」娘が即座に動く。ふだんに比べてキビキビしているのは人前だからだろう。未来ちゃんにイイところを見せたいのかもしれない。

ぜんぶおわると、サクラはたこ焼き器をオンにした。しばらく待って温まってきたら、全体にくまなく水をかけ、蓋をする。そして五分後。

「完成でぇぇすっ」サクラが蓋を開くと、蒸気がもわっと立ちのぼる。娘と未来ちゃんが手を叩く。陽菜子もだ。星矢はスマホで出来あがったシューマイを撮っていた。

「あ、もうこんな時間だったんだ。橘さん、テレビ点《つ》けてもいいですか」

「なんチャン？」陽菜子はリモコンを手に取る。

サクラがテレビ局の名を言う。電源を入れ、そのチャンネルのボタンを押した途端だ。

「ちがうだろ。何度言わせるんだよ、このボケカスが」

突然、テレビから罵声が飛んできた。そこには鬼のような形相をした女性がいた。年齢は四十代なかばだろうか。「このボケカスが」の部分が彼女の下にテロップででている。怒っているのをより強調する字体だった。

「マッドドッグだ」と娘が言った。

「なにそれ？」陽菜子が訊ねる。

「この女のひとのあだ名。ボクサーだった頃のね」

「橋本海といって、ミニフライ級世界チャンピオンだったんですよ」娘につづけてサクラが教えてくれた。「十年以上むかし、小町さんが彼女に挑んだことあるんですけどね。残念ながらKO負けでした」

「ミクはこのひとがキライだ」未来ちゃんが不快そうに口を尖《とが》らせている。「おこってばっかいて、こわかった」

「ビビってんじゃねえぞ、こらぁ。もっと食らいつくように打つんだよぉ」

場面が切り替わり、凜々《りり》しい顔つきの女の子があらわれた。ヘッドギアをつけ、グローブを塡《は》めた両腕を左右に突きだしている。ただしひとりではない。相手がいた。こちらもヘッドギアを被っており、しかもうしろ姿なので顔が見えない。それでもだれかわかった。桜《さくら》吹雪《ふぶき》のTシャツを着ていたからだ。

そこで陽菜子はようやく気づいた。今週一週間休むため、できるところまでやらねばと、先週末は工場にひとり居残って残業をした。その日、娘が見学にいったのが、橋本ボクシングジムだったはずだ。練習生の中に、自分と同い年の女の子がいて、その子がテレビの密着取材を受けており、サクラとスパーリングをした話も聞いたおぼえがあった。

「遅い遅い、このノロマのブタがっ」テレビからまた怒鳴り声がする。

「娘にノロマのブタはないッスよねぇ」できたてのシューマイを頰張りながら星矢が言った。

「ないない」同意したのは未来ちゃんだ。

そうだ、橋本海と凜々しい女の子は親子なのだ。その話も娘に聞いた。

画面では女の子とサクラのスパーリングがまだつづいている。マッドドッグこと橋本海が言うほど、女の子のパンチは遅くない。しかしサクラはいともたやすく躱《かわ》していく。

「一発も入らなかったら、夕飯抜きだよっ」

橋本海が叫ぶと、女の子が上半身をひねったのがわかった。つぎの瞬間、彼女の左拳がサクラの脇腹に突き刺さる。

「サクラッ」

未来ちゃんの声がした。だがいまここにいる彼女はシューマイが入った口をモグモグ動かしていた。テレビから聞こえてきたのだ。

「いまの未来？」星矢も気づいた。

「あんなコムスメに、サクラがなぐられるとはおもってなかったんで、おどろいたんだ」

「あんときはあたしも驚いたなぁ」

当のサクラが言う。いまも驚いたような顔つきになっていた。そんな彼女に娘が訊ねる。

「これってわざと打たせてあげたんじゃないんですか」

「そんな八百長みたいなことはしないよ。夕飯抜きだよって海さんが言うのを聞いて、そんなのかわいそうじゃんとは思ったけどね」

だったらやはり、打たせてあげたのではないかと、陽菜子は思った。

「橋本海の娘だけあって、けっこう強烈な一発でさ。あのままつづいてたら、さらに何発か食らってたかもしれないな。そう考えると末恐ろしいよ、この子は」

「どぉうもぉ、オジャマしまぁすぅぅぅ」

画面が切り替わって、売りだし中の若手漫才師のツッコミ担当がマイク片手にあらわれた。ただし場所はまだ橋本ボクシングジムの中である。リングの前に立つ凛々しい女の子のもとへ、ツッコミ担当がむかう。

「はじめまして、どうもこんにちはぁ。話、伺ってもいいかなぁ」

「はい。よろしくお願いします」

少し息が乱れながらも、女の子はきちんと応対する。〈橋本龍子《たつこ》さん〉と画面下にルビつきでテロップがでた。

「ついさっきまでスパーリングしてたのって、プロボクサーだったんでしょ。凄かったなぁ。全然負けてなかったもんね」

「まけてたよ」ツッコミ担当にむかって、未来が文句を言う。「テレビがウソをついちゃダメだ」

「サクラさん、左手しか使っちゃいけなかったしね」娘も不服そうだ。「その話もちっともでてこないし」

「いいじゃないの」ふたりを宥《なだ》めたのはサクラだ。「シューマイまだ食べる？」

「たべるたべる」と未来ちゃん。「食べます」これは娘だ。

「だったらまた皮を並べてちょうだい」

「最後の最後、ボディを決めてたし。まだ時間があったら、やっつけられてたんじゃない？」

「さすがにそこまでは」ツッコミ担当に言われ、龍子は当惑気味だ。すると「もちろんです」と声がした。画面左側にテロップもでて、さらに声はつづく。

「あと一分あれば、倒してやってました。ぜったいです。間違いありません」

「お母さん」ツッコミ担当が左のほう、画面の外側にいるはずの橋本海に言った。「いまは龍子ちゃんのインタビュー中なので、お静かに願えますか。龍子ちゃんはいくつのときからボクシングをはじめたのかな」

「気づいたらはじめていました」

「二歳のときよ。でもその前からおもちゃのグローブを付けて遊んでいたわ」

「お母さんっ」ツッコミ担当が自分の口に人差し指を縦にあてる。「お静かにって言ったでしょ」

「すみません」

「龍子ちゃんが謝ることじゃないってば。それでえぇと、そんな小さい頃からやってて、やめたいって思ったことはない？」

「ないですよ、そんなこと」

　また橋本海の声がした。これまた彼女の言葉がテロップででる。

「あたし、こういうテレビのおふざけって嫌いなんだよなぁ」星矢がテレビを見ながら不快そうな顔つきで言う。「これって、わざとあのオバサンに好きに言わせてるんスよねぇ」

「そうなのよ」シューマイの具を絞りだしながら、サクラが答える。「茶番もイイところなの。しかも海さんったら、すっかり調子にノッちゃって。龍子ちゃん、かわいそうだったな。

このインタビュー、もっと長かったんだけど、結局、海さんばかりが答えちゃってさ」

「待て待て待て待てぇ」

テレビにツッコミ担当の相方、つまりはボケ担当が、ボクサーの格好であらわれた。三十歳前後のはずだが、ぽっこりお腹がでており、ボクサーにはほど遠い体型だった。

「なんだ、おまえ。なにしにきたんだ」

「強い強いと言ったって、所詮は小学生だろうが」

「おまえ、その小学生にいつも負けてるだろうが。野球にサッカー、バスケ、水泳」

「レスリングに柔道、それとこのあいだは空手でも負けていたわ」

これまた橋本海だ。

「お母さん、何でもご存じ」ツッコミ担当が思わず笑っていた。

「ぼくらのファンで、このコーナーをいつもチェックしてるんだって」ボケ担当が頭を下げる。「今後ともよろしくお願いします」

「そういうのはイイから先をつづけろ。で？　所詮は小学生だからなんだって言うんだ」

「この俺様と尋常に勝負ぅ、勝負ぅぅぅ」

「やめとけって。ナメてかかるとエライ目あうぞ」

「ナメてなんかないさ」ボケ担当は腰に手を当て、もとからでているお腹をさらに突きだした。「お嬢ちゃんがどれだけ強いか、まずは試しに一発、打ってごらんなさい」

ぼふっと鈍い音がした。龍子がボケ担当のぽっこりでた腹を、右の拳で殴ったのだ。咄嗟《とっさ》のうえに一瞬だった。

「う」ボケ担当は呻《うめ》き声《ごえ》を洩らしながら、両手でお腹を押さえ前屈《まえかが》みに倒れていく。両膝をつき、しまいにはその場にうずくまって動かなくなった。

「すみません、痛かったですか」

自分で殴っておいて、痛かったもなにもあるまい。番組はそこでコマーシャルとなった。

「このあと大変だったんですよ」サクラが言った。少し呆《あき》れた口ぶりになっている。

「キューキューシャがきたんだ」と未来。

「龍子ちゃんに殴られたひと、病院に運ばれてって、精密検査を受けて、どこにも支障はなかったんですけど、つぎの日は一日仕事ができなかったみたいです。はい、シューマイのセカンドシーズン、できあがりぃ」

サクラはたこ焼き器の蓋を開く。

「そんだけ龍子って子のパンチは、パワーがあるわけですか」

娘が訊ねた。トレーニングのときとおなじ、真剣なまなざしで、サクラを見ている。

「あたしも彼女の一発を食らったとき、そこそこのダメージを受けたんだ。二歳からってことは今年で七、八年だからね。そう考えると、あたしとボクシング歴はほぼおんなじだからなぁ。そう言えば織田はんこの公平くん、いるじゃない？」

「あ、はい」

娘の顔が険しくなる。以前、ジムの帰りに百均ショップで遭遇した男の子にちがいない。

あのあと娘に彼の名前を聞いたのだ。六年生で問題児であることもだ。

「彼も龍子ちゃんの犠牲者なんだ。いくらなんでも犠牲者は大袈裟かな。二年前の夏休みにも橋本ボクシングジムへいったことがあって、公平くんも連れていったの」

　そう言えば彼、戸部ボクシングジムにいたんだよな。

　これはつい先日、娘からの追加情報だ。

「四年生だった公平くんは、その秋にジュニアグランプリに出場する予定だったのね。でも生憎《あいにく》、ウチのジムには公平くん以外は大人の女ばかりなんで、橋本ボクシングジムの子ども達に相手をしてもらったんだけど」

「もしかして橋本龍子にやられた？」

「風花ちゃん、大当たり。まだ二年生だった龍子ちゃんとスパーリングをして、テレビの芸人さんと同様、一発でやられちゃったの。以来、ジムにこなくなっちゃったってわけ」

　結局、サクラはシューマイをサードシーズンまでつくり、女子五人はすっかりお腹が一杯になった。そしてたこ焼き器その他をみんなで片付けたあと、サクラがどんなガウンをつくってほしいのか、リビングで聞くことにした。

「『チケムリコーコツジョー』ってアニメ、橘さん、ご存じですか」

「えっと」あまりに予想外の問いかけに、陽菜子は戸惑ってしまう。「ごめんなさい、そっちの方面は疎いもんで」

「あたし知ってる」星矢が言った。「平日の夜中に放映しているヤツだよね」

「水曜の二十六時です」サクラが即答する。

午前二時か。草木も眠る丑《うし》三つ時《どき》だ。陽菜子も眠っている。

「ウチの店で熱狂的なファンの子がひとりいるよ。くる客くる客みんなに、そのアニメを薦めて、店長に怒られてた。あたしも薦められて、一回だけ見たんだけど、サクラさんって、ああいうのが好きなの？」

ああいうのってどういうのかしら。

「へへ」サクラは照れ臭そうに笑う。「あたしがお気に入りの声優さんがゴクラクジョードノスケというキャラの声を担当しているのですが。いま、持ってきますね」

サクラはリビングをでてダイニングを通り過ぎていく。そして狭い玄関の脇に置いたキャリーケースを横にして開くと、つぎつぎと中身を取りだした。なかなかの量で、娘と未来が手伝い、リビングのテーブルに運んできた。

ＤＶＤボックスが三セット、漫画の単行本が十数巻、イラスト集が三冊、写真集が二冊、映画と芝居のパンフレットがあわせて五冊、どれも『血煙荒骨城《ちけむりこうこつじょう》』というタイトルが明記されていた。

「そしてこれが極楽浄《ごくらくじょう》土《ど》之介《のすけ》様です」

サクラがテーブルの真ん中にある箱を指差す。五十センチは優にあるだろうフィギュアだ。宝塚顔負けのギンギラで、強いて言えば中世ヨーロッパ貴族のドレスとインド王族のサリーを足して二で割ったうえに、パンクファッションをまぶしたような絢爛《けんらん》豪華《ごうか》にして複雑怪奇な衣装を身にまとっている。信じ難いほど精密なつくりで、極楽浄土之介を知らずとも感心してしまうくらいだ。

「あたし、〈落ち武者〉なんです」サクラが照れ臭そうに言った。『血煙荒骨城』のファンのことをそう呼ぶらしい。「できれば浄土之介様の衣装みたいなガウンをつくっていただきたいのですが」

「マジでぇ?」サクラの申し出を聞き、悲鳴に近い声をあげたのは星矢だ。

「ちゃんと謝礼は払います。一着つくるのに専門業者に頼むと、なんやかんやで十万円はしますので」

「ジューマンッ」星矢がまた声をあげる。「やるべきですよ、陽菜子姉さん。あたしも手伝います」

あんたにどんな手伝いができるのだと思ったものの、口にはだせない。

「お金どうこうではなくて」

こんなのどうやってつくればいいのだろう。だができないと言うのも癪である。

「だったらこうしませんか。風花ちゃんの会費をむこう二年間、あたしが払います」

娘は二年先もボクシングをつづけているのだろうか。

「もちろん材料費もあたしが持ちます。領収書やレシートを渡していただければ、その都度、現金で支払います。いかがですか。駄目ですか」

「駄目だなんてとんでもない」

陽菜子は笑う。ただし頬や口元の筋肉が軽く震えているのが自分でもわかった。それでもこう言った。

「どうぞ、お任せください」

5　風花

「力みすぎっ。それじゃムダにつかれるだけだって」

　小町さんに注意され、風花は自分がカタをいからせてパンチを打っているのに気づいた。バックステップをしながら両カタを落とす。そして左コブシは左目の前、右コブシはアゴの前にして左足をふみこんで、左コブシをまっすぐのばし、小町さんのミットを打つ。よしっ。ちょうど真ん中に当たったのだ。すぐさま左コブシを元にもどし、下半身をまわして、つづけざまに右コブシをつきだす。

　これまで小町さんからストレート、フック、アッパー、ボディブロー、ボディストレートといったパンチをひととおり学び、どうにかカタチになってきた。ここ最近はことなるパンチをつづけざまに打つやり方、いわゆるコンビネーションを教わっている。練習を重ねてからだになじんでいけば、二、三発先まで思いえがきながら、パンチを打てるようになるという。だがそれはまだまだ先の話である。なにせ小町さんに教わったコンビネーションはまだ三パターンだけなのだ。

「イイ感じイイ感じ。それじゃつぎ、左ストレート二連発いこうか」

かまえてすぐ、モーションなしで二発つづけて打つ。ところが、二発ともミットの真ん中に当たらなかった。

「アゴ、でちゃってるよ。もっと引いて」

ほんとだ。風花はアゴを引き、前かがみにならないよう、左ストレートを二発ずつ打ちつづける。

目のはしっこに川原一路がいた。ガラスばりのオーナー室から風花を見ているのだ。三年生のとき、彼は全日本新聞コンクールで、ナントカダイジン賞を取っていた。今年もこのコンクールにだすため、戸部ボクシングジムを取材して、記事にするのだとはりきっていた。

一路のとなりでは、未来がひとりで雪渡りダンスをおどっている。

「集中集中っ。しっかり私を見て打たなきゃダメっ」

「はいっ」

キックキックトントン、キックキックトントン。

風花は心の中でつぶやく。

「今度は左ストレート左フック」

風花は左ウデでまっすぐミットを打ち、引きぎわに、からだをねじる。つづけて大ぶりにならないように気をつけながら、左フックを放つ。

「頭のてっぺんからマタのあいだまで、一本のクシがささっているのイメージできてる？」

なかなかグロいイメージだ。それでも思いうかべれば、からだがブレずにすんだ。バランスもよくなる。

「イイよイイよ、風花ちゃんっ。力がモロに伝わってきたっ。よし、それじゃまた左ストレート右ストレート」

小町さんが左右にステップしはじめる。もちろん的となるミットも左右に動く。となれば風花も動かねばならない。小町さんの動きにあわせると、自らのペースがくずれ、またたく間にスタミナが切れ、ヘトヘトになってしまう。こうなるとパンチがミットまでとどかなかったり、大ぶりをしてしまったり、へっぴりゴシでウデをのばすだけになったり、とウマいことといかなくなっていく。

「フォームがくずれてきたわよ。アゴを引っこめて、ワキをしめるっ。ステップもだれ気味っ。もっとキビキビ動くっ」

ヘトヘトなのを持ちこたえながら、小町さんに言われたとおりにする。習いたてはいっぺんにイロイロ言われると、こんがらがって、ひとつできても、ひとつできなくなってしまった。いまはちがう。ひとつひとつ言われたことをこなせるようになった。するとパンチがミットに当たりだした。もしかしたら小町さんが当たるように動かしているのかもしれない。それでも当たればうれしい。

「ラスト十五秒っ。パンチを速めて、ワンツー連打っ」

風花はひたすら打ちつづけた。こうして一発打つごとに、自分が少しずつ強くなっていく感じがたまらなく好きだ。

タイマーのブザーが鳴る。風花はバックステップで小町さんからはなれた。そして鏡のカべにもたれて休む。すわったら二度と立てなくなりそうだからだ。トレーニングの三分ははてしなく長いが、休みの一分は短い。あっという間だ。あせがひくことはなく、息を整えるのがやっとである。

「ミット打ち二セットやったから、あとはシャドーボクシング二セットやってね。今日はひとが多くて、風花ちゃんだけを見てらんないんだ、ごめんね」

夏休みもおわって、九月の第三月曜だ。平日だけど祝日でお休みだった。正午に一番のりしたものの、一時間もたつと、練習生が十人ほどになり、思い思いのトレーニングをしている。その中には星矢さんもいた。

「だいじょうぶです」

「私が注意したところをおさらいしながらやるのよ。力みすぎないで、アゴは引いて」

「それとクシざし」

「そのとおり」最近、気づいたのだが、そのとおりは小町さんの口グセだ。いつも言ったあとにニッと笑う。いまもそうだ。風花はこの笑顔が好きだった。自分がみとめられた気持ちになるからだ。「先週のジュニアグランプリの全国大会、動画サイトにアップされていたの知ってた？　大会の実行委員会がとっていたヤツ。やっぱ、龍子ちゃんがアットー的に強いね。中学生男子のチャンピオンもかなわないんじゃないかってぐらい。トレーニングおわったら、オーナー室で見てっていいわよ」

ところがそうはいかなかった。

「ではじめにおうかがいしますが、橘さんはどうしてボクシングをやろうと思ったのでしょう」

むかいのソファから一路がたずねてきた。

「どうしてって言われても」

トレーニングをおえ、着がえてから、オーナー室に入ったところだ。一路にインタビューさせてほしいと言われた。ことわる理由がないので、いいよと答えるなり、すぐさまはじまった。

風花のとなりには未来がいた。ひまわりのワンピースは星矢さんの手作りだ。風花のウチにきたあと、星矢さんはフリマアプリで電子ミシンを一万円弱で手に入れた。そしてこの一ヶ月あまりで、未来に二十着以上つくっている。自分のもつくるようになり、母子でおそろいのを着てくることもあった。今日もそうだった。風花もママとおそろいの服があることはあるが、小学四年生になってからはずかしいので、いっしょには着なくなった。

「これといって、はっきりとした理由はないよ」

織田公平をなぐりたいからだとは言いづらい。

「これといって理由はない、と」風花の言葉をくりかえし、一路は左手に持ったメモ帳に、やたら短いエンピツでメモった。「つぎにこのジムに入ったきっかけを教えてください」

　だったら答えることができる。

「歯医者の待合室で順番待ちしていたら、このジムのポスターがはってあるのに気づいて、それを見ていたら、小町さんが話しかけてきたの」

「どうしてそこに小町さんが？」

「受付のバイトをしてたの。鯨沼歯科よ。一路はいったことない？」

「ぼくは駅前の歯医者にいっているんだ。それでは小町さんにさそわれたわけですね」

「そんなところかな」他にもいろいろあったが、ぜんぶ話さなくてもいいだろう。

「ボクシングは楽しいですか」

「楽しいかどうかなんて考えたことないなぁ。でもやってて気持ちがいいのはたしかだな。一路もやってみたらどう？」

「ぼ、ぼくはいいよ」

「なんでさ。あたしにきくよりも、自分で体験したほうが、記事が書きやすいんじゃない？」

「ママにダメだって言われたんだ」

「ママ？」とがめるように言ったのは未来だ。

「ママはボクシングジムの取材さえも反対だったんだ。そんなランボーなひとが集まるような場所へいってはいけないとまで言われた」

「あたしたちのどこがランボーなのさ」風花はかみつくように言いかえす。

「そう思っているのはママで、ぼくはそんなことはない、それをはっきりさせるためにも取材をしてくるって、どうにかママを説きふせたんだよ。ただしママにはぜったいボクシングをやらないことって言われて」

ここにはきみのママはいないんだし、やっちゃえばいいじゃんとは言わなかった。そもそも一路は体育がからきしダメだった。スポーツと名がつくものはぜんぶダメにちがいない。これでボクシングをやらせて、一路がどこかのホネでも折った日には、風花が一路のママにおこられることになるだろう。それはイヤだ。

「そ、それじゃぼく、ジュクにいかなくちゃいけないんで。またくるよ」

一路がそそくさと去っていったあとだ。

「フーカ、カワハラはやめておいたほうがいい」ヒドいしかめっ面で未来が言った。

「やめておくってなにをよ」

「いいトシをしてママをママとよぶオトコはろくでもないぞ」

「いい年って、一路はあたしとおんなじ小四だよ。あたしもママってよんでいるし」

「オンナはいい。でもオトコがママをママとよんでいいのはショーガクセーになるまでだ。ミクのパパがなによりのショーコだ。三十二にもなって、ジブンのママをママとよぶんだ」

未来は外国人みたいにカタをすくめた。「ヤバくね？」

「すげぇ」

「なんか言った？」リビングからママがたずねてくる。

「なんでもない」

　風花はダイニングで、龍子の試合を見ている。一路が帰ったあと、五分もしないうちに商店街に夕飯のおかずを買いにきたついでにと、ママがむかえにきたので、オーナー室で見られなかった。ウチに帰ってきてからも、夕ごはんを食べて、おフロに入り、フトンをしいて、としているうちに八時になってしまい、ようやくノートパソコンでこの動画を見ることができた。

　すげぇのは、もちろん龍子のことである。小町さんがアットー的な強さと言っていたが、ほんとにそうだ。会場で見たときはただただ、おどろくばかりだった。ジュニアグランプリでは全国を四つに分け、各々のチャンピオンが全国大会において、トーナメントで戦う。橋本龍子は小学四年生から六年生の部のうちの三十五キロ級だった。

なさけヨーシャないなぁ、龍子ちゃん。若いころの海ちゃんとそっくりだよ。

　会場でそう言ったのは松乃進だ。なさけヨーシャとはどんな字を書くのか、見当もつかないが、意味はなんとなくわかった。ライオンはウサギが相手でも全力らしいが、つまりはそういうことだろう。

　まさに龍子はライオンだった。第一試合の相手は中部・北陸代表のチャンピオンで、小学六年生だったにもかかわらず、龍子にアットーされ、あまりのこわさに試合のあいだに、ボロボロとなみだをこぼしていた。ウサギどころかモルモットだ。そんな子でも龍子は手をぬかず、ボコボコにしていたのだ。まったくもって、なさけヨーシャない。

母親の海もこわかった。龍子にどなる声に対戦相手のみならず、参加者の大半がビビっていた。大会関係者に何度となく注意されながらも、海はあらためようとしなかった。

風花は動画を二分ほどもどした。中部・北陸代表をたおして、つぎの相手は西日本代表だ。その子も小学六年生で、去年一昨年二回つづけてのチャンピオンだった。ただし体重がちがったので、龍子との対戦はこの日がはじめてだった。さすがに龍子に気おされることもなく、海の声にビビりもしなかった。

ジュニアグランプリでは上着は無地でソデのないモノと決まっている。この上にムネを守るパッドを付けねばならない。ヘッドギアは西日本代表が赤、龍子が青だった。マタを守るためのカッププロテクターをして、その上にトランクスをはく。気になったのは龍子のトランクスである。ワッペンみたいなのが、やたらはってあったのだ。

橋本ボクシングジムにお金をだしているお店とか会社とかの名前が、はってあるのよ。いわば広告ね。

教えてくれたのは小町さんだ。言われてみれば動画でボクシングの試合を見ると、各選手のトランクスに、おなじようなモノがはってあった。小町さんやサクラのもである。でもジュニアグランプリの参加者ではめずらしく、なおかつ龍子のがいちばん多かった。そしてまた大会の最中、テレビカメラを持ったひとが追っかけていたのだ。他にも何人か、龍子のあとをぞろぞろくっついていた。先日の取材でレポーター役だった芸人コンビもいた。

パソコンの中でゴングが鳴る。はじめの一発は西日本代表だった。かけよるなり、龍子のワキバラを左コブシで打った。だしぬけの出来事に会場からどよめきが起きた。それまでだれも龍子にふれることさえできなかったからだ。西日本代表はさらに左右のフックを打ちつづけた。どよめきはさらに大きくなる。

「なにボヤボヤしてるんだ、龍子ぉっ。さっさと打ち返せっ」

ノートパソコンの中で海がさけぶ。

これって、あんときだ。

ほんの一瞬、リングの上の龍子と目があった。よく見てなよとその目は言っていた。するとなぐられっぱなしだった龍子のからだが、ふわりとうかんだ。うしろにステップして、西日本代表から遠ざかったのだ。

ここだ。

風花は動画を五倍のスローにした。龍子がふたたび前にでると、西日本代表のアゴに左アッパーを決めていた。風花は動画を五秒ほどもどし、今度は三十倍のスローにする。すかさず立ちあがり、ノートパソコンを見ながら、龍子の動きをマネる。うしろに一歩下がってからすかさず半歩前にでる。そのときからだをひねって、ヒジを曲げた左ウデをうしろにふっていた。この動きに西日本代表はまるで気づいていない。

そのすきに龍子の左ウデは下から上へ、ほぼ直角に曲がったまま、つきあがっていった。

フォームが小ぶりなのは、相手に自分が打つパンチがアッパーだと気づかれないようにするためだ。これは夏休みにアッパーの打ち方を習ったときに、小町さんに教わったのである。

さらにこうも言われた。

アゴを打つときはアゴをねらっちゃダメよ。ノドをねらうの。そうすればコブシはノドをかすって、アゴを打つことができるわ。

小町さんの言葉どおりだ。龍子の左コブシは西日本代表のノドをかすり、アゴをしとめた。

風花は龍子とおなじように動きながら、この動きを完コピできても龍子のようなすごいパンチは打てないだろうと思う。そもそも、からだの内側にひめているパワーがちがうのだ。

西日本代表があおむけにたおれたあと、会場はしばらくしんと静まった。レフェリーさえあまりのことに、なにも言わず、つっ立っていたほどだった。

海ちゃんもあいかわらずキョーレツだな。

全国大会からの帰りだ。夕飯食べていきましょ、と小町さんのさそいで、会場近くの店に入った。そして席につくなり、松乃進がそう言った。

自分の子にむかって、どなりちらすとこなんか、オヤジさんにそっくりだ。

橋本海さんのお父さんもボクサーだったんですよね。

よく知ってるな、風花ちゃん。じつは海ちゃんには上に兄さんがふたりいて、三人そろってボクサーをめざしていたんだ。もちろんオヤジさんがコーチだったんだけど、口が悪いうえにトレーニングもキツかった。兄さんふたりはどちらもプロになる前に音をあげて、家をでていって、海ちゃんだけがオヤジさんのシゴキにたえ、世界チャンピオンにまでなれたんだ。オヤジさんとおんなじようにすれば、むすめも強くなれると信じているんだろうし、じっさいに龍子ちゃんはいまのところ、ムテキなわけだけどね。はたで見ててあんまし気持ちのイイもんじゃないよな。

あの子とウチのむすめが試合をするなんてこと、ないですよね。

心配そうに言ったのはママだった。これから先、風花が試合をするようになり、一年後にはこの大会にでるかもしれないと聞き、いっしょに全国大会を見にいったのである。

小中学生の試合を目の当たりにしたママは、だれかがなぐられるたびに顔をしかめ、「かわいそう」「いたくないのかしら」「いたいわよね」「あの子、血がでてない？」「だいじょうぶなのかしら」などとひとりブツブツと言っていた。

どうですかねぇ。龍子ちゃんと風花ちゃん、年はおなじで、からだつきもほぼおなじなので、ないことはないと思いますが。

松乃進が答えると、ママは顔をこわばらせた。

風花、あなたはどうなの？　あの子にかぎらず、知らない子となぐりあうことになるのよ。それでもいいの？

なに言ってんの、ママ。それがボクシングなんだから、いいも悪いもないよ。

ママにとがめるように言われ、カチンときた風花は強い口調で言い返してしまった。すると小町さんが口をはさんできた。

お母さんは風花ちゃんのことを心配しているのよ。そんな言い方はいけないわ。

そうだぞ。親は子どもがいくつになっても心配なものだ。私も小町がいつになったらケッコンしてくれるものかと心配で。

お父さんはだまってて。っていうか、いつの間に。

　松乃進は先に自分ひとりで生ビール、それもジョッキをたのんで、のんでいた。そんな父親を横目でにらんでから、小町さんはママにむかって、かんでふくめるように言った。

　橘さんの心配はごもっともです。今日見ていただいたように、頭にはヘッドギア、ムネにはパッドをつけ、口の中にマウスピースを入れていますし、ケガがないよう安全を重んじています。それでもおっしゃるとおりに、なぐりあいはなぐりあいです。なにがおこるか、わかりません。他の子であれば、実戦をすすめることもないでしょう。でもこの四ヶ月近く、風花ちゃんをマンツーマンで教えていますが、彼女はかんどころがよくって、ワザをおぼえるのが早い。力もついている。だれかと試合をさせて、どれだけ強くなっているのか、その成果を知りたいのが私の本心です。きちんとトレーニングをしていけば、龍子ちゃんとだって、五分五分五分五分で勝負できるようになるでしょう。

　五分五分だなんてことはない。勝てるよ、勝てる。この戸部松乃進が約束しよう。

　松乃進は顔が真っ赤だった。小町さんが話しているあいだに、ジョッキのビールを空にしていたのである。

お父さんっ。

小町さんがぴしゃりと言うと、松乃進は口をへの字にとじた。

だからといって、実戦を強引にやらせるつもりはありません。最近では対戦相手とコブシをまじえずに、シャドーだけで実力をきそうエアボクシングというのもありますからね。ウチのジムの練習生で何人かはその大会に出場しています。風花ちゃんとよく話しあって、決めてください。

小町さんにそう言われたものの、それから一週間ちょっとたったいまでも、ママと話しあいをしていない。それどころかおたがいその話題をさけているようなところさえあった。

「イバラ、イバラ、イッ、バッ、ラッ、イバラ、イバラ、イッ、バッ、ラッ、イバラノミチコソワガミチナリッ」

テレビから聞こえてきたのはアニメの主題歌だ。ママが『血煙荒骨城』を見ているのだ。

風花はこの歌を知っていた。いまのはサビのところだが、気づくと口ずさんでいることもあった。戸部ボクシングジムで、サクラさんのトレーニング中に決まって何度か流れる。動画で見たサクラさんの試合で入場するときもだ。

風花はノートパソコンをとじて、リビングへうつる。そしてテレビを見ているママのとなりにすわった。画面の中ではハデな服を身にまとったサムライらしき男のひとがふたり、戦っていた。ひとりは左右の手に一本ずつ刀を持ち、もうひとりはクサリガマだ。どでかい満月をバックに屋根をぴょんぴょん飛びはねながらである。人間ではありえないジャンプ力だ。

「おもしろい？」風花はたずねた。

「それ以前の問題よ。キャラクターが多すぎるし、だれとだれが味方でテキかもわからないんだ。もうお手あげ」ママはほんとに両手をあげた。

「ストーリーなんか、わかんなくてもにたようなデザインでガウンつくればイイんでしょ」

「それはそうだけどさ。せっかくかしてくれたのを、見ないわけにもいかないじゃない」

　まだママはガウンをつくっていない。サクラさんからは年内をメドに完成すればいいと言われているので、まだまだ先のはずだが、ママはあせっているように見えた。仕事がいそがしくて手が回らないとママは言っているものの、本当はどうやってつくればいいのか、頭をいためているようだ。

　ママが工場でつくっているのは、ごくごくふつうのワンピースだ。あんなギンギラな服なんて、生地を見つけてくるだけでも大変にちがいない。

「もう九時半になるわ。あなたはねなさい」

「はぁい」

　風花が立ちあがったときだ。「そうだ、風花」とママがよび止めてきた。ボクシングについて、なにか言われるのかと思ったが、まったくべつのことだった。

「あなたの読書感想文が、四年生の代表に選ばれたんだって？」

「なんで知ってるの？」

「今日、ジムへいくときに川原くんにばったり会ってさ。おめでとうございますって言うから、なんのことかと思ったら、そのことを言われたのよ。なんでママに話さなかったの？」

「わすれてたんだ」

ウソではない。金曜の国語の時間、四年一組を受け持つ小松先生が、みんなの前で発表した。四年生の代表に選ばれ、市町村コンクールにだすことになったらしい。さらにそこから都のコンクールへだすものが選ばれ、そのつぎは全国コンクールがあることも小松先生は話した。しかし風花はいまいちピンとこず、ジムへでかけたときには、すっかりわすれていたのだ。

「それであなた、宮沢賢治のどの本について、感想文書いたの？」

「『よだかの星』だよ」

「未来ちゃんに読んであげてたあれね。いやなタカがでてくる」

まちがってはいない。

「その読書感想文、いまある？」

「ないよ。学校にだしちゃったもん」

「そっか。もどってきたら読ませてよ。いいわね」

「すごぉい」「なに、そのとび方ぁ」「どうやんのぉ」

風花はこまった。こまることはないのだが、どうしたらいいのか、わからなかった。

三連休があけて九月の第三火曜、昼休みにクラスの友だち数人にさそわれ、校庭のすみっこでなわとびをしている最中だ。風花はうっかり戸部ボクシングジムで教わった、とび方でとんでいた。それが友だちに見つかってしまったのである。

「なんかめちゃカッコイイ」「アスリートがやるヤツみたい」「風花ちゃんって、スポーツなんかならってるの？」

「そういうわけでは」

一路の新聞が発表されれば、わかってしまうことである。だがいまここでボクシングについて打ち明けるのは、気が引けた。そのとき自分をかこむ友だちのすきまに、織田公平が見えた。ひとりではない。いつもの連中といっしょだ。いましがたまでドッジボールをしていた三年生の子たちにからんでいる。理由なんかなんでもいい。自分よりも弱いモノにイチャモンをつけて、そのこわがる顔を見て、おもしろがっているのだ。サイテーだ。

風花は全身がカッと熱くなった。すると織田公平がこちらに顔をむけた。目があった。

「どうしたの、風花ちゃん」「あたしたちの話、聞いてる？」「だれ見てるの？」

「これ、あずかっててくんない」

友だちのひとりになわとびのなわをわたす。それからまっすぐ織田公平にむかって歩きだした。にらみつけたままである。むこうも顔をそらそうとしない。風花は両手をかたくにぎりしめる。

「なんだ、おまえ」織田公平の仲間のひとりが言った。

「四年一組、橘風花よ」

「オレたちになんか用か」べつの仲間がたずねてきた。

「弱いモノいじめをやめさせにきたの」

「弱いモノいじめなんかしちゃいねぇよ。ここを使わせてくれって、この子たちにおねがいしてただけだ」

　ふたりの仲間が息まいても織田公平は一言も発しない。風花をにらんでいるだけだ。

「きみたち、そうなの？　このふたりが言ってることはほんと？」答えがない。六年生三人にビビって言えないのだ。風花は両手のコブシをさらにかたくする。「安心して。ほんとのことを言ってくれたら、あたしが守ってあげる」

「お、おねがいなんかしてない」男の子が声をあげた。そのほっぺたには、なみだが流れたあとがくっきりあった。「ここはオレたちの場所だ、だれがつかっていいと言った、どかないとタダじゃおかないぞって言ったんだ」

「ざけんな、こら」六年生のひとりが手をのばし、男の子のシャツのえり元をつかんだ。

　もうガマンできない。風花はファイティングポーズをとると、ヒザを曲げ、左足に重心を置き、コシをねじって左カタをうしろへまわした。同時に左ワキをしめ、左コブシをかたくにぎりしめる。いくぞっ。右カタをひねって全身を回転させ、左コブシを六年生のワキバラにさしこむように打った。

「ぐはぁあっ」

男の子のシャツのえり元から手をはなし、六年生はうめきながら、その場にくずれ落ちるようにたおれた。

　マジか。

　自分のパンチが思った以上にキョーレツでハカイ力があることに風花はおどろいた。ここまでするつもりはなかったのだと、あやまりたいとさえ思った。でももうおそい。

「このヤロ」

　もうひとりの六年生が、風花につかみかかろうとしてくる。からだが勝手に動く。今度は右ストレートだ。右ウデをまっすぐにつきだす。顔面に当たってしまった。

「いたいよぉ、いたいよぉ」「死ぬぅ、死ぬぅ」

　六年生ふたりが転げまわって助けを求めている。悪いことをしてしまったと風花はもうしわけなく思う。

　こんなに強くなっていたんだ、あたし。

「女のくせにナマイキだな」

　織田公平が言った。以前、ヒャッキンで会ったときとおなじセリフだ。なんて思いだしている場合ではなかった。風花の顔をめがけてパンチが飛んできた。織田公平の左ストレートだ。風花は左にステップして、かろうじてこれをよけた。

　そうか、コイツ、ボクシングやってたんだっけ。

　織田公平が意外そうな顔になるのが見えた。風花がよけきれるとは思っていなかったようだ。だがあきらめたわけではない。右ヒジを水平にあげている。右フックを打つつもりなのだ。そうはさせない。風花はうしろに一歩下がる。すると織田公平は意外そうな顔つきになり、右フックを打つのをためらった。いまだ。すかさず半歩前にでて、からだをひねり、左ウデのヒジを曲げ、タテにうしろへふる。昨夜、動画で見た龍子の動きそのままだ。アゴを打つときはアゴをねらわず、ノドをねらうこと。小町さんの教えにしたがいつつ、左コブシを下から上へつきあげる。

「あっ」

ところが龍子のようにジャストミートは決められなかった。織田公平がからだをのけぞらして、よけたのだ。風花の左アッパーは彼の鼻の先をかすっただけにおわってしまった。

織田公平は少しよろけながらも、風花とあいだを取って、コブシをかまえた。風花もだ。

「こらぁああ、なにやってるのぉ。やめなさぁい」小松先生の声が遠くから聞こえてきた。

「織田ぁぁ。またおまえかぁ」宮本《みやもと》先生だ。織田公平がいるクラスの先生である。ふたりは校庭を横切り、風花と織田公平にかけよってきた。

「橘さんはまったく悪くないんですよ、小松先生。三年生の子たちがドッジボールをしてたら、ここはオレたちの場所だからどけって、六年生の三人がおどしつけたんです。そこへセーギカンが人一倍強い橘さんが止めに入った。すると三人は橘さんにおそいかかったわけです。信じられますか、六年の男子が四年の女子にですよ。そこで橘さんは戦わざるをえなかった。つまり橘さんのしたことはセートーボーエーにほかなりません。あるいはテッケンセーサイだ」

「ちがうよ、一路くん」

「へ？」一路はヘンテコな声をだし、小松先生から風花に顔をむけた。

「ちがうってなにがちがうの、橘さん」

　小松先生がたずねてきた。

　ここは学校の一階にある面談室だ。教室の三分の一くらいの広さで、その真ん中に丸テーブルとイスがあるだけの、ごくシンプルな部屋だった。五時間目がおわったあと、小松先生に連れてこられたのだ。先に織田公平と宮本先生、そして副校長もきていた。昼休みのことなんだけどね、と副校長が口を開いたところで、一路が飛びこむように入ってきた。そして丸テーブルをかこんだイスのひとつにすわり、「一言いいですか」とたずねながらも、返事をまたずにしゃべりだしたのである。全然、一言ではなかったが、そのいきおいとスピードに先生たちですら、止められずにいた。

「三人そろって、あたしにおそいかかってきたわけではありません」風花は小松先生に話しはじめた。「ひとりが三年生の男の子にちょっかいだしたので、やめさせようとワキバラにボディブローを入れちゃったんです。そしたらもうひとりがあたしにむかってきたので、今度は自分の身を守るため、右ストレートで顔をなぐりました。すると最後のひとりが左ストレートを打ってきたので、これをよけたのですが、さらに右フックをだしかけていたので、それより先に左アッパーを打ちました。でもこれもよけられたところに、先生たちがきたわけで」

「ストレートとかアッパーとかって」小松先生がフシギそうに言う。「橘さん、わかって言ってる？」

しまった。できるだけ正しくほんとのことを話そうとしたのが失敗だった。これではボクシングをしているのがバレバレではないか。さらに一路がダメおしをした。

「決まってるじゃないですか。橘さんはボクシングをならっているんですよ。鯨沼商店街に戸部ボクシングジムってあるでしょう。あそこです」

なんでジムの名前まで言っちゃう？

「川原くんが言ったことはほんと？」

「はい」こうなればかくしても意味がない。「今年の五月から通っています。でもひとをなぐったのははじめてです。ジムではスパーリングもやったことはありません」

「スパーリングってなに？」

「実戦形式の練習ですよ」小松先生に答えたのは、宮本先生だった。三十代後半で、体育の先生だ。「織田。おまえも前に戸部ボクシングジムに通っていたな」

「ああ」織田公平がふくれっつらでうなずく。

「ああじゃない、はいだろ、はい」

「はい」

「どうだった、橘さんのパンチは？」

宮本先生にきかれ、風花をちらりと見ると、織田公平はかったるそうに答えた。

「たいしたことありませんよ。アイツら、おおげさなんだ。二学年も下の女になぐられただけで、死ぬだのなんだのわめいてなさけないったらありゃしねぇ」

「でも織田、ふたりがやられたあと、きみは左ストレートで橘さんをなぐろうとしたんだよな。二学年も下の女の子に、ビビったからじゃないのか。だとしたらきみこそいちばんなさけないと思うがどうだ？」

織田公平はなにか言い返そうとした。しかし風花を横目で見ると、口を一文字にとじ、元のふくれっつらになった。

「あの」風花は小さく手をあげた。「あたしがなぐったふたりは、ここにこないんですか。いくらなんでもやりすぎでした。できればあのふたりにあやまりたいのですが」

「なに言ってるんだ、橘さん。そんな必要はないよ、きみはセートーボーエーだったんだ、あやまるだなんてそんな」

「だまっててくんない、一路くん」

風花はぴしゃりと言った。一路はいいヤツだ。ここにきたのも、自分をフォローするためだとわかっている。それでもいまはジャマされたくない。

「あたしはずっと前からチャンスがあれば、織田公平をなぐりたいと思っていました」

織田公平をフルネームでよびすてで言ってしまう。でも本人はマユを少し動かしただけだった。

「自分勝手でワガママで、まわりのみんなにメーワクばかりかけているので、ポカンと一発なぐってやりたくて、ボクシングをはじめました。だからその、三年生を助けるためではありましたが、それよりも織田公平をなぐりたい気持ちのほうが大きかったんです。自分がどれだけ強くなっているのか知りたいとも思っていました。でもまさかあんなふうに、やっつけることができちゃうなんて、自分でもおどろきました。ほんとに起きたことなのかと、こわくなったくらいで」

それから先、風花は言えなかった。なみだがあふれだしてきてしまったのだ。

なんであたしは泣いているのだろう。

自分でもよくわからなかった。ポケットからハンカチをだして、なみだをぬぐう。そしてこれ以上、泣かないよう、何度も目をぱちぱちさせた。

「きみがなぐったふたりはいまごろ、ウチに帰っているはずです」副校長が口を開いた。「昼休みのあとすぐ、私がふたりを近所の病院に連れていきました。ひととおり調べてもらったんですが、せいぜいアザができただけです。ふたりは自分たちが悪かったと反省していましたよ。それと病院にどちらのお母様もきていただきましてね。どうしてこうなったのか、私がお話ししておきました」

「ふたりの母親から、なにか言われませんでした？」

「とくにはなにも。きちんとごリカイいただきました」宮本先生に答えると、副校長は風花を見た。「橘さん」

「はい」

「やりすぎてしまったとわかっているのであれば、今回はよしとしましょう。ふたりは明日には学校にきます。あやまるかどうかはあなたにまかせます。それと織田くん。あなたは明日、三年生のクラスにあやまりにいきなさい。そして二度とおどかすようなマネはしないと約束するんです。いいですね」

「ああ」

「はいだろ」と宮本先生。

「はい」織田公平はふくれっつらのままだが、すなおに言い直した。

「それと川原くん」

「はい」副校長によばれ、一路がひときわ大きな声で返事をした。「なんでしょうか」

「きみは橘さんと六年生三人のやりあいをずっと見ていたんですよね。どうしていっしょに注意しようとは思わなかったのですか」

「それはあの」一路にすればとんだとばっちりだ。でも自分からここにきたのだから、しようがない。

「今度、にたようなことが起きたら、真っ先に注意してみたらどうでしょう？　できますか」

「は、はい。わかりました」

すっかりしょげている一路を見て、風花はあやうく笑いだしそうになった。

「でも橘さん」宮本先生が身を乗りだした。「きみは今回、織田をなぐることはできなかったよね。どう？　これから先もチャンスがあれば、なぐってやりたいと思う？」

「宮本先生っ。けしかけるようなこと言わないでくださいっ。どういうつもりですか」

「いや、失礼」小松先生にしかられると、宮本先生はおとなしく引き下がった。

「昼休みに起きたことは、お父さんお母さんに話すのよ」

「あたし、お父さんいないんですけど」

「ごめんなさい。そうだったわね。なんでわすれちゃっていたのかしら」小松先生は顔を赤らめつつ話をつづけた。「先生、あなたのことを信じているけど、約束どおり話したかどうか、たしかめるために今夜、あなたのウチに電話をするわ」

全然、信じてないじゃん。

とは言えないので、風花は「はい」とうなずいた。

面談室をでたあと、まだ少し話したいことがあるからと小松先生に職員室に連れてこられた。校庭を一路が走っていくのが見えた。ジュクの時間に間にあわないといって、先に帰っていったのだ。織田公平は面談室からでてきていない。

「何時に電話をすればいいかしら」

ママが時間どおりに、帰ってくるかどうかわからない。そこで「八時だったら」と答えた。

「それまでにはお母さんに話しておきます」

気が重いがしようがない。自分がしでかしたことなのだ。これでボクシングをやめなさいと言われたらどうしよう。

6　陽菜子

「はぁあぁあぁあぁっ」

陽菜子は大きな溜息をついた。工業用の本縫いミシンを動かしながらだ。

ここは浅利洋裁のミシン室である。十数台のミシンが並び、いずれもスタッフのだれかしらが使っており、手元から視線を外さず、作業に没頭している。そのため陽菜子の溜息など気にする余裕はなかった。

溜息の理由はいくつかある。

まずはいつもどおり、おなじチームのヒヨッコトリオだ。朝っぱらから順繰りに問題を起こした。どうすればそんな間違いができるのかという、ごく些細《ささい》なことではあったが、午前中いっぱいはその処理に追われていた。なのに昼には社長に呼びだされ、説教を食らった。

「そろそろ、ひとりでなんとかしようとするの、やめてくれないかしら。そういうところがあんた駄目なのよ。あんたの腕は社内でピカイチよ。若い子達が束になってもかないっこない。だけどそうやって、あんたがなんでもかんでもやってちゃ、いつまで経っても後進が育たないのよ。あの子達はヘタっぴのまんまだわ。それだと会社としては困るわけ。わかる?」

そんなの百も承知だ。だからヒヨッコトリオに任せることもある。でもたいがいはまともにできず、陽菜子がやらねばならない。そうしないと納期に間に合わないからだ。

どうすりゃいいっていうのよ、まったく。

昼休みの直後にはモデリストのチームとの打ち合わせがおこなわれたのだが、その席で彼女達が作成したパターンについて揉《も》めてしまった。デザイナーの意向どおりのパターンであるのはわかる。だが実際につくる側としては、あまりに手間がかかりすぎるものだった。ヒヨッコトリオどころか、陽菜子さえも技術を駆使しなければできない。そこでいくつか代案をだして、変更を願った。デザインが変わるわけでなし、むしろ陽菜子の案のほうが、服のシルエットがよくなる。ところがモデリスト達にすれば、それが面白くなかったのだろう。自分達のパターンどおりにしろの一点張りだった。激しい言葉のやりとりの末、陽菜子は立ちあがり、ファイティングポーズをとった。娘の見様見真似である。社長が止めに入っていなかったら、ひとりずつパンチをお見舞いしていたかもしれない。打ち合わせのあと、ふたたび社長に説教されてしまった。

なにやってんだろ、私。

一着二十万円のワンピースをミシンで縫いつつ、陽菜子はヒドく悲しい気持ちになった。私の人生、こんなはずじゃなかったと思ってしまう。

ごめんね、陽菜子さん。

亡くなった夫、隆重の声が聞こえてきた。ときどきあることだ。もちろん、ただの気のせいである。そうだとわかっていても、悲しくてたまらない。涙が滲みでてきてしまった。なんとか最後まで縫いあげてから作業の手を止めた。そのタイミングを見計らったかのように、エプロンのポケットの中でスマホが震える。星矢からのＬＩＮＥだった。

〈風花ちゃんが戸部ボクシングジムを破門《はもん》されちゃいました。心配だったのでウチまで送って、いっしょにいます。今日、早く帰ってこられます？〉

「やだ、嘘《うそ》、どういうこと？」驚きのあまり、思わず声をだしてしまう。

「どうかした？」浅利社長が心配顔で訊ねてきた。べつのミシンを使っていたスタッフと、なにやら話をしていたのである。

「娘が」「熱でもだした？」

「ええ、まあ」ボクシングジムを破門になったと答えても、きょとんとされるだけにちがいない。

「心配でしょ。おいきなさいね」

「でもまだ四時半ですし」

「おなじチームの子達に任せなさい」

社長が強めの口調になる。ほとんど命令だ。ここは従ったほうがいい。

「そうさせてもらいます」と答え、陽菜子は片付けをはじめた。

「ウチじゃあ、他人《ひと》様と喧嘩をするために、ボクシングを教えているんじゃない。ズブの素人に手をだすなんてもってのほかだ、破門だ破門って、それはもうオーナーったらすごい剣幕だったんスから」

　星矢自身、怒っているようだ。ノーメイクの彼女は童顔で、実際の年齢よりも五歳は若く見えた。マクドナルドなどで学校の先生の悪口を言う女子高生みたいだ。着ているのはトレーニング用のウェアで、ダイニングの椅子に片膝立てて座っているのは、ヤンキーの頃の名残かもしれない。ふだんであれば風花は四時にジムへいく。だが今日は五時過ぎで、星矢が先にいて、トレーニングをはじめていた。そして娘がジムに入るなり、松乃進が怒鳴りつけたという。

「傍《そば》で見てたあたしもビビりました。オーナー室にいた未来も飛びだしてきて、あたしにしがみついてきて、オイオイ泣きだしちゃって」

　その未来ちゃんもいた。リビングで風花とむきあい、お互い険しい顔になっている。そのあいだには、どうぶつしょうぎがあった。なぜいまそれを、と思わないでもなかったが、とりあえずは星矢の話を聞くのが先だ。

「そのあと風花ちゃんがなにを言ってもオーナーは聞きやしません。小町さんがいくら宥めても駄目でした。ついに風花ちゃんがジムを飛びだしてしまって、あたしと未来で慌てておっかけて、こうしてウチまでついてきちゃったわけなんです」

「助かったわ。ありがと」

「礼にはおよびませんよ。あたしも未来も風花ちゃんが心配だったものですから」

「マツノシンがフーカをハモンにしたから、ミクもマツノシンをハモンだ」

未来ちゃんが言った。破門はさておき、陽菜子には気になることがある。

「ねえ、風花。あなた、だれと喧嘩したの？」

「それ、あたしも聞いてなかったんスよね」星矢が言う。

「六年生の男子三人とだよ」娘は静かに答えた。「未来ちゃん、そこにウサギのコマを置いたら、あたしがニワトリでライオンをとっちゃうよ」

「ほんとだ。もどしていいか」

「いいよ。つぎはもう教えないからね」

「わかった」

「年上の男とやりあったってこと？」これまた星矢だ。「ボクシングで？」

「ひとりのワキバラにボディブロー、べつの子の顔に右ストレート、最後に織田ってヤツが、かましてきた左ストレートをよけて左アッパーを打ったんだけど、かわされたとこに先生がきたんだ」

「オダってネコをたすけていた、あのオダか」と未来ちゃん。

「そうだよ。ネコは助けても、ひとをイジメるあの織田」

「ヒャッキンで会ったあの子？」陽菜子も訊ねた。

「そう、その織田。織田はんこの息子。今日の昼休みもおなじクラスのふたりとツルんで、三年生をイジメていたから、それがゆるせなくなって注意したんだ」

そのあとに起きたことを娘は話した。丁寧に理路整然としており、わかりやすかった。なるほど、娘がしたのは人助けではある。だが親としては、ひとに暴力をふるったことを褒めそやすわけにはいかない。しかもそれだけではなかった。娘は自分勝手でワガママな織田はんこの子をやっつけるためにボクシングを習っていたという。

「ごめん、ママ」声のトーンと表情からして、娘が心の底から反省しているのが陽菜子にはわかった。「二度とこんなマネはしない。オーナーがあたしを破門にするのも当然だ。ひとをなぐるつもりでボクシングをしてて、ほんとになぐっちゃったわけだし」

「でも織田は殴らなかったわけじゃない？　それでいいわけ？」

星矢ときたら、織田も殴るべきだったと言わんばかりである。

「いいんだ、もう。ひとをなぐってみて、わかったんだ。ちっともたのしくなかったし、気持ちよくなかった。破門になってよかったくらいだ」

ちがう。そうやって娘は自分に言い聞かせているだけだ。でもそれを陽菜子は指摘しないでおいた。ただし代わりにこう訊ねた。

「ボクシングはやめるの？」

「そのつもりだけど」

「でもあなたはまだ、試合どころかスパーリングもしていないんでしょ」

娘は陽菜子の顔をじっと見つめている。母親がなにを言うつもりなのか、考えているにちがいない。

「つまりあなたはまだ、ボクシングを知らないってことじゃない？　それでいいわけ？」

「あたしが知らない子となぐりあうなんてって、ママ、いやがってたじゃん」

「それはママの意見。あなたはどうなんだって話」

娘は眉間《みけん》に皺《しわ》を寄せる。その小さな頭の中では、あらゆる思いが猛スピードで巡っているにちがいない。だがその口から、なかなか答えはでてこなかった。

「フーカッ。オーテだ」

「ちがうよ。うらになったネコは、ななめうしろには動けない」

「あっ、そっか」

未来ちゃんに間違いを教えてから、娘は改めて陽菜子を見た。

「あたしがボクシングをつづけるとしてだよ。試合をすることになっても、ママは反対しない？」

「しない。約束する」

子どもがやりたいことは必ずやらせる。〈子どもを育てるための五か条〉だ。

「あたしが証人になってあげるよ、風花ちゃん」星矢がにやつきながら言う。

「ママがジムにいって、オーナーさんに破門を取り下げてもらおうか」

「ナイスアイデアだ、陽菜子姉さん。風花ちゃんは全然悪くない、人助けにやむなく拳を使っただけッスもんね。オーナーだって陽菜子姉さんが話せばわかってくれますって。そうだ、あたしもいっしょにいって加勢しますよ。いきましょ、いきましょ。未来もいくよ」

「まだショーブがついていない」

未来ちゃんは動かない。どうぶつしょうぎの盤面を睨みつけたままなのだ。

「そこまでしなくていい」すでに腰をあげていた陽菜子と星矢に、娘が言った。「これはあたしの問題だもん。あたしがどうにかする」

「どうにかって、どうするつもり？」

陽菜子は訊ねた。せっかく娘の手助けができると思ったのに、本人に断られてしまい、戸惑いを隠し切れなかった。

「いまはわからない。だけどそれも自分で考えさせてほしいんだ」

そう答える娘の顔は、すでに大人だった。

「なんでだ？」未来ちゃんだ。盤面から顔をあげ、娘を見上げていた。

「未来ちゃんが勝つには、この象《ぞう》さんを」

「ちがう。どうぶつしょうぎのことじゃない」

「だったらなにさ、未来」と星矢が訊ねた。

「なんでマツノシンはフーカがケンカしたことをしってたんだ？」

未来ちゃんの疑問はもっともだった。娘はジムへいくなり破門になった。その前に、だれかが松乃進に報《しら》せたにちがいない。

でもだれが？

その夜、たてつづけに四人から陽菜子のスマホに電話があった。

「ほんとにごめんなさいね、橘さん。ウチの父も一度言いだしたら聞かないひとで」トップは小町さんだった。星矢と未来ちゃんが帰ったすぐあとにかかってきた。「風花ちゃんはどうしてます？」

風呂を洗っていた。でも小町さんはそういうことを訊ねているのではあるまい。

「少し落ちこんでいるようには見えますが、他にはべつに変わった様子はありません」

「キックキックトントン、キックキックトントン」

風呂場で娘が唄っている。調子っぱずれで、やけっぱちな歌声だった。

「ただ、ボクシングはつづけていきたいと言っておりまして」

「ほんとですかっ。よかったぁ。いえね、親父のことは嫌いになってもいいんですが、ボクシングを嫌いになられちゃかなわないと思っていましてね。わかりました。でもまあ、あの怒り様だと、冷静になるまで一週間から十日はかかるかもしれないんですが、風花ちゃんを許すよう、必ず親父を説得します」

そのあと電話をかわってほしいと言われたので、風呂場へいき、娘にスマホを渡した。娘は「はい、はい」と返事をするばかりで、しまいにはえらく神妙な表情になっていた。

「小町さんになに言われたの？」

電話をおえてすぐ訊ねると、娘は表情を変えずにこう答えた。

「あなたのコブシがほえるのはリングの上だけだって」

拳が吼《ほ》える。面白い喩《たと》えだ。小町さん独自のモノか、ボクシングの世界ではよく使うのかまでは、陽菜子にはわからなかった。

つぎはサクラだった。破門については星矢からのＬＩＮＥで知り、心配になって、電話をかけてきたのだという。ところが生憎、娘は自分で洗った風呂に入っていた。

「小六の男子をふたり、病院送りにしたんですってね。あたしも一応、プロボクサーなので、ズブの素人に手をだしたのはマズいと思いますが、たいしたもんです」

病院送りって。いったい星矢はどんなＬＩＮＥを送ったのやら。

「公平くん命拾いしたわけだ。これで風花ちゃんにやられていたら、龍子ちゃんにつづいて女の子に二敗ですからねぇ。でも彼もなぁ。商店街で会えば、きちんと挨拶してくるし、捨て猫の保護とかやってて、そう悪いヤツに思えないんだけど、なんで学校だとそんなくだらないことしてんだろ。って橘さんに聞いてもわからないですよね。両親がいないのが原因って言えば原因かもしれませんけど、でもなぁ」

「両親がいないって」初耳だ。「それはどうして」

「どうしてなんですかねぇ。織田はんこは彼の母親の実家で、おじいちゃんとおばあちゃんに育てられているんですよ。家でイイ子にしてるぶん、学校で悪さしてるのかなぁ」

織田公平は百均ショップで一度だけ会った。グレイのパーカーを着てフードを被った彼が、凄い眼力で娘を睨みつけていた。

「公平くんのことはどうでもいいか。問題は風花ちゃんだ。もしもこの先、オーナーが許さなければ、あたしがボクシングの指導してあげてもいいですよ。さすがに毎日ってわけにはいきませんが、土日ならつきあえます」

「そこまでしていただかなくても」

「だって橘さんにはガウンつくってもらわなくちゃいけないし、ジムの代わりってことで。あたしは風花ちゃんの味方です。このままボクシングをやめるのはもったいないですし」

　三人目は川原一路だった。

「夜分おそれいります」と慇懃《いんぎん》に挨拶をしてから、娘がいるかどうか訊ねてきた。ダイニングのテーブルにノートパソコンを開き、動画を見ながら、足をこまめに動かし、パンチを繰りだしていた。そんな娘に川原くんから電話よと言うと、いまは忙しいので、なにか用か聞いておいてと言われてしまった。

「ごめんなさいね、いま、べつのことをしてて手が離せないの。どんな用かしら」

「そうですか。じつはその、今日、学校で橘さんが昼休みに」

「喧嘩の話ね。娘に聞いています」

「ケンカではありません。橘さんは正義のために戦ったんです。しかも最初に手をだしたのは相手ですからね」

　そして川原くんが延々と捲し立てた。娘とおなじ小四にしては、ずいぶん難しい言葉を使いながらである。熱弁をふるうとはまさにこのことにちがいない。途中で口を挟もうとしたが、まるで隙がなかった。娘に代わってもらおうと声をかけても、動画に夢中でシカトされる始末だった。

とは言え川原くんに悪い印象があったわけではない。彼が娘を心配してくれているのはよくわかった。きっと娘が好きなのだろう。ただし川原くん自身、それに気づいておらず、だからこそこうして娘の弁護に、うんざりするくらいの言葉を費やしているのかもしれない。頭はいいが自分の感情を上手に表現できないのだ。亡くなった夫によく似ている。早口でなにを言っているのか、自分自身、混乱しているところもおなじだった。

「そういうことなので、あの、これからはぼくもですね、橘さんを見ならいまして、校内でイジメをモクゲキしたときにはソッセンしてチュウイしていこうとケツイしたわけです。そのことを橘さんに伝えたくて」

「わかったわ。本人に話しておく」

「よろしくお願いします」

陽菜子は娘が羨ましくなった。自分がなにかトラブルを起こしたとしても、こんなふうに心配をして、電話をかけてくるひとがいるとは思えないからだ。

最後は娘のクラス担任、小松先生である。彼女からの電話は、リビングでサクラに借りた『血煙荒骨城』の鑑賞中にかかってきた。どことは知れぬ山深い場所にある壮麗な滝壺《たきつぼ》のそばで、極楽浄土之介と暗闇谷《くらやみだに》絶望《ぜつぼう》之《の》丞《じょう》が戦い、ふたりとも半裸でずぶ濡《ぬ》れの状態だった。陽菜子はリモコンを手に取り、一時停止のボタンを押しながら、スマホを耳にあてる。小松先生は挨拶もそこそこに、娘が今日の出来事を陽菜子に話したかどうかを確認してきた。その口ぶりからして娘を信じていないのが、ありありとわかった。

「そもそもどうして娘さんにボクシングを習わせたのですか」

「本人がやりたいと言ったものですから」

「いいですか、橘さん」小松先生は諭すというよりも、小莫迦《こばか》にした口ぶりで言った。「子どもの自主性を大事になさっているようですが、それは大きな間違いです。なぜなら子どもの自主性ほどデタラメでいい加減なものはありません。それを正すことこそ親としての役目です」

なにが言いたいんだ、このひとは。

「ボクシングを習うのが、間違いだって言うんですか」

「だって女の子なんですよ。いえ、男の子だとしても、そんな小さい頃からボクシングなんて危険なスポーツを習わせるのはどうなんでしょう？」

「たしかに危険かもしれませんが、小学生のあいだは試合をする際には、きちんと装備して、安全を重視しています」陽菜子は思わず言い返す。

「試合のときはそうかもしれません。でも娘さんはボクシングで習った技で、他人に暴力を働いたんですよ」

「それは正当な理由があって」

「でも暴力は暴力です」

そう言われたらなにも言えない。

「私、放課後すぐに、娘さんが通っているボクシングジムに電話して抗議しました。子どもに暴力をふるわせることを教えて、恥ずかしくないのかと」

なんでマツノシンはフーカがケンカしたことをしってたんだ？

コイツだ。コイツが犯人だったのだ。

「大切なことなので繰り返し言わせていただきます。子どもの自主性はたいがい間違っているので」

陽菜子は電話を切った。危うくスマホを壁に投げつけるところをぐっと堪えた。そんなことをしても、当然ながら小松先生は痛くも痒《かゆ》くもない。スマホが壊れて、自分が損をするだけだ。

「いまの小松先生からだよね」ダイニングから娘が話しかけてきた。テーブルで自分が書いたトレーニングノートに目を通していたのである。だがいまその視線は、陽菜子のほうにむけられていた。「ボクシングを習うのが、まちがいってどういうこと？」

聞いていたのか。

「なにも間違っていないわ」

陽菜子は言った。頭に血がのぼり、身体がカッカと熱くなっている。テレビでは極楽浄土之介と暗闇谷絶望之丞が、半裸でずぶ濡れの状態でむきあったままだ。つづきを見る気が失せ、停止ボタンを押し、テレビの電源も切った。そして腰をあげ、ダイニングに移動する。

「ワンツー、教えて」

「ママもボクシングやる気？」

「どんなもんか、知っておきたいだけ。いいでしょ？」

「いいけど」

　そう答えながら、娘は納得いかないという顔つきだ。それでも椅子から立った。スペースをつくるため、テーブルと椅子をふたりで動かす。それから並んで立ち、娘がファイティングポーズを教えてくれた。昼間、モデリスト達を前にして、娘の見様見真似でやってみたが、そう間違っていなかった。

「左のコブシをまっすぐ前に、これがジャブ。もとにもどしながら、からだをひねって、右ウデをのばす。これがストレート」説明をしつつ、からだも動かす。じつにわかりやすい。

「ジャブがワンでストレートがツー。いっしょにやってみて。ワン、ツー」

「ワン、ツー」

「ワンツーッ」「ワンツーッ」

「ワンツーワンツーッ」「ワンツーワンツーッ」

　次第に速くなっていく。やがて娘の動きについていくのがやっとになった。それでもどうにかパンチを打ちつづける。今日一日、腹が立ったことがひとつひとつ、消えていくようだ。なによりも娘とおなじことをしているのが楽しくてたまらない。

「ワンツーワンツーッ」「ワンツーワンツーッ」

風が強い。大型で強い台風が接近しているせいにちがいない。今朝のテレビでは明日未明に上陸のはずが、電車の中でネットのニュースを確認したところ、早まっているらしい。

袈裟懸けにしたデカめのバッグの中身は十数種類の生地だ。午前中、生地問屋が居並ぶ町にでかけ、買いこんできたのである。そしてこれから浅利洋裁へむかうところだ。

今日は九月の第四日曜だ。娘が破門になってから五日だがいまだ、ジムに復帰していない。それでも娘は毎朝六時に起きてジョギングをしているし、学校から帰ってくればダイニングでトレーニングに励んでいた。自らがシャドーボクシングをする姿を、陽菜子にスマホで撮影させ、その動画を見ながら、動きをチェックする。寝る前にはノートにその日にどんなトレーニングをしたかも書き綴《つづ》っていた。熱心でストイックなその様は、まるで修行僧のようだった。この三連休も自分で決めたトレーニングをこなすつもりらしい。それと読書だ。団地内にある図書館から宮沢賢治の本を数冊借りていた。読書感想文を書くために読みはじめたのが、すっかりハマったらしい。

昨日の土曜には、夕方に星矢と未来ちゃんが遊びにきた。少し遅れてサクラも訪れ、彼女のイカメシをご馳走《ちそう》になった。ダイニングのテーブルでサクラがイカ四杯を捌《さば》くのを見て、娘と未来ちゃんは「ぎょええ」だの「ぎゃあ」だの大騒ぎだった。餅米《もちごめ》にイカスミを混ぜ、イカの中に入れ、トマトソースで煮込むという洋風のイカメシで、とてもおいしかった。娘と未来ちゃんはスミで黒くなった歯をお互い見せっこして笑いあっていた。

それから娘は未来ちゃんに「どっどどどうどどどうどどう」と宮沢賢治の本を読み聞かせたり、ふたりでどうぶつしょうぎを打ったりしていた。

大人達は各々の職場の愚痴《ぐち》を言いあった。星矢はキャバクラの客達、サクラは美術品の運送会社の同僚、陽菜子はヒヨッコトリオの悪口だ。それだけでもだいぶストレスが解消された。

戸部ボクシングジムの話もでた。ただし娘の破門については一切触れず、戸部父子についてである。松乃進の奥さんは小町さんが高校生の頃に亡くなったこと、松乃進に生活能力がなく、放っておくと酒浸りの生活になってしまうので、小町さんがお嫁にいけないこと、その小町さんに鯨沼歯科のマコト先生が惚《ほ》れていて、小町さんも薄々勘づいていること、ただしマコト先生の母親が、ふたりの仲を快く思っていないことなど、星矢とサクラが代わる代わる話してくれた。

そろそろお開きにしようかというところで、ハロウィンのイベントが鯨沼商店街でおこなわれる話になった。なんでも中学生以下の子どもがオバケに限らず仮装していけば、どの店でも必ず一品、お菓子がもらえるらしい。

フーカ、いっしょにいこう。

未来ちゃんに誘われ、娘は困った顔になった。鯨沼商店街だと、松乃進に出会《でくわ》してしまうかもと思ったにちがいない。学校の行き帰りも商店街を通るのが、いちばんの近道なのだが、本人が言うには遠回りをしているらしい。でも結局、未来ちゃんの強引さに負け、ハロウィンのイベントに参加するという。

ミク、あのフクがきたい。

未来ちゃんが指差したのは、テレビの脇に置いてあった極楽浄土之介のフィギュアだった。これを参考にしてつくるはずのサクラのガウンはいまだ手つかずだ。仕事が忙しいのもあるが、それよりもどうやってつくればいいのか、頭を痛めていた。

ネットで検索するとコスプレ衣装の作り方は山ほどでてくる。生地や素材の選び方のみならず、無料型紙を公開し、ダウンロードできるサイトもあれば、作業の手順を教える動画まであった。それらを参考に進めようとしたものの、コスプレについて知れば知るほど、どこから手をつけていいものか、わからなくなった。そしてまた自らが持つ職人としてのプライドのせいで、なまじのモノはつくれないというプレッシャーが、日増しに大きくなっていくのもあった。

そこでサクラにきてもらい、もう一度、ツメた話をするつもりだった。だがその前に未来ちゃんの言葉に、陽菜子ははたと思いついた。まずは未来ちゃんのために一着つくれば、見えてくるものがあるはずだ。それを元にサクラのガウンに取りかかればできるかもしれない。あれこれ考えるよりも手を動かすべきなのだ。我ながら悪くないアイデアではないか。

未来ちゃんが極楽浄土之介だったら、風花ちゃんは光《ひかり》日《ひ》影丸《かげまる》なんてどう？

サクラはノリノリだ。娘は嫌がるかと思いきや、そのひとってどんな服ですかと聞き返した。しかも満更でもない顔つきだった。

風がさらに強くなる。やはり自宅で作業すればよかったと陽菜子は後悔した。いまさら引き返せない。浅利洋裁は間近だ。住宅街にある三階建てのちっぽけなビルがそうだ。この中で安くても二十万円、高ければ七、八十万円を下らないプレタポルテが日に百着以上つくられているとは、だれも想像がつかないだろう。

休日は玄関でなく裏口から入る。ドアに付いたデジタルロックに暗証番号を打ちこみ、スタッフ各自が持つカードキーで開けねばならない。社内に入ると、どこからか曲が流れているのが聞こえてきた。陽菜子がここ最近、よく耳にする『血煙荒骨城』の主題歌だ。ハラキリズというフィンランドのヘビメタバンドの曲だが、歌詞は日本語だった。

ウチの会社にも『血煙荒骨城』のファンがいるってわけ？

女子ボクサーにファンがいるのだ、アパレル業界にファンがいたところで不思議ではない。どうやら二階のミシン室で曲をかけているようだ。その必要もないのに、恐る恐る抜き足差し足で陽菜子は階段をあがっていく。

「イバラ、イバラ、イッ、バッ、ラッ」「イバラ、イバラ、イッ、バッ、ラッ」「茨《いばら》の道こそ我が道なりっ」

生声だ。主題歌がサビにさしかかると、それにあわせて口ずさむどころか、がっつり唄いだしたのである。それもひとりではない。階段をのぼりきり、ミシン室をのぞきこんだ。

ヒヨッコトリオ？

べつべつのミシンを動かしながら、いつもは囁《ささや》くような声しかださない三人が熱唱していた。信じ難い光景に、陽菜子は呆気にとられ、立ちすくんでしまう。

「た、橘リーダー？」

悲鳴に近い声をあげたのは君田だった。いくらなんでも驚きすぎだ。他のふたり、砧と讃岐も作業の手を止め、陽菜子のほうを見る。『血煙荒骨城』の主題歌もちょうどおわりをむかえようとしていた。するとヒヨッコトリオの手元にある、きらびやかな生地が視界に飛びこんできた。

「あなた達、つくっているのって」主題歌のつぎに劇中歌が流れてきた。極楽浄土之介の声優が唄うバラードだ。「『血煙荒骨城』の衣装？」

「なななななにをつくっていようと、あたし達の勝手じゃないですか」讃岐だ。動揺しすぎだ。「業務に支障がない休日だったら、工場のミシンその他の機器を使っていいわけですし。いけませんかっ」

「落ち着きなって。橘リーダーは怒ってないじゃん。それより」砧は腰をあげ、陽菜子を正面から見据えた。彼女はヒヨッコの中ではいちばんの年長者で社歴も長い。とは言っても今年でまだ三年目である。「どれもまだ三分の一もできていないのに、どうしてこれが『血煙荒骨城』の衣装だとわかったんです？」

「私もおんなじものをつくりにきたからよ」

ここで嘘をついても意味がないので、陽菜子は正直に答えることにした。

「橘リーダーも〈落ち武者〉だったんですか」

〈落ち武者〉が『血煙荒骨城』のファンということはサクラに聞いていた。ちがうと言いかけたが、陽菜子はその言葉を飲みこんでから、こう言った。

「ごく最近だけどね」

「マジですか」「信じられない」「だれ推《お》しです？」

「なんだかんだ言って、やっぱ極楽浄土之介様だね」

「さすが橘リーダー、おわかりになっていらっしゃいます」砧が目を輝かしながら言う。

「浄土之介様の渋くて苦み走った大人の魅力はたまりませんし、なのに少年のようなピュアな気持ちを秘めているところが女心をくすぐりますよねぇ」

「そ、そうね」陽菜子はコクコク頷いておいた。「いまつくってるのって、自分で着るわけ？」

「もちろんです。あたしが極楽浄土之介様で、讃岐が暗闇谷絶望之丞、君田が光日影丸なんです。インスタにアップしてるんで、どうぞご覧になってください」

砧はスマホを片手に近づいてきた。これまでにないフレンドリーさに、陽菜子は戸惑う。同好の士であることが心の距離を縮めているのだ。見せてくれたのは三人が並ぶ写真だった。砧は極楽浄土之介にしては痩せ過ぎで、讃岐は暗闇谷絶望之丞にしては丸みを帯びている。そして小柄で童顔の君田は十三歳の少年である光日影丸にピッタリだった。似合う似合わないはこの際、問題ではない。三人の衣装を陽菜子はしげしげと見てしまう。完璧だ。アニメの再現度だけでなく、服としての完成度も高い。仕上げが上手で、どこに縫い目があるのかわからないくらいだ。これだけできて、どうしてふだんはああなんだと危うく口からでかかったのを、堪えねばならなかった。

砧の話によれば、コスプレ歴は彼女がいちばん長かった。自前のをつくったのが十年前、高校一年生で、服飾系の大学に進むことにしたのも、より完成度の高い衣装をつくるためだったというのだから恐れ入る。讃岐は専門学校時代に知りあいの依頼でコスプレをつくっているうちに、自分自身もハマってしまったそうだ。君田は『血煙荒骨城』のアニメを見ていただけだったが、その話を砧と讃岐にしたところ、コスプレもやらない？　とふたりに誘われたので、まだ半年だった。

かくして休みの日ともなれば、三人揃ってコスプレをしてイベントに参加したり、浅利洋裁で衣装をつくったりするようになった。今日は三人とも朝の八時から会社でコスプレ制作に勤《いそ》しんでいたらしい。休日にふだんの出勤時間より早く、会社にきていることになる。

曲が変わった。今度はヒップホップだ。やはり『血煙荒骨城』の劇中歌で、声優達がラップバトルをするのが聞きどころだ。砧の背後にある棚の上にスピーカーだけあり、そこから流れている。だれかのスマホがワイヤレスで接続されているのだろう。

「おなじチームで全員が〈落ち武者〉だなんて運命としか思えません」砧が力んで言う。

「橘リーダーもコスプレするんですか」君田が真顔で訊ねてきた。

「し、しないわよ」さすがに否定する。

「橘リーダーだったら、南無阿弥斬狗狼《なむあみざんくろう》の着流し姿とか、お似合いになると思うなぁ」

「あたしも思った」「ピッタリです」讃岐の意見に砧と君田が賛同する。

「なんでしたらあたし達で、南無阿弥斬狗狼の衣装をつくるんで、橘さん、着てくださいませんか」なおも君田が言う。真顔のままである。本気なのだ。

「考えておくわ」頑《かたく》なに断るよりも曖昧《あいまい》にしておいたほうがいいだろう。

「だけど自分のでなければ、今日はだれの衣装をつくりにいらしたんです？」

「九歳の娘と六歳の知りあいの子のふたり分」

　讃岐の質問に、陽菜子は素直に答えた。来月のハロウィン用で、娘が光日影丸、極楽浄土之介が知りあいの子、つまりは未来ちゃんのであることもだ。さらには昨日、イカメシを食べおえたあとにふたりの寸法をとり、サクラから借りたフィギュアや漫画、設定資料集などを参考にしながら、明け方四時までかかってノートパソコンで型紙を作成し、会社のパソコンへメールに添付して送っておき、いまからプリントアウトをすることまで話した。

「午前中は都心の生地問屋にでかけて、生地を買ってきたの」

　肩にかけたままだったデカめのバッグを、陽菜子は軽く片手で叩いた。

「生地は実物を見て触って選ぶのは基本中の基本ですもんね」砧が我が意を得たりとばかりに大きく頷く。「おなじ生地でも、素材のちがいで光沢の強弱のみならず、色や柄はもちろん厚みや肌触りもまるでちがいますし。あたしの実家、チョー田舎《いなか》だったもんだから、ネット通販じゃなきゃ生地が手に入らなかったんですけど、思ってたのと全然ちがうのが届いて、何度悔しい思いをしたことか」

砧の気持ちはわかる。陽菜子の実家も山深い町で、コスプレではないにせよ、服をつくるためにネット通販を利用し、おなじ目に遭っていたからだ。

「どんな生地、買ってきました？　見せてもらってもいいですか」

砧はキラキラと目を輝かせていた。他のふたりもおなじ目をして、陽菜子に近寄ってくる。好きなものに対しての好奇心が半端ではないのだ。この十分の一、いや百分の一でもいいので、仕事に興味を持てと思わないでもない。

「べつにいいけど」バッグを作業台に置き、陽菜子は中身をだしていく。「あんまり予算がないんでね。店を何軒も巡って、ハギレの特価品を選《え》りすぐって買ってきたの」

「このサテン、シルクですよね」ハギレの一枚を手にして、砧が興奮気味に言う。「浄土之介様の衣装の襟んとこに使うんですよねぇ。色合いもいいし、テカリ具合もピッタリ」

「でしょう？　半分諦めかけてたんだけど、最後にいった店で見つけることができたの」陽菜子は自慢げに言う。褒めてもらい、うれしかったのだ。弾むような心持ちにもなる。まるで専門学校の頃に戻ったかのようだ。

「こっちが浄土之介様の型紙ですよねぇ」五分後、陽菜子がプリントアウトしてきた型紙を見て砧が言った。「六歳の子って、こんなに小さいんだぁ。かわいい」

「あの」君田が神妙な面持ちで、陽菜子に話しかけてきた。「光日影丸の型紙なんですけど、ひとつ大きな間違いがありまして」君田は作業台にプリントアウトしてきた型紙を広げた。「面テープをつけると、合わせが右前になってしまいます。だけど光日影丸は黄泉《よみ》の国からの生還者なので左前でして」

設定資料集ではたしかにそうだった。気をつけなければと思っていたのに、途中で忘れてしまったようだ。

「ありがと。助かったわ」

「とんでもありません。ミスはだれでもあることですから」

いつもミスだらけのあんたに言われたくないわ。

そう思ったものの、不思議と腹は立たなかった。

「あなた達、まだいる？」

「まだまだいます」讃岐が答える。「いつも夜十時くらいまでは」

朝八時にきて、夜十時に帰るって平日よりも長く会社にいるのか。

「でも今日は台風がきてますからね。五時には切り上げようかと」と砧。

「じつは私、衣装をつくるの、今日がはじめてなんだ。いまみたいなミスとか勘違いがまだまだあるだろうし、どう縫いあわせればいいのか、わからない部分もいくつかあるのよ。できれば教えてほしいの。お願いできるかしら」

「もちろんです」砧がにっこり笑う。「だってあたし達、チームじゃないですか」

どっどどどうどどどうどどどう、どっどどどうどどどうどどどう。

宮沢賢治は天才だな。

凄い風をこれだけの言葉で表現できたのだから、たいしたものだ。そして陽菜子はまさにその風の中にいた。夕方からは雨が降ったり止んだりだ。いまは止んでいる。念のため、会社の置き傘を持ってきたものの、この風で役立つかどうかは怪しい。

娘と未来ちゃんの衣装は八割方、完成した。ヒヨッコトリオが自分の作業もそこそこに手伝ってくれたおかげである。そして午後五時には陽菜子は浅利洋裁をあとにした。

その際、自宅のノートパソコンにメールを送っておいた。娘が気づくかどうかはわからなかったが、仕方がない。こういうとき、ウチに電話がないのは不便だ。娘にもスマホを持たせるべきかとも思う。すると帰りの電車の中で、娘から返信があった。

〈駅には何時につく? カサ、もっていこうか〉

〈会社のカサ、もってきたからだいじょうぶ。あなたはウチにいなさい〉

〈わかった。ゴハンはたいとくね〉

午後六時にもなっていないのに、鯨沼商店街の大半はシャッターが閉まっていた。台風に備えてのことだ。これでは晩ご飯のおかずに惣菜を買っていくことはできない。当てが外れてしまった。駅前のスーパーかコンビニにでも寄ってくれればよかったと思うが、引き返すのは無理だ。冷蔵庫の余り物でなんとかしよう。

ヒヨッコトリオはまだ会社だ。今夜は会社に泊まることにしたのである。社長に電話して、許可を取っていた。三人ともなんだか楽しそうで、陽菜子も仲間に入りたかったが、まさか台風が上陸する夜に、娘をひとりにしておくわけにもいかない。

じきに鯨沼商店街を抜けることができる。だれもいない商店街を、陽菜子にむかって歩いてくるひとがいた。全身を包んだ黒い合羽《カッパ》が、強風に煽《あお》られている。背丈からして子どものようだ。

風の又三郎？

お互い顔が見える距離になった。やはり子どもだった。男の子だ。どこか見覚えのある顔だ。相手もそう思ったらしい。すると突然、足早に近づいてきた。

「橘さんのお母さんですよね。クジラ小六年二組の織田です。前に一度、ヒャッキンでお会いしました」

みゃあ。猫の鳴き声がした。風に煽られた合羽の内側に、四角くて黒いバッグが見え隠れする。どうやらその中に猫がいるらしい。

「野良猫です。うちの近所で見つけて、いまから保護施設につれていくとこなんです」

猫の事務所という保護施設は鯨沼駅前の繁華街を通り抜けたところにあるという。徒歩で十分以上はかかるはずだ。

「なにもこんなときに」

「おばあさんが猫アレルギーなんです。鳴き声を聞くだけでジンマシンがでるから、さっさと持っていけと言われまして」

そんなアレルギーがあるのだろうか。

それにしても百均ショップで会ったときとは、だいぶ印象がちがう。そう悪いヤツに思えないとサクラが電話で話していたが、なるほど、いまはそうだ。

「橘さんに伝えてほしいことがあるんです。明日、学校で言うつもりだったんだけど、早いほうがいいだろうから」

「なに？」

「明日からジムにきてもだいじょうぶだと」

「でも娘は破門に」

「オレがオーナーに話をつけました。もしかしたら今夜にオーナーか小町さんから電話があるかもしれません」

みゃぁああ。

「それじゃ」

織田公平が駆け足で去っていく。強風の中で、陽菜子はそのうしろ姿にしばらく見入ってしまった。

どっどどどうどどどう、どっどどどどうどどどう。

やっぱりあの子、風の又三郎なんじゃない？

7　風花

「セイ、イィイィイィッ」

マコト先生に言われ、風花は歯をかみしめ、「イィイィイィッ」と言った。

ここは鯨沼歯科だ。風花はイスにすわるというか、ほぼ横たわっていた。照明のアームにぶら下がる『オバケデイズ』のキャラクターは、ここへくる度にふえていく。こうしてかざっているのは、歯をみてもらいにおとずれる子どもたちのためではない。マコト先生自身が『オバケデイズ』のファンなのだ。いまさっきも、今朝の『オバケデイズ』見た？　とたずねてきた。このごろは見なくなったと答える前に、マコト先生は神回だったよねえ、泣いちやったよおと言ったのである。

「その口のカタチのまま、歯をカチカチしてみて」

「カチカチカチカチ」

「歯をカチカチさせるだけで、口で言わなくてもいいんだ。付けてて、いやな感じはしない？」

「しません」

「それじゃ、ぼくの言ったことをくりかえし言ってね。雨ニモマケズ風ニモマケズ」

「雨ニモマケズ風ニモマケズ」

「雪ニモ夏ノ暑サニモマケヌ丈夫ナカラダヲモチ」「雪ニモ夏ノ暑サニモマケヌ丈夫ナカラダヲモチ」「欲ハナク決シテ怒ラズ」「欲ハナク決シテ怒ラズ」「きちんとしゃべれるね」「きちんとしゃべれるね」

「もうくりかえさなくていいよ」

マコト先生は笑う。小町さんのおさななじみで同い年なので、三十代なかばのはずだが、もっとわかく見える。笑うとなおさらだった。

「はい、これで口の中を見てみて」マコト先生が風花の顔の真ん前に小さな手鏡をかざす。自分の上の歯ほぼ全体を、すきとおってゼリーっぽいけど、ガチガチにかたいカタマリがかぶさっているのが見えた。マウスピースだ。

「歯だけじゃなくて歯の根っこまで守ることができているからね。アゴのホネをおったり、口の中を切ったりもしない。のうみそへのショックもやわらげられる。自分で言うのもなんだけど、なかなかのすぐれものさ」

この先スパーリングや試合をすることもあるだろうし、ふだんのトレーニングでもしていたほうがいいから、マウスピースつくっとく？

小町さんにそう言われたのは破門がとけてしばらくたってからだ。そして鯨沼歯科にいき、マコト先生にピンク色のねんどみたいなものを口にくわえさせられた。歯形をとるためだ。

それからひと月近くたった十月第四土曜の今日、マウスピースが完成したとマコト先生から電話があり、こうして取りにきたのだ。

「いまからジムだよね。だったらそれ、付けたままでいく？」

「そうします」

「きみが破門になったって小町から聞いたときには、ビックリしたよ。小町はここへくる度にきみの話をしていたからね。あんなに教えがいのある子はいない、いつかサクラをこえるかもしれないって」

「サクラさんをこえるのはムリです。あたしまだ、試合どころかスパーリングをしたこともないですし」

「原石だよ、原石。これからどんどんみがかれて、ダイヤモンドのごとくかがやくにちがいないさ。ぼくもできるだけバックアップするよ」

「よろしくお願いします」としか風花には言いようがなかった。ほめられてイヤではないが、はずかしくてたまらない。

「マウスピースを付けてて、ちょっとでもいたかったり、しっくりこなかったりしたら、いつでもきてくれていいから。それじゃ今日はこれでオシマイ。織田くんのは来週のなかばにはできるから、もう少し待っててくれって、本人に言っておいてくんない？」

なんであたしが、と思わないでもないが、「わかりました」と風花は答えた。

わ。わわわわ。

鯨沼歯科をでて、ジムへむかおうとしたときだ。橋本龍子がこちらにむかって歩いてくるのが見えた。彼女も風花に気づき、足早に近づいてきた。

「あなた、戸部ボクシングジムの子だよね。あたしのこと、おぼえている？」

「橋本ボクシングジムのむすめさん」

「その言い方、やめて」顔がけわしくなった。「あなた、名前は？」

「橘風花です」

「風花ってよぶわね。あたし、他人を下の名前でよぶ主義なんだ。名字って意味なくない？どんな家の子かよりも、どんなひとかのほうが大切だもん。だからあたしも龍子ってよびな」

「はあ」

「はあじゃないわよ。わかったならわかったで、わかった、龍子って答えなさいよ」

「わかった、龍子」ここはおとなしく言うことをきいていたほうがよさそうだ。「なんでここに？」

「バスできた。ウチのほうから鯨沼駅行きのバスがでてるんだ」

そうではなく、ここにいる理由が知りたいのだ。あらためてたずねようとしたところだ。

「風花もここでマウスピースつくってるんだ」どうしてわかったんだとは思わない。なにしろ風花の口の中にはマウスピースが付けっぱなしなのだ。「それはそっか、うちの母さんをここに連れてきたの、戸部のおじさんだもんな。あたしもこの歯医者でマウスピースをつくっているの。ちょうどよかった。風花にききたいことがあったんだよね」

「あたし、ジムにいかないと」

ジムのほうへ一歩ふみだしたものの、「すぐすむ」と龍子に左手首をつかまれてしまった。

「今年のジュニアグランプリに出場しなかったのはどうして？」

「ボクシングをはじめたのが今年の五月からで、いまもまだ試合どころかスパーリングもしたことなくて」

「ウソでしょ」

なんであんたにウソをつかなくちゃいけないのさ。

なんて言えない。龍子のするどい目つきが、よりするどくなっていたのだ。

「あなた、ウチのジムにきたとき、スパーリングしてるサクラさんのステップをカンペキにマネしてたじゃない」

「全然カンペキじゃない。サクラさんの動きが速すぎて、とてもじゃないけど追いつけなかったもの」

「それにしたって、ふつうの子はあんなふうにマネができないものよ。来年はでるんでしょうね。ジュニアグランプリ」

「それは」

「ぜったいでるのよ。いい？」風花の左手首をにぎる龍子の力が強くなる。

「なんであんたに命令されなきゃいけないのさ」カッとなったいきおいで、思ったことが口からでていってしまった。だが龍子も負けてはいない。

をふりはらう。

「でるわよっ」声をあげるのと同時に、風花は左ウデをぶんぶんと大きく動かし、龍子の手をふりはらう。

「来年のジュニアグランプリにでて、あなたをマットにしずめてやるわっ」風花は龍子を指さした。「カクゴなさいっ」

いくらなんでも言いすぎた。

風花は反省した。どうしてあんなことを言ったのか、自分でもよくわからない。顔が頭の中にちらつく。龍子はあっけにとられていた。

「橘っ。ちがうこと考えてんだろ」織田公平だ。両手にはめたミットで、風花のパンチを受けているのだ。「パンチがゆるくなってるぞっ。集中しろ集中っ」

「はいっ」

なんだよ、えらそうにっ。

ムッとしたものの、風花は頭の中から龍子を追いだす。そしてキックキックトントン、キックキックトントンとつぶやきながら、織田公平のミットを打っていく。

「もっと足を使え、足っ。ボクシングはコブシよりも足だっ」

また注意された。それって小町さんの受け売りじゃんと思いながらも言われたとおりにする。織田公平は風花よりも十センチ以上、身長が高いものの、小町さんよりは低いのでパンチが打ちやすかった。

織田公平がむかって右側へステップをふんでいく。それにあわせて風花は左側へステップをふみながら、なおかつミットにパンチを打ちこむ。

キックキックトントン、キックキックトントン。

先月、大型で強い台風がやってきて、キラキラヶ丘団地一帯も大あれの天気になった。その直前、ママは鯨沼商店街で、織田公平と会った。そしてオレがオーナーに話をつけたので、明日からジムにきてもだいじょうぶだと風花に伝えてほしいとたのまれてきた。

なぜ織田公平が？　と思ったが彼の言葉はウソではなかった。その夜、ママのスマホに小町さんが電話をかけてきた。しばらくママが話をしたあと、風花に代わった。

今日の夕方に、公平くんがジムにきて、あなたの破門をといてくれって、親父にドゲザしたの。ぜんぶオレのせいだ、あの子は悪くないってさ。親父はむかしの人間だから、ドゲザとかに弱いんだよね。わかったってあっさり答えていたわ。だけどそれだけじゃないんだ。公平くん、ジムにもどってくるって。これであなたは思うぞんぶん、だれに気がねすることもなく、公平くんをなぐることができるわね。

つぎの日の朝には大型の強い台風は通りすぎていった。いつもどおり朝六時に起きて、団地内をジョギングしていると、辺り一面、落ち葉だらけだった。どこからか飛ばされてきたゴミ箱やバケツ、こわれたカサ、緑色のネットなどもあった。

さらには太い木が一本、根こそぎたおれて、いつもの道をふさいでもいた。風花にはまたぐのがムリだったので、道を引き返し、べつの道を走りだすと、うしろで足音が聞こえてきた。ふりむけば、織田公平が走ってむかってきた。そして風花の横を通り過ぎていくとき、顔を前にむけたままでこう言った。

今日、ぜったいにジムこいよ。

織田公平に対し、ありがたいとは思う。だけど風花としては、自分ひとりでもトレーニングをおこたることなくつづけ、その成果を松乃進に見せ、破門をといてもらうつもりだった。なのによけいなことをしやがってと思わないでもない。

松乃進も松乃進だ。むかしの人間だからドゲザに弱いってなに？　だったらあたしがドゲザしてたさ。だいたいそのくらいでゆるすんなら、あんなにおこって破門なんかにしないでほしかったよ。

なにはともあれ破門はとけた。その日、ジムへいくと松乃進はゆるすのは今回だけだぞ、二度とするなよ、と言っただけで、あとはいつもどおりのトレーニングだった。

いや、ちがう。

いつもどおりではない。小町さんとマンツーマンではなかった。風花のとなりにはつねに織田公平がいた。その日からほぼ毎日、ふたりワンセットでトレーニングするようになった。はじめのうちこそ気になったものの、トレーニングに熱中すれば、いてもいなくても変わらなかった。織田公平がミット打ちの相手をするようになったのは、先週のアタマからだ。本人が申し出たのを小町さんがあっさりオッケーしたのである。

かくしてこの一ヶ月あまり、放課後のジムだけではなく、朝もふたりで団地の中をジョギングしていた。風花が走っていると、どこからともなく織田公平があらわれ、いつしかならんでいるのだ。「おはよう」と「じゃあな」のあいさつだけで、ジョギングのあいだはなにも話をしなかった。


「ウデだけで打つなっ。全身を使って打つんだっ。あと五秒っ。ラストスパートッ。打てるだけ打ってこい」

打ちますよ、打ちゃあいいんでしょっ。

キックキックキックトントントンキックキックキックトントントンキックキックキックトントントンと連打する。やがてタイマーのブザーが鳴った。風花はパンチを止め、両ウデをだらりとさげた。やっとおわった。織田公平を相手にミット打ちを連続で三本やった。クラクラでクタクタだ。今日のトレーニングはこれでオシマイだ。できればこの場でねっころがりたいが、そうはいかない。つぎはサクラさんが、小町さん相手にミット打ちをする。すでにふたりともリングにあがっていた。

「なにボヤボヤしてんだ。早くおりてこい」

織田公平がリングの下から言った。いつの間にかおりていたのだ。なんだよ、自分だけと思いながら、風花もリングをおりる。

おでこのあせがハンパない。流れ落ちて目に入るので、何度となく手首でぬぐっていると、世界が真っ白になった。頭にタオルがかぶさってきたのだ。

「最後にあんだけ打てるなんてたいしたもんだよ。よくやった」

松乃進だ。そう言いながら風花の首から上をゴシゴシとふいた。スキンシップのつもりらしいが、ちょっとウザい。

「マウスピースはどうだ」タオルを取り、松乃進がたずねてきた。「外れそうになったり、息苦しかったり、えずいたりしないか」

「だいじょうぶです」

それどころかミット打ちのあいだは、つけているのをわすれていた。もうひとつわすれていたことがあった。マコト先生の言付けだ。織田公平のマウスピースが来週なかばに完成すると、本人に伝えていなかった。彼はそばにいるものの、その目はリングの上にむいていた。ウォーミングアップをするサクラさんを見ているのだ。

「さすがはマコトがつくっただけのことはある。アイツのマウスピースは有名で、ボクシングにかぎらず、いろんなアスリートにお願いされるほどなんだ」

「橋本龍子もですよね。さっき鯨沼歯科をでたとき、あの子に会いました」

「マジか」と声をあげたのは織田公平だ。「なにか話したか」

「来年のジュニアグランプリに出場しろと言われて」

「なんと答えた？」これは松乃進だ。

「でようと思っていると」マットにしずめてとかはだまっておこう。

「ジュニアグランプリのこと、お母さんに話した？」

これは小町さんだ。リングからたずねてきたのだ。

「まだです。だけど試合をすることになっても反対をしないって、約束してくれました」

「だったら今日、お母さんがむかえにきたときにその話をしよっか。いい？」

小町さんに言われ、風花は「はい」とうなずいた。

ママはいつもよりも十分ほど早めにおとずれた。ひとりではない。ヒヨッコトリオを引き連れてきたのである。その三人とつくったハロウィン用の衣装を持ってきたのだ。

ヒヨッコトリオのコスプレ好きを知ったママは、風花と未来のだけでなく、サクラさんのガウンづくりも協力してほしいとお願いしたという。役立たずだの給料ドロボーだのと、三人のことをさんざん言っておきながら、ずうずうしくはないかと風花はちょっと思った。

このひと月のあいだ、ガウンづくりについて相談していくうちに、ヒヨッコトリオと気さくにおしゃべりできるようにまでなったらしい。仕事の面でも三人はつまらぬミスがめっきりへって、いらつくことがなくなった、おかげで作業は順調に進み、今月のノルマはしめきりより三日も早く仕上がったのよとママは楽しげに話した。ウチに帰ってきて、『ＬＯＶＥマシーン』をうたわなくなってもいる。

ヒヨッコトリオと会うのは今日がはじめてだ。それぞれ名前を教えてもらったものの、おなじような三文字で、キヌタだかキアヌだかサヌキだかタヌキだかキミタだかキメラだかわからなくなり、おぼえるのをあきらめてしまった。やむなく心の中では見た目でよぶことにした。ノッポ、ぽっちゃり、チビスケだ。

「いますぐきたい」ハロウィンの服を見るなり未来が言った。星矢さんはジムにいない。九時まで仕事なのだ。「フーカもきて」

そう言われたら着るしかない。ロッカールームで着かえ、オーナー室にもどってくると、サクラさんもいた。松乃進と小町さんはガラスのむこうで練習生相手にコーチをしている。月末になると今月一度もいってなかったとあわてておとずれるひとが多いのだ。

「チョーカワイイッ」「とってもにあってるぅ」「サイコーッ」「テンションあがるわぁ」

ハロウィンの服に着かえた風花と未来を前に、ヒヨッコトリオとサクラさんは大はしゃぎだ。スマホで写真をとりまくりだ。

「写真をとるのは勝手だけど、ＳＮＳにあげないでちょうだいよ」

注意をしながら、ママも四人のうしろでスマホをかまえていた。未来はうれしそうだが、風花ははずかしくてたまらなかった。サクラさんにすすめられ、光日影丸の服をつくってもらったのだが、ソデがなくてカタがでているのはまだしも、スソが短くて、おへそが丸だしなのだ。アニメやマンガならば、なんてことはないが、こうやって実物になるとどうかと思う。

しかもオーナー室には織田公平もいる。トレーニングがおわったらさっさと帰ればいいのに、松乃進のイスにすわってぐるぐる回っていた。

「未来ちゃん、カマを右手、クサリを左手に持って」

サクラさんが言った。ヒヨッコトリオは服だけではなく、浄土之介はクサリガマ、光日影丸は長さがちがう刀を一本ずつ、つくってきていた。いずれも画用紙やダンボールなどのできているのだが、なかなかの出来だった。

「こうか」

「そうそう。つぎに右手を頭よりも高いとこまで持ちあげて、左手を前」

サクラさんが言うポーズを「こうよ、こう」とノッポがやってみせる。

「今度は風花ちゃん。長いほうの刀を前にしてまっすぐ立てて。短いのはコシのあたりで横に持って。短い刀の先っぽはキモチ上にむけてみて」

　はずかしくてたまらないが、サクラさんに言われてはやるしかない。

「そしたらふたりこっちに顔をむけて。あたしがこの世にコンランをもたらすためだけにソンザイする悪のコンゲン、ハイヨルコントンだと思ってにらみつけて。いいよ、いい」

　なんだ、ハイヨルコントンって。

「ふたりの写真はこのへんにしない？」ママが言った。風花がはずかしがっているのに気づいたのかもしれない。「サクラさんもトレーニングにもどらなくちゃいけないんですよね。だったら早いとこ、やるべきことをやらないと」

「そうでした」サクラさんがてれくさそうに笑う。「服の出来がよすぎたのと、ふたりがあんまりかわいかったものでムチュウになっちゃいました。はは」

　ヒヨッコトリオがメジャーをとりだし、サクラさんのいたるところをはかりはじめた。ママが言ったやるべきことだ。もちろんサクラさんのガウンをつくるためである。

「サクラさんの試合の動画、みんなで見たんですよぉ」「あたしら、ボクシングとかさっぱりなんですけど、サクラさんの強さにはカンゲキしましたぁ」「めっちゃかっこよかったですぅ」

「ありがとうございます」

「入場するとき、『血煙荒骨城』の主題歌を流していますよね」とノッポが言う。

「めっちゃテンションあがるんですよ。さっき、ジムでも流してもらってました」

「試合見てて気になったことがあるんですけどぉ、きいてもいいですか」

「なんです？」チビスケにサクラさんがききかえす。

「いつもハオリハカマでオーエンしている男のひと、いるじゃないですかぁ」

「あたしも気になってた」とぽっちゃり。

「ダンキチだ」風花のとなりにいた未来が、ソファの上に立ちあがって、サクラさんの代わりとばかりに答え、よけいな一言を付けたした。「サクラのカレシだ」

「カレシさんもボクサーなんですか」真っ先にノッポがたずねる。

「いえ、美ジュツ館の学芸員です。あのかっこうは大学時代、オーエンダンだったので、それでまあ」

「どうやって知りあったんですか」つぎにぽっちゃり。

「あたしが美ジュツ品の運送会社につとめてて、仕事がらみで」

「つきあって何年？」そしてチビスケ。

「六年です」

「六年もつきあっていれば、そろそろケッコンなんて話がでてきませんか」ノッポにもどる。

「それは」サクラさんが答えにつまった。

「あんたたち、プライベートのことを根ほり葉ほりきいて失礼でしょ」

そばでサイズをメモっていたママが注意する。

「いえ、だいじょうぶです」サクラさんが首を横にふり、話をつづけた。「あたしがチャンピオンになったらケッコンするつもりなんですが」

「いまのチャンピオンはチキュウのウラガワなんだ」ふたたび未来が言った。「だからなかなかタイトルマッチができないんだ。なにかにつけてオカネのヨのナカだからな。でもサクラ、ヘコむことはないぞ。アイがあれば、なんだってこえられる」

「ありがと、未来ちゃん」サクラさんがてれくさそうに笑う。

「愛かぁ」「愛ねぇ」「愛なぁ」

ヒヨッコトリオの手が止まる。

「あんたたちはないの、愛？」

ママがあきれながらも、半分からかい気味にたずねた。

「愛もお金もコスプレに注いじゃうんで、ひとにまで回せないんですよねぇ」「右におなじ」

「あたしもです」

　そんなヒヨッコトリオを見ながら、未来はカタをすくめ、ダメだこりゃ、といったふうに首を横にふった。

「お待たせしてすみません」

「こちらこそおいそがしいのに、もうしわけありません」

　小町さんとママだ。どちらもさほど悪いわけではないのだから、そんなにあやまりあわなくてもいいのにとふたりを横目で見ながら風花は思う。

「風花ちゃんから話は聞きましたか」

「ええ、たったいま」

　サイズをはかりおえると、ヒヨッコトリオは帰っていった。私たちも帰ろうかと言うママを風花は引き止めた。そして来年のジュニアグランプリにでたい、そのことで小町さんから話があるので、待ってほしいとお願いした。ひとまずふだん着に着かえてもどってきたら、トレーニングにもどったサクラさんと入れかわりに、小町さんがいたのだ。

「試合をすることになっても反対をしないと、お母さんが約束してくれたと、風花ちゃんに聞いたのですが」

「たしかにいってた」未来が言う。星矢さんに見せるために、浄土之介のままだった。「あたしのママもきいて、ショーニンになるといったんだ。あたしもショーニンだ」

「まちがいありません」ママは少しこまった顔になる。「ジュニアグランプリって、先月いったばかりだから、ほぼ一年後の話ですよね」

「先月のは全国大会で、その前に地区予選がありまして、これがゴールデンウイーク明け、五月のなかばなんです。なのでいまから半年ちょっとで、試合にいどむことになります」

「半年」ママは風花のほうをむく。「できそう？」

「うん」半年先も一年先も〈未来〉とおっきなくくりでは、どっちもおんなじだ。あんまりピンとこないのがほんとのところである。「やってみるよ」

「ではつぎから実戦にむけてのトレーニングをはじめさせてもらいます」

「具体的にはどんな」不安そうな顔つきになるママを見て、風花はもうしわけない気持ちになる。だからといって、いまさら試合のことを取り消すつもりはない。「いきなりなぐりあうようなマネは」

「しません」ママを安心させるためだろう、小町さんはニコニコ笑っている。「ボクシングで勝つために大切なのは、相手に打たれずに打つことです。どれだけウマいパンチが打てても、相手に打たれてしまっては意味がありませんからね。なのでこれからは打たれないようにするトレーニングをおこなっていきます。どういうことだかわかる、風花ちゃん？」

　いきなりきかれて、面食らいながらも、「ディフェンスですよね」と風花は答えた。

「そのとおり」小町さんはうなずき、ママのほうに顔をもどした。「いままでも相手のパンチをかわしたり、ずらしたり、受け止めたりする手段をいくつか教えてはいたのですが、より重点的におこなっていきます。これがいい具合にしあがってきたら、つぎはマスボクシングという、対戦形式ですが、力をぬいて、おたがいコブシを当てない練習をします。ディフェンスを年末までにカンペキにして、年明けにマスボクシング、三月にはスパーリングをはじめられればと思っています。なによりも安全第一、ケガのないよう心がけます。ただ問題は」

「なんでしょう」ママはぐいと前のめりになる。

「風花ちゃんは熱心でマジメですからね。ときにはトレーニングをやりすぎてしまうきらいがあります。ジムであれば私が止めますが、おウチでもなさっていますよね。そのへん、お母さんも注意してください。練習量が多ければ多いほど強くなれるなんて、平成どころか昭和の考え方で、短い時間でコーリツがいいトレーニングで強くなるのが令和のジョーシキです。ケガをしたら元も子もありません。キズをおいながら試合にいどむなんて、他人にはドラマチックで感動的でしょうが、本人にすれば一生をだいなしにするだけですからね」

　小町さんの言葉はやたら説得力があった。ママの表情もだいぶ和らいでいる。

「それとそう、ごぞんじのようにウチのジムには風花ちゃんの他に子どもの練習生は公平くんだけです。なので実戦のトレーニングとなると、どうしても彼とおこなうことになる。それだとおたがいクセがわかってしまい、マンネリにおちいり、コーカ的なトレーニングができません。そこで週に一度は子どもの練習生がいるジムへ連れていこうと思っていまして。

いわゆる出げいこってヤツです」

「それって橋本ボクシングジムですか」風花はたずねた。

「もちろん」

ああ。

なんであんなことを言ったんだと、ふたたび反省する。橋本ボクシングジムにいけば、橋本龍子に会うにちがいない。そのときどんな顔をすればいいのだろう。

「他にも二つ三つお願いしているジムがあるわ。できるだけたくさんの子とやったほうがいいでしょ」

「小町さん、オレもジュニアグランプリでていいですか」

織田公平がたずねてきた。まだ松乃進のイスにすわっていたのだ。

「いいけど公平くん、来年、中学生だよね。都内だけでも手強いヤツ多いわよ。年下の女の子になぐられて、やめちゃうようなメンタルの弱さだとムリだからね」

「二年も前の話、持ちださないでください」小町さんに冷やかすように言われ、織田公平はしかめっつらになった。「今度はマジに取り組みますんで」

「それじゃおたがいセッサタクマして、がんばってちょうだい」

「はい」「はい」

セッサタクマがわからないまま返事をすると、織田公平と声がそろってしまった。

そしてつぎの日から、ジュニアグランプリにむけてジゴクのモートックンがはじまった、ということはなかった。ただしトレーニングメニューは少し変わった。なわとびにシャドーボクシング、サンドバッグ、ミット打ち、パンチングボールをいつもは三分三回ずつのところを二回に、そしてそれをやりおえたあとは、ディフェンスのトレーニングを重点的におこなうようになった。

ジュニアグランプリにでるのを決めて数日後だ。もうじき五時になるが、ジムには小町さんと風花だけだった。松乃進はオーナー室で、うつらうつらしている。織田公平はまだだ。猫の事務所に手伝いにいくので少しおくれると学校の帰りに言われた。ときどきあることなのだ。夏休みのあいだ、宮沢賢治の書いた話をたくさん読んだが、その中におなじタイトルのがあった。でもそのことについて織田公平にたしかめたことはまだない。

「私の前に立って、かまえてちょうだい」

小町さんの言葉にしたがう。ミット打ちでむきあうことはあるが、いまは小町さんもグローブをはめていた。なんだかビビってしまう。

「パリングっておぼえてる？」

「グローブで相手のパンチをはたき落とすディフェンスです。ストレートのパンチは横からの力に弱い。だから相手のウデがのびてきたところを、コブシでかるくたたくだけで、そのむきを変えることができる」

「そのとおり」小町さんはニッと笑う。「そこまでおぼえているとはたいしたものよ」

おぼえていたのではない。ディフェンスのトレーニングをすると言われてから、トレーニングノートを見返しておいたのだ。学校の勉強ではこんなことはしない。ボクシングだからこそである。

「ちょっとやってみる？　私が打つから風花ちゃんがパリングしてちょうだい」

マジですか、とは口にださなかったが、思いっきり顔にでたらしい。

「だいじょうぶ」小町さんはからだを九十度ひねり、風花から見て右側にワンツーしてみせた。「こんくらいの速さだから。ぜったい当たらないようにする。いい？」

「はい」としか答えようがない。でもまだ気持ちが整っていない。

「いくわよ」

　小町さんが右ストレートを打つ。風花の顔にパンチがせまる。ハッとしたものの、なんとか左手で内側にはらうことができた。だがすぐ左ストレートがとんできた。あわてて右手でやはり内側にはらう。するとまた右だ。左手ではらう。すぐつぎ左。右手ではらう。右がきた。左手ではらう。左だ。右手ではらう。右。左手ではらう。左。右手で。右。左手で。左、右、左、右、左、右。ヤバイヤバイヤバイ。だんだん速くなってきているのではないか。だが小町さんのパンチは止まらない。

　相手のパンチをビビらず落ち着いて、しっかり見るべし。そうすればタイミングをまちがわずにはじくことができる。

　小町さんに教わり、トレーニングノートにも書いておいたことだ。ビビってなんかいられない。かといって落ち着いてもいない。なんとか小町さんのパンチだけは見ることはできた。

「上体がそってる、しっかりかまえて」

「はいっ」

「手首の動きだけではじいちゃダメッ。私のバランスをくずすつもりではじきなさい。だからってそんな大きな動きはしないっ。ガードが外れちゃってるっ」

できれば小町さんに言われたとおりにしたい。でもパンチの速さに、はじくだけしかできない。だがこれ以上ムリと思ったときにタイマーのブザーが鳴った。

「直すべきところはまだまだあるけど」小町さんがたずねてきた。「こんだけパリングできたってことはよ。もしかして私のパンチが見えてた？」

「見えてただなんて」息を整えながら、風花は答える。「目でおいかけるのがやっとでした」

「それでもたいしたものだわ。ウチで練習してた？」

「とくには。あ、でも小町さんがやってるのをマネてました」

「私のマネ？」

「あたし、試合の動画を見てマネてたんです。小町さんだけじゃなくて、サクラさんとかいろんなひとのも」

「なんでそんなことを？」

なんでと言われてもこまる。

「見てると、からだが勝手に動いちゃうんです」

「そういえば橋本ボクシングジムにいったとき、スパーリングをしてるサクラちゃんの動きをマネてたって、オーナーに聞いたけど」

「あんときはいつものクセがでちゃったんです。パンチやステップの速さなんてとても追いつけないし、フォームだってまるっきりおなじっていうわけにはいきませんが」

「ワザをおぼえるのが早いのは、そういうことだったのね。なるほど。合点がいったわ」

どういうことなのか、風花にはわからない。聞き返そうとしたとき、ジムに星矢さんがかけこんできた。この世のおわりを告げられたかのようなヒドい顔つきだ。

「未来、いませんか」

「いないわよ。ひとりでくるはずないじゃない。いつもあなたが保育園からここに連れて」

小町さんの言葉がとぎれた。「未来ちゃんがどうかしたの？」

「保育園にいったら、パパがおむかえにきたって言われたんです」

「パパって、あなたのダンナさん？」

「元ダンナですよっ」星矢さんがさけんだ。「あのヤロー、未来のことをさらいやがったんだっ」


　いないかぁ。

　キラキラヶ丘団地内の図書館の中を見てきたのだが、未来はいなかった。アテが外れたというよりも、それはそうかと思う気持ちの方が大きかった。

星矢の元ダンナはママがインフルエンザにかかったので、パパがむかえにきたのだと言い、未来だけでなく保育園のひとまで信じてしまったらしい。

あのヤロー、人当たりがよくて口がウマいもんだから、たいがいのひとはコロっとだまされちまうんだ。あたしなんていちばんのヒガイシャだよ。

さらに元ダンナの悪口をさんざん言ってから、未来をいっしょにさがしてほしいと星矢さんは小町さんだけでなく、風花にまで手をあわせて、たのみこんだ。その時点で、未来がつれだされて三十分以上たっていた。

いまごろはどこかべつの場所へ、たとえば元ダンナのウチへむかっているのではないか、自分たちでさがすよりも、ケーサツにしらせたほうがいい、と小町さんが言った。風花もそう思った。だが星矢さんは、ケーサツなんて信じられないと泣きじゃくり、ダダをこねた。こんなマネ、六歳の未来だってしたことがない。だったらこうしましょ。小町さんがなだめながら言った。五時までみんなでさがして、それでも見つからなければ、ケーサツにしらせるの。いい？

なみだをふきながら、星矢さんはうなずいた。

かくして小町さんは鯨沼商店街を、星矢さんは鯨沼駅のまわりを、風花はキラキラヶ丘団地をさがすことになった。松乃進はジムでルス番だ。ねむっていたのを、小町さんがたたき起こし、さらにはガラケーをとりあげ、風花にわたした。

未来ちゃんを見つけたら、そのガラケーでジムか私に電話するのよ。いい？

だがその必要はなさそうだ。

キラキラヶ丘団地をハシからハシまでぜんぶ、さがしたわけではない。保育園のまわりをぐるりと回ってから、公園やコンビニ、公民館などにいき、最後は図書館だったのだ。あと十分で五時だ。夏であればまだまだ明るい時間だが、十月もおわりのいまは、だいぶうす暗い。街灯も点きはじめている。

ジムにもどるしかないか。

未来が心配ではある。だけど小町さんの意見が正しい。星矢さんの元ダンナが未来とふたりで、いつまでもこのへんをうろついているとは思えない。さっさとどこかへ連れていったはずだ。こうなったらケーサツにしらせたほうがいい。

風花はトボトボと団地の中を歩いていく。Tシャツと短パンではさすがにさむいので、ロッカールームでブラウスに着かえ、カーディガンを重ねている。

どんなひとでもイイとことワルいとこがあるって、ママがいってたのは、ほんとなんだな。

未来が言っていたっけ。

ミクのパパもそうだ。ワルいとこがおおすぎる。でもミクはパパのちょっとだけしかないイイとこがすきなんだ。

ママがインフルエンザにかかったというパパのウソを、未来はほんとに信じたのだろうか。風花はふと思う。ウソだとわかっていても、パパについていってしまったのかもしれない。

そしてまたむかえにきてくれるパパがいることを、うらやましく思う自分がいるのに風花は気づく。物心がつく前に死んでしまったパパを、風花は少しもおぼえていない。だがそれを言ったら、ママがかなしそうな顔をしたことがあった。だからニオイはおぼえているとウソをついた。

バスや電車にのったとき、オトナの男のひとのニオイがただよってくると、パパっぽいひとの顔をぼんやり思いだすと言ったのだ。どうしてこんなウソをつけたのか、自分でもよくわからない。だがいまではほんとにオトナの男のひとのニオイをかぐと、パパっぽいひとの顔が頭の中にうかぶようになった。でもそれは写真で見たパパの顔だ。あとづけにできたウソだからだ。ママにウソをついてできた、ウソの思い出だ。それでもパパの顔がうかんでくると、さびしくもあたたかい気持ちになった。

「キックキックトントン、キックキックトントン」

え？ 風花は足を止め、あたりを見回す。だれもいない。

「しみゆきしんこ、かたゆきかんこ、のはらのまんじゅうはポッポッポ」

大きな声だがはりあげてはいない。そう遠くないところだ。ここらへんは朝のジョギングコースである。

いまきた道を走って引きかえし、右に曲がると、そこは有料のパーキングだ。北十号棟と十一号棟のあいだにあり、団地をたずねてきたひとだけが使える。二十台はとめられるところに、いまは五台だけ、そのうちの一台の前に未来がいた。雪渡りダンスをオトナの男のひとに教えている。パーキングには車の出入口のヨコにお金をはらう機械とジュースやお茶などの自動ハン売機がならんでいた。ふたりに気づかれないよう、風花はすかさずそのカゲにかくれる。

「ちがうよ、パパ。しみゆきしんこのときは、こっちのアシをまえ。そしてテをヒラヒラさせなきゃ」

「つづきはパパのウチでしないか。だいぶ暗くなってきたし、おナカもへっただろ」

ふたりの会話を聞きながら、風花は松乃進のガラケーをだす。使い方は小町さんに教わってある。ところが小町さんに電話をかけたものの、「おかけになった電話は、電波のとどかない場所にあるか、または電ゲンが入っていないためかかりません」と言われてしまった。そこですぐさま戸部ボクシングジムにかける。するとこちらはルス録だった。

どこいっちゃってんだよ、松乃進。

そう思いながらも、手で口をおおい、早口でメッセージをふきこんだ。

「風花です。未来ちゃんいました。団地の北にある有料パーキングです」

ガラケーを切って耳をすます。ここにいるのがバレていないかとドキドキだったが、だいじょうぶだった。未来とパパの会話はつづいている。

「ママにあってきちゃダメ？」

「ダメだ。ママはインフルエンザなんだぞ。おなじ部屋にいるだけでうつっちゃうんだって何度も言ったじゃないか」

未来パパの口調はおこってはいないものの、おどしているように聞こえる。だが未来も負けてはいない。

「となりのキッチンから、カオをみるだけにする。おなじヘヤでなければいいんでしょ」

「ヘリクツ言うなっ。コンビニで好きなオカシを山ほど買ってやっただろ。これ以上、おまえのワガママはきいてられん」

未来パパの声がだんだんと大きくなっていく。なんだかヤバいことになりそうだ。自動ハン売機から、ほんの少し顔をだし、ふたりの様子をうかがう。

大変だ。風花は息をのんだ。パパが助手席のドアを開き、未来をムリヤリ乗せるというよりも、おしこもうとしていた。

「早く乗るんだ」

「イヤだっ。ママにあいたい」

「ママはインフルエンザで」

「ウソだ。そんなのウソっぱちだ。パパはウソつきだ、それはパパのワルいとこだ、ミクはパパのワルいとこがキライだ」

「うるさい、だまれっ」

信じられないことが起きた。パパが未来のほっぺたをたたいたのだ。未来は泣きだした。ほとんどさけび声だ。するとまたパパがほっぺたをたたいた。

ヒドい。あんまりだ。

「泣くなっ。だれが泣いていいと言った？　泣いたらたたくぞっ」

パパは右手をふりあげた。未来はなみだを流しつづけながらも、声をださないようガマンしている。風花は全身が熱くなっていくのを感じた。織田公平が下の学年にからんでいたときとおなじだ。だがそのときよりもカッカしている。にぎりしめた両手がプルプルとふるえ、犬がうなっているように見えた。

「車に乗るんだ。これ以上、パパをこまらせるな」

　未来はあきらめきったようだ。またたたかれるのが、こわいのもあるだろう。自ら車に乗りこもうとしている。このままだと未来はほんとにあのボーリョクパパに連れさられてしまう。

「未来ちゃんっ」風花は声をかぎりにさけび、ダッシュでパーキングを横切っていく。ボーリョクパパがふりむいた。

「待ちなさい、未来っ」ボーリョクパパが車のドアをしめ、あとを追う。手をのばしてつかまえようともしたが、とどかなかった。

「フーカッ」ギリギリにげきって、だきついてきた未来を、風花は自分のうしろへまわす。

「だれだ、きみはっ」

「フーカだっ。フーカはつよいんだ。パパなんかイッパツでノックダウンだっ」

　風花はすかさずファイティングポーズをとる。そして顔をあげ、目の前に立ちはだかったボーリョクパパを見上げる。ネクタイはしていないけど、スーツを着たふつうのオジサンだった。ハデハデな元ヤンキーの星矢さんとはまるで不つりあいだ。ふたりともおたがいのどこを気に入ってケッコンしたのか、さっぱりわからない。もしかしたらふたりもわからないままにケッコンしてしまったので、わかれたのかもしれない。

「そこをどきなさい。きみには関係ないことだ」

「関係あります。未来ちゃんはあたしには妹同然です」

「私は未来の父親そのものだ」

「だったらどうしてむすめの顔をたたくんですか」

風花の言葉に、ボーリョクパパは顔をみにくくゆがませた。

「しつけだ。言うことをきかない子にはバツをあたえなければならない。私もつらいんだ。でも親としてのつとめだからな。しかたがない」

「しかたがなくて子どもをたたくなんて、ほんとの親でも親じゃない」

「いいからそこをどくんだ」

ボーリョクパパがさらに近づき、右ウデをのばしてきた。自分をどかそうとしたそのウデを風花は左手で内側にはらった。パリングだ。小町さんのパンチにくらべれば、ちょろいもんである。ボーリョクパパはよろけた。おナカのあたりがガラ空きだ。いまなら右フックをみぞおちに打ちこめる。風花は半歩ふみだし、右ウデのヒジをほぼ直角に曲げ、うしろへふる。だがそこで動きを止めた。

あなたのコブシがほえるのはリングの上だけよ。

小町さんに言われたことを思いだしたのだ。あぶなかった。どんな相手だろうとも、シロウトをなぐったらまた破門になってしまう。それはダメだ。風花は右手を元にもどす。そして静かに言った。

「お願いです。帰ってください」

「子どものくせにエラそうな口をきくな」

女のくせにナマイキだな。

織田公平にはそう言われた。年に関係なく男は〈くせに〉と言うのがクセなのかもしれない。

「未来ちゃんが言ったことはウソではありません。さすがにノックダウンはできないかもしれませんが、二、三日は消えないアザをつくることはできます」

「そんなおどしにビビるわけないだろ」

とは言いながらもボーリョクパパは、マユのあいだにシワをつくって風花をじっと見ている。右ウデをはらわれ、自分がよろけたのは事実だ。だとしたらこのコムスメの言うことは必ずしもウソやハッタリではなさそうだとでも考えているのかもしれない。

そのときだ。パーキングに自転車が入ってきた。とんでもないスピードだ。

あれは。

「コーヘーッ」

未来がさけび、自転車がボーリョクパパの車にブチ当たり、そして耳をつんざかんばかりの音が鳴りだした。三つのことがほぼ同時に起きた。さらにその直後だ。

さきほどまで風花がかくれていた自動ハン売機の横に、一路が立って手まねきをしている。

「橘さんっ、未来ちゃんっ。にげるんだっ」

「いくよ、未来ちゃんっ」

未来の右手をにぎりしめ、風花は走りだした。

8 陽菜子

「どうしました、みなさん？」

不安そうにサクラが訊ねてきた。しばらくだれも言葉を発しなかったからだ。

「サイコーです」砧が言った。声が震えている。感激しているのだ。讃岐と君田もおなじ思いにちがいない。その証拠に三人とも目が潤んでいた。「極楽浄土之介様そのものです」

「そのものだなんてそんな」謙遜しながらもサクラは口元が緩んでいた。

この二ヶ月近く土日および祝日はほとんど、浅利洋裁でヒヨッコトリオと共に、極楽浄土之介の衣装を模したガウンをつくりつづけていた。試行錯誤の連続で、まさしく〈茨の道〉だった。どうしてもウマくいかず、裁断からやり直すことも何度かあった。それでも諦めたり、嫌になったり、投げだしたりするわけにはいかない。できないことがあれば四人で知恵をだしあい、解決の糸口を見つけだして少しでも完成にむけて進めていく。そこには仕事でおなじ服を何十着何百着とつくるのとは、あきらかにちがう喜びがあった。

　そして今日、十二月なかばの日曜、サクラに浅利洋裁までご足労願い、仮縫いを試着してもらったところだ。アニメのように十頭身ではないし、顔かたちもまるでちがう。仮縫いでまだ装飾の類いが付いていない。これから当ててみて、縫い付ける位置を決めていくのだ。それにしてもサクラの佇《たたず》まいはまぎれもなく、極楽浄土之介そのものだった。

「ほんとです」砧は洟を啜っていた。「あたしも浄土之介様のコスプレしたんですけど、撫《な》で肩《がた》だから似合わないです。肩パッドを入れたりしたけど、やっぱダメでした。でもサクラさんはちがいます。体格からして浄土之介様なんですよねぇ。肩幅が広いし、胸板も厚くて腕も逞《たくま》しい。マジ羨ましいです」

　女性に対する褒め言葉とは思えない。だがサクラは「ありがとうございます」と礼を言った。「こうやって浄土之介様のようになれただけでも、ボクシングをやっていた甲斐《かい》があります」

　いくらなんでも言い過ぎじゃない？　と陽菜子は思う。しかしサクラは姿見に映る自分を見て、満足げに笑っていた。

「写真、撮っていいですか」讃岐だ。その手にはすでにスマホがあった。

「どうぞどうぞ」サクラが答えると、ヒヨッコトリオは一ヶ所に留まらず、あちこちに移動しながら、かしゃりかしゃりと音をたて、あらゆる角度からサクラを撮影した。

　ちょっとした撮影会をおえたあと、陽菜子とヒヨッコトリオは仮縫いに装飾を当て、どのへんに縫い付ければよいものか話しあいをはじめた。これがなかなか難航した。原作のアニメどおりにすると、全体のバランスが崩れ、見場が悪くなってしまう。でも妥協はしたくない。ときには白熱した議論になることもあった。そこへサクラも加わった。はじめのうちは遠慮がちだったものの、次第に彼女なりのこだわりを口にするようになった。年長者で職場のリーダーでもある陽菜子が、みんなの意見をまとめなければならないのだが、次第に彼女達への対抗心がメラメラと燃えあがり、よりよいアイデアをだそうと頭を絞った。

朝十時からはじめて、昼はコンビニ弁当で済ませ、どうにか方向性が決まったのは午後二時だった。陽菜子はヘトヘトになった。とは言え嫌ではない。それどころか気持ちが昂《たかぶ》り、楽しくてたまらなかった。似たような服ばかりつくる職場では滅多にこうはならないものだ。

「これって春先までには完成しますか」

「だいじょうぶです」と答えてから、陽菜子ははたと気づいた。「もしかしてタイトルマッチ、することになったんですか」

「まだはっきり決まってないんですけど」サクラはだれもが知る化粧品メーカーの名前を言った。「ヴィクトリアはそこの新製品のコマーシャルの撮影とキャンペーン活動のために二月のおわりから三月のアタマにかけて、来日するらしいんです。ついこのあいだ、ウチのジムにボクシング協会や大手広告代理店、化粧品メーカー、それにテレビ局のひと達がきまして、来日中にあたしと試合をさせて、地上波は無理でもＢＳで生中継をして、一気に認知度をあげたいと。もちろんあたしも実現してくれないかなぁとは思っていますよ。こんなチャンス、滅多にありませんからね。でもヴィクトリアの気持ちひとつだってことです。念のためですけど、この話はナイショにしてください。お願いします」

陽菜子とヒヨッコトリオは職場でまだ、作業をつづけることにして、サクラは戸部ボクシングジムへいくという。

「風花ちゃんになにか伝えることあります？」

「とくには。あ、でも五時には迎えにいくと言っといてください」

「そう言えば昨日、風花ちゃんとマスボクシングしたんですよ」

「娘に聞きました」以前、小町さんの話ではマスボクシングは年明けのはずだった。だが思った以上に娘の上達は早く、ディフェンスもひととおりできるようになったので、十二月に入ってから、他の練習生を相手にちょっとずつおこなっていたのだ。サクラとしたのは昨日がはじめてだった。「とても勉強になったって言ってました。ありがとうございます」

「あんなに成長してたなんて思っていませんでした。なにせすばしっこいんです。途中からこっちも本気モードになりましてね。これはマスだからな、パンチは寸止めにしなきゃ駄目だぞって、自分に言い聞かせていたくらいで。公平くんとふたり、切磋琢磨《せっさたくま》してるのもいいんでしょうねぇ」そこでサクラはクスクスと笑った。「あの子も昨日、きてましたよ。風花ちゃんとおなじクラスのイチローくん」

「イチロですね」川原くんに代わって訂正する。

全日本新聞コンクールの記事のための取材と称し、ちょくちょく戸部ボクシングジムに顔をだしているのだ。年が明けて一月の末がしめきりだというから、残り一ヶ月ちょっとなのに、まだ一行も記事を書いていないらしい。これは娘に聞いた情報だ。

「せっかくだからボクシングやってみたらって誘っても、頑なに断るんですよね。風花ちゃんや公平くんのシャドーボクシングやミット打ちを動画に撮るだけで、でも昨日は未来ちゃん相手に、どうぶつしょうぎをやって負けてましたけど」

娘と織田公平、川原くんがなかよくなったのは、三人で協力して、未来ちゃんを助けてからだ。絆《きずな》を深めたと言ったほうがより正しいかもしれない。

パパといた未来ちゃんを見つけたのは娘だった。場所はキラキラヶ丘団地の有料のパーキングである。松乃進から預かったガラケーで、小町さんと戸部ボクシングジムに電話をかけたものの、タイミング悪く繋がらなかった。そうこうしているあいだに、未来ちゃんがパパに車で連れさられそうになり、やむなく娘は助けることにした。

一方、ジムにでかけた織田公平は、留守番中の松乃進から事情を聞き、ならばオレも捜してきますと、途中で自宅に寄り、自転車に乗って、キラキラヶ丘団地へむかった。しばらく団地の中を走っていると、一路と出会した。塾へむかう途中だったのだ。

織田公平が未来ちゃんの件を話すと、彼女のパパが車できているとすれば、団地内の有料パーキングにとめているかもしれないと川原くんが言い、ふたりでむかった。するとまず彼らは自動販売機に身を隠す娘を見つけた。呼びかける前に「これ以上、パパをこまらせるな」と男性の声が聞こえてきて、娘は「未来ちゃんっ」と叫んで駆けだしていった。なにが起きたのかわからぬまま、ふたりがパーキングをのぞきこむと、車から下りた未来ちゃんが、娘に抱きついたのが見えた。大人の男性が、ふたりの元に近寄っていくのもだ。

　オレが自転車で車に突っこむ。ある程度の衝撃を与えれば防犯ブザーが鳴るはずだ、鳴らなくてもあの男の気をそらすことはできる。おまえはふたりを呼ぶだけでいい。そして三人で逃げろ。商店街まで休まず走れ。

　川原くんにそう言うと、織田公平は自らの作戦を実行に移し、思惑通りに成功した。車にぶつかって少しへしゃげた自転車を漕《こ》ぎ、彼もまたその場を逃《に》げ果《おお》せることができた。

　その日、陽菜子が戸部ボクシングジムに着いたのは、六時半頃だった。そしてオーナー室にいた四人が代わる代わる話すのを星矢と聞いた。一歩間違えれば、危険な目にあったかもしれないのに、いや、だからこそか、子ども達は興奮がおさまらず、とても楽しそうでもあった。

　帰宅したのは八時近かった。星矢と未来ちゃんもいっしょだった。帰りがけ、有料パーキングに立ち寄り、ＤＶ夫の車がないのを確認したが、それでも念のためにその晩はウチに泊まるよう、陽菜子が勧めた。

　商店街で買ったお惣菜で夕飯を済ませたあとだ。星矢はダイニングで方々に電話をかけた。弁護士や警察、保育園、ＤＶ被害者を守る民間団体、さらには元旦那の両親にもだ。かれこれ二時間近くかかっただろう。電話をかける相手によって、泣いたり笑ったり怒ったりと忙しかった。それが彼女の大変さを物語っているように思えた。おなじシングルマザーではあるが、DV夫というモンスターに怯《おび》えて暮らさねばならないのは、さぞや大変にちがいない。戸部ボクシングジムの松乃進と小町さんは、そのあたりの事情をわかっているのだろう。だから星矢がトレーニングをしていないときでも、未来ちゃんだけがオーナー室にいることがよくあるのだ。陽菜子もなにかしてあげたい。だが一晩泊めてあげることくらいしかできないのが現実だった。

　星矢が電話をしているあいだ、未来ちゃんは娘が相手をしていた。ふたりでお風呂に入り、どうぶつしょうぎをして、図書館で借りた宮沢賢治の本を、娘が読み聞かせているあいだに、未来ちゃんは眠ってしまった。

　それから二ヶ月近く、DV夫は姿をあらわすことはなく、星矢と未来ちゃんはまずまず平穏な日々がつづいていた。

　川原くんが朝のジョギングをするようになったのは、未来ちゃんの救出劇の翌日からだ。ただし娘が言うには超トロいらしい。同時にスタートしても、一分もしないうちにぜいぜいと息が荒くなり、見る見るうちに差がついてしまう。最近では北十八号棟の前に三人で集まって、ゴールもおなじ場所なのだが、川原くんが辿り着くまで十分以上、待っているという。娘としてはさっさとウチに帰りたいのだが、織田公平が待ってやろうぜと引き止めるらしい。

　それは娘とふたりきりでいたいのかと邪推したものの、ジムでトレーニングに励むふたりを見ていると、そんな浮《うわ》ついた気持ちはないようだった。

　土日や祝日などはジョギングのあと、未来ちゃんを誘って、四人で野良猫探しをするときもあった。見つけた場合は織田公平が持参したバッグに入れ、猫の事務所につれていくらしい。これまで四、五回探しにいって、保護したのは一匹だけだが、それでも娘は満足げだった。猫の事務所は保護施設とはいっても織田公平の大オバさんのウチだった。二階建ての一軒家の一階を猫のために改装をしてあり、保護された猫はオリなどに入れられるわけではなく、ウチよりも広い洋間で二十匹以上、好き勝手にしているのだという。

そんな話をたのしそうにする娘を見ていると、陽菜子もうれしくなった。野良猫探しに参加したいとも思ったが、やめておいた。娘には娘のつきあいがある。子どもの世界を邪魔しない。隆重と決めた〈子どもを育てるための五か条〉のひとつだ。寂しいが仕方がない。

〈いまから図書館へいきます。帰りにむかえにこられる？〉

今日は水曜で、戸部ボクシングジムはお休みだった。夕方の四時頃、スマホに娘からメールが届いた。自宅のノートパソコンで送ってきたのだ。

〈残業ないから六時半までにはいける〉

〈夜露死苦〉これは星矢に教わったにちがいない。

会社をでたのは定時だ。まだ仕事が残っていた。しかしどうぞお帰りください、あとは私達がやっておきますと、ヒヨッコトリオが言うので、任せることにした。

鯨沼駅前から鯨沼商店街にかけて、すっかりクリスマス一色だった。いたるところにサンタクロースがいる。駅前の繁華街はケンタのカーネルさんがサンタになっていたし、消費者金融のティッシュを配ったり、居酒屋の呼び込みをしたりするオニーサンもサンタだった。ネオンが眩《まぶ》しい店の前にはオネーサンのサンタもいた。

鯨沼商店街にはクリスマスソングが流れてきた。陽菜子は真っ先にケーキ屋にむかう。例年のクリスマスは娘とふたりきりだが、今年はちがった。二学期の終業式の日がクリスマスで、この日に未来ちゃんと川原くん、織田公平をウチに招く。星矢はキャバクラの稼ぎ時なので、夜中に未来ちゃんを迎えにくることになった。このパーティーのためにケーキを予約する。例年よりも二まわり大きなホールケーキだ。けっこうな値段だったが、娘はもちろんのこと、子ども達をよろこばせるために奮発した。現金先払いで、予約券を受け取る。

つぎに陽菜子は手作りが売りの惣菜屋にむかった。客が五人もいれば満杯のところを、六時近くのいまは、その倍近くいた。十二月もなかば過ぎ、だれしもがコートを着ているせいで、店内はいっそう密度が増して蒸し暑くなっていた。外と十度は温度差があるだろう。

陽菜子は買うものが決まっていた。いずれも娘の好物だ。まずはポテトサラダ百五十グラムをゲットする。ポテトといっしょに茹《ゆ》で卵《たまご》が潰してあって、カロリーはだいぶ高めではあるが、陽菜子も好きだった。つぎはハムカツと唐揚げだ。

カチカチカチカチカチ。

トングを鳴らす音が聞こえる。そちらに目をむけ、陽菜子は驚いた。小町さんが鳴らしていたのだ。いつもと雰囲気がちがう。理由は明確だった。白衣だからだ。正しくは白衣ではない。生地が真っ白ではなく、少し青みがかっている。歯医者の受付の制服だろう。声をかけようかどうしようか、陽菜子は悩んだ。揚げたての天ぷら各種を前に、小町さんは真顔だったのだ。どれにするか迷っているらしい。ハムカツと唐揚げは天ぷらとおなじ揚げ物コーナーなのだが、他にもひとがいて、少し待たねばならなかった。

遂に小町さんが腕を伸ばす。まいたけに茄子《なす》、カボチャにさつまいも、紅しょうがをそれぞれ二つずつ取っていく。さすが元ボクサー、瞬く間だった。そしてふりむく小町さんと陽菜子は目があった。

「橘さんっ。ちょうどよかった。いま時間あります？　ちょっとお話ししたいことがあるんですけど」矢継ぎ早に言われ、陽菜子は返事ができず、まごつくばかりだった。「あ、でも風花ちゃんがウチで待ってるか」

「十分くらいなら」

「そうですか。まだなんか買います？　私、これでぜんぶなんで、買ったら先にむかいの琉《る》珈琲《コーヒー》へいってます」琉珈琲は喫茶店ではなく、コーヒーショップのチェーン店だ。しかし陽菜子は鯨沼商店街以外の町で、琉珈琲を見たことはない。「あとでいらしてください。飲み物はコーヒー？　紅茶？　あと他になにかあったっけかな」

「コーヒーでいいです」今度もまごついたが、答えることはできた。

「私、奢《おご》りますんで。っていっても一杯二百円ですけどね。はは。それじゃ」

ハムカツと唐揚げとポテトサラダを買って、惣菜屋をでて、琉珈琲に入ると、小町さんは窓際の席で待ち構えていた。コーヒーもすでに丸くて小さなテーブルに置いてある。

「お待たせしてすみません」

「とんでもない。こちらこそ引き止めてしまって」

そう言いながら、小町さんはスマホをテーブルに置き、「スタート」と言ってタップした。画面では10：00から一秒ずつ減っている。タイマーを設定したのだ。なにもそこまで正確にしなくてもいいのに、と思っているあいだに、小町さんは話しはじめた。

「今日のお昼、このスマホに橋本ジムの淳二さんから電話がありましてね。風花ちゃんに、娘の龍子ちゃんとスパーリングをさせてくれないかと言ってきたんです」

「ジュニアグランプリでチャンピオンになった子ですよね」

「そのとおり」

橋本龍子が相手に左アッパーを食らわし、KO勝ちするのを、陽菜子は目の当たりにしている。ほんの一瞬にもかかわらず、あまりに強烈な一場面だった。アゴに左拳を食らった相手は仰向けに倒れ、しばらく動けずにいた。気を失っていたのだ。救急車を呼ぶまでもなかったが、しばらく会場は騒然としていた。

龍子が無敵と言ったのは松乃進だ。帰りに会場近くの店に入ってからだった。あの子とウチの娘が試合をするなんてこと、ないですよね、と陽菜子は思わず訊ねた。ないことはないとの返事に怖《お》じ気《け》づいたものだ。

「でも娘はまだスパーリングをしたことないのに」

「ええ。だからその旨を伝えて断りました。するとマスボクシングでどうですかと言うんです。風花ちゃん本人のみならず、ご家族の了承を得なければ返事はできないと答えました。明日、橘さんがジムに風花ちゃんを迎えにきたときにと思っていたんですけどね。こうして偶然、会えたので、お話しすることにしたんです」

「どうして風花なんです？　あのジム、子どもの練習生はたくさんいるんですよね。スパーリングでもマスボクシングでもいくらでも相手がいるんじゃないですか」

「風花ちゃんこそが自分と戦うにふさわしい相手だと思ったにちがいありません」

「娘がですか？」

「先日もお話ししたとおり、風花ちゃんは橋本ジムに何度かおジャマして、あちらの子ども達とトレーニングしているんですけどね。風花ちゃん、他の子とまるでちがうんです」

「ちがうってなにが」

「パンチが速くてパワーもある。正確に打てるし、ディフェンスもウマい。足さばきが巧みで敏捷です。なおかつスタミナがありますしね。おなじメニューでトレーニングしていて、みんながへばったところで、風花ちゃんはケロっとしている。この二ヶ月近く、橋本ジム以外のジムにもいくつかいっていますが、オーナーやトレーナーなどだれしもが、あれほどの逸材をどこで見つけてきたのかと訊いてくるんですよ。歯医者だと答えると、みんなに妙な顔をされますが」

　小町さんがおかしそうに笑うのを見ながら、陽菜子は正直、信じられなかった。自分の娘が〈逸材〉だなんて呼ばれる日がくると思っていなかったからだ。それもボクシングである。陽菜子もそうだが、亡夫の隆重も運動は苦手だった。

「全国大会の王者である龍子ちゃんとしても無視できない存在なわけです」

「小町さんとしてはどうお考えなんです？　この申し出を受けたほうがいいと？」

「そのとおりですが」小町さんの眉間に、ほんの少しシワができた。「風花ちゃんにとっても学ぶべきところが多いと思うんです。なのでできればと。ただあくまでも風花ちゃん次第ですし、お母さんが反対ならば」

「私は反対しません。あの子がやりたいと言うのであればやらせてあげてください」

「そうですか」陽菜子がすんなり了承したからだろう。小町さんはほっと胸を撫で下ろしている。眉間のシワも消えた。「ではウチにお帰りになったら、風花ちゃんにこの件を話してもらえますか。彼女の返事は明日、ジムで聞きますので」

「わかりました」

「まだ三分ほど残っていますけど」小町さんはスマホを見ている。「なにか質問ありますか。この件に限らず、なんでもかまいませんが」

「どうしてその格好で、天ぷらを買っていたんです？」

陽菜子は訊ねた。会ったときから気になって仕方がなかったのだ。

「午後の診療がおわって、着替えるのが面倒だったんです。早くいかないと好きなものが売り切れってこともあるし」

「鯨沼歯科に一旦戻って、ウチに帰るんですね」

「父は協会の会合にでかけて夜遅いんで、マコトと食べることになって」

「そのひとって鯨沼歯科の先生ですよね。風花のマウスピースをつくってくださった」

　鯨沼歯科の二階がマコト先生の自宅で、母親とふたり暮らしをしているのだという。

「マコトには双子の姉がいましてね。母親はそっちのウチにいってて、今日は帰ってこないんです」

「仲いいんですね」他に言葉が見つからず、そう言うしかなかった。

「マコトとは幼なじみというか腐れ縁で、昔からお互い家を行き来する仲なんです。今日はひさしぶりですけど」

　小町さんにマコト先生が惚れていて、彼女も薄々勘づいているらしいと、前にウチを訪れた星矢とサクラに聞いた覚えがある。マコト先生の母親が、ふたりの仲を快く思っていないこともだ。そのへんを、より深く訊ねてみたい気持ちはある。だがそんなプライベートに土足で踏み込む失礼な真似はしたくはない。それにあまりにあっけらかんと話す小町さんに、呆気にとられたというのもあった。

「この商店街には同窓生が大勢いたんです。だけど女はお嫁にいっちゃうし、男でも親の店を畳んで都心のほうへ引っ越していくし、その他にもいろいろな事情で、ひとり減りふたり減りと少なくなってって、マコトと私が取り残されてしまった。ウチの親父なんか、いっそマコトと結婚しちまえなんて乱暴なことを言うんですよ。男と女って、そんな簡単なものじゃありませんもんね。歳を重ねればよりいっそうです。でも親父のヤツが、未来ちゃんを可愛がっているのを見ていると、孫が欲しいんだろうなぁと思うんです。かくいう私も風花ちゃんをマンツーマンで指導していると、こんな娘がいてくれたらなぁって。はは。すみません、ほんとのお母さんを前にして言うことじゃないですよね」

「いえ」陽菜子は目頭が熱くなった。娘のことをそこまで本気で思っていてくれたのだと少なからず感動したのだ。「ありがとうございます。これからも面倒を見てやってください」

「もちろんです。任せてください」

そこでちょうどスマホのタイマーが鳴った。

『よだかの星』を読んで　　四年一組　橘風花

よだかは鳥の名前です。夜のタカですが、タカの仲間ではありません。だからタカに、市蔵と名前を変えろ、変えなければつかみ殺すぞとまで言われてしまいます。

世の中にはタカみたいなひとがたくさんいると、お母さんのともだちが言っていました。

そのひとがはたらく店には、そういう客がたくさんくるそうです。

タカ以外の鳥も、みにくいという理由だけで、よだかをきらっていました。だれもよだかのやさしさをしろうとしません。巣から落ちた赤ん坊のめじろを助けてあげても、めじろは礼を言わないばかりか、赤ん坊をよだかからひきはなしてしまいます。

よだかは名前を変えるのがいやだったので、遠くの遠くの空のむこうへいくことにします。

一度目に読んだとき、私はここで少しがっかりしました。私はよだかが自分をいじめるタカと、たたかうと思っていたのに、逃げてしまったからです。

私には妹みたいなともだちがいます。その子のために本を読んであげます。この本も声をだして何度も読んであげているうちに、私はよだかは逃げたのではないと思うようになりました。

よだかはお日さんや夜の星々にむかってとびます。だれもまともに相手にしてくれず、ヒドい言葉を投げかけてきます。この場面を読むと、妹みたいなともだちはいつも、ヒドいヤツらだと本気でおこります。それでもよだかはあきらめません。

やはりよだかは逃げたのではないのです。タカにころされるのがこわかったのは、たしかです。でもそんなタカを相手にするよりも、より広い世界に旅だち、とてもムリとしか思えないことにチャレンジしつづけたのです。そしておわりには自分ののぞみをかなえることができました。星になることができたのです。

いじわるなタカとたたかうよりも、ずっと大変なことをやりとげたよだかは、とてもえらいと思いました。

〈お母さんのともだち〉は星矢にちがいない。娘が『よだかの星』を読んでいるとき、世間には鷹みたいなタイプが多い、キャバクラの客にもいると話していた。聞くとはなしに、娘は聞いていたのだろう。さすがに働いている店がキャバクラとは書いていない。〈妹みたいなともだち〉はもちろん未来ちゃんだ。

　先日、ウチにきた未来ちゃんに、娘が宮沢賢治の本を読み聞かせているのを見て、この読書感想文のことを思いだした。もともと夏休みの宿題で、四年生の代表に選ばれ、市町村コンクールにだすことになったところまでは知っていた。その後、ぱったり話にでてこなかったので、三ヶ月近くすっかり忘れていたのだ。

　とうの昔に返してもらったが、学校に置きっ放しにしてあると娘が言ったのが先週の話で、今日、ようやく持って帰ってきた。ハムカツと唐揚げとポテトサラダを食べおえたあと、陽菜子はリビングでそれを読んだ。

「キックキックトントン、キックキックトントン」

　娘が呟くのが聞こえてきた。ダイニングで、ノートパソコンを見ながら、パンチを繰りだし、ステップを踏んでいる。保育園で踊っていたあの愛らしいダンスとボクシングとは一見相容《あいい》れないようだが、娘の中ではいっしょなのかもしれない。

「なかなかイイじゃない、あなたの読書感想文」

「そうかなぁ」

「市町村のコンクールにだして、なにかしらの結果でたんでしょ。さらに上のコンクールにいったとか」

「だしてない。あなたの読書感想文を読み返したけど、いちばんの出来ではなかった、コンクールは他のひとのに替えるって小松先生に言われたんだ」

「いつの話？」

「けっこう前だよ」

「織田くんと揉めた前？　あと？」

「あの翌日だった」娘は隅っこに置いた椅子に腰をおろす。試合の動画を見て、ボクサーの真似をしているのだ。そのボクサーもコーナーに戻ったにちがいない。「あたしが問題を起こしたからだなって思ったもん」

　スマホを通じて聞いた小松先生の声を思いだし、陽菜子はにわかに腹が立ってきた。

「それとこれとはべつでしょ」

「どっちもあたしがやったことだから、おなじだよ」

「おなじじゃないわ。なんでそのときママに話さなかったの？」

「なんでって」娘は陽菜子を上目遣いで見ている。「小松先生からの電話のあと、ママ、めっちゃキゲンわるくしてたじゃん。だからだよ。いまだってそうでしょ。小松先生の名前がでたら、おこりだした」

「怒ってなんか」陽菜子は口を閉ざした。娘の指摘どおりだからだ。

　娘は立ちあがり、前に進んでいったかと思うと、途中で止まり、左右に動きだす。

「それはだれの真似？」

「ミニフライ級世界王者のヴィクトリア。このひとの注目すべきところは足なんだ。他のボクサーとはちがうトクチョーのあるステップをする。ネットで調べたら、日本語にヤクした本人のインタビュー記事があってさ。子どものころにタンゴを習ってて、いまもおどることがあるらしいんだ。その足の動きがボクシングのときに自然とでてきちゃうんだって。だから軽やかでダンスをおどっているみたいなんだよね」

　そう言いながらも、狭いダイニングを器用にくるくると回っている。たしかにダンスっぽくて、常に足が動いていた。床にテープを貼って、ぴょんぴょんと飛び跳ねていたのが成果をあげたにちがいない。よくもこんな地味で面白みのない練習を毎日やる気になるわねと陽菜子が言うと、毎日やらないと意味がないものと、娘に言い返された。まったくそのとおりだ。テープは相変わらず可愛らしい花柄のマスキングテープだ。毎日やっているので、ちょくちょく鯨沼商店街の百均ショップで購入していた。

「ヴィクトリアは、パンチがギリギリとどかないところで、マトをしぼらせないように、相手を中心に円をえがいてステップをふんでるわけ。そのあいだに相手のガードがあまいところを見つけると」娘は左に回りながら、左腕を素早く二回まっすぐ前に突きだした。「ピンポイントで打つことができるんだ。パンチもステップも、いまのあたしの百倍は速くだよ。信じられる？」

　百倍はいくらなんでもおおげさじゃない？　と思いながらも「へぇぇええ」と陽菜子は答えた。こうやって娘がボクサーの真似をしながら説明するのは、珍しいことではない。自分自身に言い聞かせているようでもあった。

「どういう動きがベストなのか、どんなパンチを打てばいいのかは、試合中に考えていたら間にあわないし、スタミナも切れちゃう。だからパンチのパターンをいくつも準備していて、試合が間近になると、対戦相手がどんなボクサーかを研究したうえで、さらにパンチのパターンをふやしてリングに立つんだってさ」

娘は左フックを繰りだしたかと思うと、一旦引き下がった。

「しかも相手に打たせるスキをあたえないのね。いまも顔面をねらってきた相手の左ストレートをかわしているんだ。打たせないで打つ。最高のボクシングスタイルだって小町さんが言ってた。ヴィクトリアはデビュー戦以来、顔にパンチを食らってないって言うんだからテッテーしているよ。得意のアウトボクシングを押し通して、相手を自分のテリトリーにいれさせない。おなじ体重でも身長が十センチ以上低くって、リーチも短いサクラさんは、どうやって得意のインファイトに持ちこむかが勝負ドコロなわけ」

娘は右に回っていく。すると妙な足の動きをした。右足から先に横へ一歩、そこから今度は左足から前に一歩でると、両足を揃え、百八十度回ったのだ。

「いまのステップがタンゴを元にしているらしいんだ。こんな動き、小町さんに教わったことないからね。これでパンチをよけて、相手の死角に入ってから」

娘は右ストレートを打ち、さらに左フックをだしかけたが止めた。くるりとまわって陽菜子のほうをむき、両腕を高々とあげる。真似ていたヴィクトリアが、相手をノックアウトしたのだ。娘は投げキッスをはじめた。

そこまで真似なくていいってば。

「先、お風呂入っていい？」

「いいけど、その前に」

「宿題ならやったよ」

「じゃなくて」陽菜子は帰りに小町さんと会ったこと、そして彼女に聞いた話を娘に伝えた。

「やるよ。やるやる。いずれは対戦することになるかもしれない相手だから、いまのうちになれておいたほうがいいしね。マスボクシングなら、いまのあたしにはちょうどいいや。そうだ」娘はノートパソコンのキーをカタカタと打ちだした。「あの子の試合見て、研究しとかなきゃ」

「お風呂は？」

「ママが先に入っていい」

　娘の視線はノートパソコンの画面から動かなくなった。こうなったらやむを得ない。着替えの準備とバスタオルを持って、ダイニングを横切り、浴室へむかおうとしたら、娘に「ママ」と呼び止められた。

「橋本龍子とマスボクシングするとき、見にきてよ」娘は顔をあげた。「ママがいたら安心できるからさ」

　寂しげで切なそうなその表情を昔、見たことがある。それもほぼ毎日、保育園に預けて会社にいこうとするときだ。どれだけ大きくなっても、この子は私の娘なのだと、当たり前のことに陽菜子は気づく。

「わかった。必ずいくわ」

子どもの頼みは断らない。〈子どもを育てるための五か条〉のひとつだ。

娘と橋本龍子のマスボクシングは十二月の第四日曜、昼の二時からと決まった。橋本龍子が戸部ボクシングジムを訪れることになったので、当日は娘とふたり、鯨時計が正午の鐘を鳴らすのを聞きながら、ジムに入った。橋本龍子がくる前に、娘は身体をほぐすために、一通りトレーニングをおこなうのだ。先客がいた。織田公平とイチローではないイチロの川原くんだ。ジムの端にあるベンチに並んで座っていた。川原くんがなにやら一所懸命話すのを、バンテージを巻く織田公平はコクコク頷きながら聞いている。言葉の端々に「橋さん」と「橋本さん」、ふたりの名前がでているのが、陽菜子は気になった。

午後一時をまわった頃から練習生が訪れ、いまは五人になっていた。いずれも女性だが、年齢はマチマチで、松乃進と小町さんは声をかけてまわっていた。星矢と未来ちゃんはいない。ふたりで千葉にある夢の王国にでかけている。キャバクラのお客さんにチケットをプレゼントしてもらったのだという。

娘はトレーニングのメニューをほぼこなして、いまはリングの上でミット打ちをしている。相手は織田公平だ。小学六年生の彼は、まだ声変わりはしていないものの、それでも娘に指示を飛ばす低く鋭い声が、ガラスを通して微かに聞こえた。

「ミット打ちはですね、足はもちろんのこと、全身でリズムを取りながら、テンポよく打っていくのが大切なんです」

なんだなんだ。

川原くんだ。気づけば陽菜子の隣にいた。オーナー室はふたりきりで、間違いなく彼は陽菜子に説明している。

そう言えばこの子、保育園のときも訊ねてもいないことを、いろいろと教えてくれてたな。

川原くんの手にはスマホがあった。彼のウチは共働きで、小学一年生の頃から持たされているのだという。ジムのほうにむけ、娘のミット打ちを撮影していた。

「受け手は脇を固めてミットを固定する必要があります。打つほうのパンチの正確さをアップさせるためにも、アゴや脇腹などの急所にきちんと構えなければ意味がありません。それに橘さんのパンチに織田さんがタイミングをあわせているの、わかります？　それだけ彼女の動きをよく見ているわけですよ」

言われてみればたしかにそう見える。少なくとも織田公平はいま川原くんが言ったところの他にも、こめかみや肩、胸とこまめにミットを動かしていた。

「織田さんは橘さんの相手をするために、松乃進さんや小町さんでミット受けの練習をしているんです。すごくないですか」

すごい。だが我が事のように自慢げに言う川原くんに、陽菜子は危うく笑ってしまいそうになり、咳払《せきばら》いをしてごまかした。

ジムにあるタイマーが鳴った。娘のミット打ちは一旦休憩だ。川原くんもスマホの画面をタップして、動画の撮影をやめた。

「トレーニングをはじめる前に、織田くんになにか話していたでしょう？」

「橋本龍子と対戦するにあたって、ミット打ちをする際に、こういう動きをしてみてはどうかと提案していたんです」

「きみが？」ママに駄目と言われてボクシングをしないくせに？　とはさすがに口にはしなかった。だが目は言っていたかもしれない。

「ぼくは椅子の男タイプなんです。英語で言えばガイ・イン・ザ・チェアです」

　進学塾に通うだけあって、英語ができるのだと陽菜子は感心する。だが椅子の男の意味がわからない。椅子に入って好きな女が座るのを待つ男の話を昔、読んだことがあるが、まさかそうではあるまいと訝《いぶか》しがっていると、川原くんはきちんと説明してくれた。

「遠くはなれた場所からスーパーヒーローに指示をだすキャラを椅子の男というんです。つまり織田さんはああやってからだを張っていますが、ぼくは」川原くんは自らの頭を指差した。「ここを使って、橘さんをサポートしていこうと思っています」

　運動オンチの言い訳に聞こえなくもない。だが川原くんは真顔だ。

「頼もしいわ。よろしくお願いね」

「がんばります」

　川原くんはガッツポーズをとった。こんなにこのポーズが似合わない男の子もいないだろう。陽菜子はまた笑いだしそうになり、下唇を嚙《か》んで堪えた。

「一分《いっぷん》3ラウンドでインターバルも一分、タイマーのブザーで試合開始。そのあとは」松乃進はホイッスルを鳴らした。「これが合図だ。残り三十秒と十秒のときに私が言う」

リングの真ん中で松乃進の話を娘と橋本龍子は神妙な面持ちで聞いている。リング下、娘のほうのコーナーに陽菜子はいた。小町さんに川原くん、織田公平もいっしょである。相手側のコーナーは龍子の母親、海ひとりだった。腕組みをして、リングの上を睨みつけていた。

「あくまでもマスボクシングだからな。ある程度、相手にパンチを当ててもかまわんが、力の加減はきちんと調整するように。いいね」

「はいっ」「はいっ」

娘はヘッドギアを被っていた。子ども用だが娘にはちょっとデカい。グローブもそうだ。そのせいか、娘の身体が縮んでしまったようだ。橋本龍子もおなじ格好だが、こちらは娘とは反対に、一回り大きくなっている。そんなはずがない。ただの目の錯覚だとわかっていても、陽菜子は心配でたまらなかった。

「では一旦、各々のコーナーに戻って」

娘の顔が見える。思ったより平気そうだ。

いや、ちがう。あの子は心配事や大変なことがあればあるほど、平静を装うんだった。風《か》邪《ぜ》やインフルエンザにかかったときなど、熱で顔が真っ赤なのに、母親である自分を心配させまいと平気なフリをする。

ママがいたら安心できるからさ。娘はそう言っていた。なにか声をかけようと考えているところに、相手のコーナーから橋本海の野太い声が聞こえてきた。

「マスボクシングだって勝負は勝負だからねっ。手ぇ抜いたら承知しないよっ」

　そしてタイマーが鳴ってしまった。

9　風花

　ヤバッ。

　風花はあせった。リングの中央にでるなり、自分の顔面にむかって、龍子のコブシが飛んできたのだ。左ストレートだ。いきなりですかとあわててヒジを内側にしぼって両手を顔につける。龍子のパンチを右ウデに受け止める。いたくはない。でもなかなかのパンチ力で、全身にずんとひびいた。マウスピースをぐっとかみしめる。動画で龍子の試合は何回も見て、スローでもたしかめた。中心線をぶらさず、からだをひねって体重をウマくうつしている。だからこそ全身の力がコブシに集中しているのだ。

　なんて考えているヒマはない。龍子がすぐつぎに右ストレートを打ちこんできた。しかもそれだけではすまなかった。左右左右左右とワンツーパンチをあびせられる。左右どちらかににげようにも、両ウデで顔をブロックしたまま、あとずさっていくしかなかった。

「橘っ、しずめっ」

織田公平の声が耳に飛びこんでくる。そうだ。左右に逃げられなければ、ヒザを曲げて、その場でしずみ、パンチをよければいい。風花はそのとおりに動く。龍子のワキが左右ともにガラあきだと気づいたときには、左足へ体重をうつしていた。からだが勝手に動いたのだ。左足の親指を中心に、からだを左へひねる。いつの間にか左ヒジが曲がっていた。そのまま龍子の右のワキ下めがけてコブシを水平に打ちこむ。

いけねっ。

モロにヒットしてしまいそうなところを、寸前でふだんの六十パーくらいにおさえることができた。それでも龍子が「うぐっ」とうめくのが聞こえた。

「なにボサっとしてんだよ、このウスノロがっ」

海がしかりつける。この二ヶ月で何度か橋本ジムに足を運んでいるが、龍子にむかって、「バカ」だの「マヌケ」だの「クズ」だの「生まなきゃよかった」だのしかってばかりいた。

もしもママにあんなことを言われつづけたら、五〇二号室のマドから飛びおりちゃうぜ。

「そんなシロート相手にパンチをくらうなんてどういうつもりだいっ」

「うっせぇな」龍子だ。風花にしか聞こえない声で言い、左フックを打ってきた。半歩下がってよけられたものの、鼻先をパンチがかすめていく。マスボクシングにしては速すぎる。こめかみにでも食らっていたら、ぶったおれていただろう。そう考えると風花はぞわぞわと寒気がした。

「いまのパンチ、速すぎやしませんか」リングの外で文句を言ったのは一路だ。でも松乃進は「残り三十秒っ」と言っただけだった。

やらなきゃ、やられちゃう。ひとまずはなれて、かまえのポーズを取り、龍子とむきあう。

「キックキックトントン、キックトントン」口の中でつぶやきながら、ステップをふむ。なんとか落ち着きを取りもどす。そしてヘッドギアの中の龍子を見て、ぎょっとした。うっすら口元に笑みをうかべていた。ブキミなことこのうえない。

「残り十秒っ」松乃進が高らかに言う。

「いかんか、こらぁ。さっさとふみこんで、ガツンと一発かませっつうのっ」

「だまってろ、クソババア」

まただ。龍子が風花にしか聞こえない声で、母親をディスった。そしてすり足で前にでるなり、左ウデを一直線にのばしてきた。これを風花は右のコブシで内側にはらった。パリングだ。だが龍子はよろけたりせずに、右ウデをのばしかけていた。つぎの一打が飛んでくる手前でホイッスルが鳴った。

「えらいわ、風花ちゃん」コーナーにもどると、小町さんがほめてくれた。「一発入れただけでも大したものよ。よくやったわ。それとステップ。いつもつま先が立ってて、前後左右どう動いてても足のはばが一定しているのがすばらしいわ」

「ありがとうございます」

「あせらないで、勝ち負けは関係ないんだから、あなたのペースでやるのよ」

「はいっ」

「何年、ボクシングやってんだ、おまえはぁ」海が龍子をしかりつけている。「なんのために毎日トレーニングしてるんだって話だよっ。今度、一発でもパンチを打たれたら、今日はバンメシぬきで、ウデたてふせ百回追加だ。わかったなら返事しろ、返事ぃ」

「ヒドい」一路がリングの下で言うのが聞こえた。「ジドーギャクタイだ」

「橋」やはりリングの下から織田公平がよびかけてきた。「龍子のヤツ、なにをしでかすかわかりゃしない。さっきだって一発、マジのを打ってきただろ。気をつけろ」

「そんなのダメじゃない」

「だいじょうぶだよ」不安をあらわにするママに、風花は言った。「そんときはちゃんとよけるから安心して」

「にげちゃいなさい」これは小町さんだ。わざとおどけた言い方をして、あたしをリラックスさせようとしているんだと風花にはわかった。「やられそうになったらにげるの。いいわね」

「わかりました」

「キックキックトントン、キックトントン」

2ラウンドがはじまった。ステップをふみながら、龍子の出方をうかがう。ジムの中は、風花と龍子の足音と息づかいしか聞こえなくなった。練習生達もいつしかトレーニングをやめて、風花と龍子を見守っていたのだ。

「グズグズしてんじゃないよ、さっさと打ちなっ」

海がさけぶのをきっかけに、龍子がすり足で前にでてきた。すかさず左にステップをふんでよける。

「ひっ」悲鳴が聞こえた。ママだ。龍子の左ストレートが風花のアゴをかすっていったのだ。

速い。本気のパンチだ。

「お父さん、龍子ちゃんを注意してちょうだいっ」

小町さんがおこるのももっともだ。

ざけんなよっ。ママが心配するじゃないかっ。

ムカツきながらもさらにステップをふみ、左へ回っていく。あっ。龍子の右ウデが下がっている。本人はまだ気づいていない。いや、気づいた。だがそれより先に風花は左ウデをぐいとつきだす。コブシが龍子の右のほっぺたに当たる。もう一発。ヘッドギアをかぶっているので直《じか》ではない。ただしさきほどはふだんの六十パーにおさえたが、いまは八十パーの力がでてしまった。

「おぉおおぉ」ジム全体から声がわき起こる。自分のパンチが二発ともヒットしたからだと風花は時間差で気づいた。

「残り三十秒っ」と松乃進。

「バンメシぬきは決定だからねっ。これ以上打たれたら、今夜は表でねてもらうよっ」

「いくらなんでもカワイソすぎますっ。そんなのやめてあげてくださいっ」

「ヒドい、あんまりだっ」龍子にわめきちらす海にむかって、一路が言った。

龍子はすでにかまえ直して、風花とむきあっている。一路の言葉を聞いたからか、少しこまった顔になったようだが、それもほんのわずかだった。

つぎにどんなパンチを打てばいいんだろ。

風花はまよった。これまでのパンチは龍子のスキをついて放ったものだ。いざ自分から打とうとすると、なにも思いつかなかった。小町さんにはいろいろ教わったし、織田公平とのミット打ちで、あれこれためしてきたにもかかわらずだ。自分から手だしができないなんて、ボクサーとは言えない。そう思っていると、龍子が間合いをつめて打ってきた。今度は右フックだ。ウデでなんとかガードできたものの、全身にビリビリとしびれが走った。マスボクシングとしては、ギリギリセーフのパンチ力か。それでも風花はマウスピースをかみしめ、こらえねばならなかった。

「橘、顔っ」織田公平がさけぶ。

いまの右フックはあたしのガードを下げさせるためのフェイントだったのか。

龍子がうしろに一歩下がってからすかさず半歩前にでてきた。ヒジが直角に曲がった左ウデをうしろにふっている。動画で何度となく見た動きだ。

さがれっ。にげるんだ、あたしっ。

でもにげ切れなかった。龍子の左アッパーが風花のアゴをとらえた。ヘッドギアに守られてはいた。それでも九歳十ヶ月の人生で味わったことのない、キョーレツないたみがアゴから頭のてっぺんまでつらぬいていく。気づいたらあおむけにたおれていた。真上のあかりが目にさしこみ、まぶしくてたまらない。

なんてことだ。あたし、ダウンしちゃってる。

「ざけんじゃねぇぞ、てめえっ」

織田公平がリングにあがってくるのが見えた。龍子につかみかかろうとするところを、松乃進につかまったうえに、ひょいと持ち上げられ、かつがれてしまった。

「おろせよ、松乃進っ。アイツに一発食らわしてやるんだっ。マスボクシングなのに、あんなマジなアッパーを橘に打ちやがって」

「マジでもなんでもないわ」海が言い放った。「いまのアッパーなんて実力の半分もだしてないわよ。龍子を見くびらないでちょうだい」

「そんなわけねぇだろが」

松乃進の左カタの上で、織田公平がジタバタとあばれる。あたしのために、なにをそんなにムキになるんだと、風花は思わないでもない。

「どうなんだい、龍子ちゃん」松乃進がたずねた。「いまのアッパー、ふだんの半分しかパワーをだしていなかったのかな」

「いえ」龍子が首を横にふる。さらに言葉をつづけようとするのを、海がさえぎった。

「帰るよ、龍子っ。母さん、言いがかりつけられて、気分わるくなってきたわ。あぁあ、いやだいやだ」

「海ちゃん」松乃進が言った。低く静かだが、ジムのすみずみまで聞こえたにちがいない重々しい声だった。

「なんですか」

「悪いとこまで親父さんにそっくりになってきたな」

「ジョーダンじゃないわよ。だれがあんなヤツと」海の顔が見る見るうちに真っ赤になった。

「なにボサっとつっ立ってんだい、龍子。帰るったら帰るよ」

龍子がリングをおりていく。パンチを打ちながら、あれだけディスっておきながら、結局は母親にさからえないらしい。

「立てる？」小町さんがのぞきこんできた。真っ青な顔をしたママもいっしょだ。

「はい、だいじょうぶです」

「念のため、病院にいきましょう」小町さんがママにむかって言う。「日曜でもみてくれるとこがありましてね。ウチのライトバンでいきますんで、お母さんもいらしてください」

「は、はい」


「セイ、アァアアァア」「アァアアァア」

「セイ、イイイイイッ」「イイイイイッ」

「口を開けたりとじたりしてみてアゴはどう？　まだいたい？」

マコト先生にそっくりだけど、女のお医者さんがたずねてきた。それもそのはずで、彼女はマコト先生とふたごなのだ。鯨沼商店街から二十分かけて、小町さんにライトバンで連れてこられた病院は、いろんな科があって、ふたごのお姉さんは小児科の先生だった。小町さんはマサコとよんでいた。

「ズキズキってかんじです」

「上、むいて」マサコ先生の言うとおりにした。「赤くハレているんだよね。明日にはアザになっているかもしれないなぁ。ハダとおなじ色のバンソーコーをはっておこうか。立体型のマスクだったらかくせるからさ。いいかしら」

「はい」風花が返事をすると、マサコ先生はパソコンのキーをかちゃかちゃと打った。彼女のデスクにはおっきなモニターのパソコンがあるのだ。

「いまから九九の問題をだすから答えてちょうだいね。三三が」「九」「四八」「三十二」「六四」「二十四」「八九」「七十二」

「全問セーカイ。ユーシュー、ユーシュー。つぎはなにか好きな歌をうたってみて」

　しばらく考えてから、風花は「キックキックトントン、キックキックトントン」とうたいはじめた。

　病院に着いたのは一時間以上も前だ。そのあいだ、なにをしていたかと言えば、まずレントゲンをとった。つぎにベッドに横たわり、どでかい機械の中をくぐった。タイムマシンかなにかで、このままちがう世界に送りこまれるのではないかと思ったくらいだ。それからしばらく待合室で待たされた。なにもすることがないので、頭の中で龍子とのマスボクシングをリフレインしていた。

「すばらしい」雪渡りの歌をうたいおえると、マサコ先生はパチパチと手をたたいた。「それだけしっかりうたえれば頭のほうもだいじょうぶそうね。もしも明日、目がさめたときに頭がいたかったり、めまいがしたり、気持ちがわるくて、はいちゃったりしたら、すぐきてちょうだい」

「ありがとうございます」風花のうしろでママが言う。

「いやいや、礼を言うならばマコトに言ってやってください。弟のつくったマウスピースがパンチのショーゲキをだいぶやわらげていたわけですし。いや、でも小町が命じてつくるようになったんだから、礼を言うべきは小町か」

「命じてなんてないわ」小町さんがおこったように言う。いつもとくらべてだいぶくだけた話し方だ。マコト先生とおなじくマサコ先生とも小中学校はおなじだったらしい。「つくってくれないかってお願いしたのよ」

「小町のお願いなら、なんでも聞いちゃうからなぁ、マコトのヤツ。いっそケッコンしてくれってお願いしてくんない？　やだ、小町。にらまないでよ。こわいってば」

うわぁあ。

スガタ見にうつる自分のアゴを見て、風花はあやうく声がでそうになった。赤くハレていたところが、アザになっていたのだ。ムラサキと茶色をまぜたようなブキミな色で、十円玉くらいの大きさだった。昨日の夜までズキズキだったいたみは少しやわらぎ、いまはジンジンくらいだ。スガタ見の前で新しいバンソーコーをはる。ハダとおんなじ色なので目立ちはしない。だからといってまるで見えないわけでもない。

病院からの帰りもライトバンに乗せてもらった。キラキラヶ丘団地の中に入り、北十八号棟の前まで送ってくれるという小町さんの好意にあまえることにしたのだ。さらにはコンビニによって、立体マスクも買ってくれた。バンソーコーをかくすためだが、いまはしないことにした。これからジョギングなのだ。

「だいじょうぶ？」

ママだ。自分でつくったパジャマに、自分でつくったハンテンをはおって、目をしょぼしょぼさせていた。風花が着がえる物音で、いま目ざめたばかりなのだ。

「アゴはまだちょっといたいけど、頭はいたくないし、気持ちわるくもない」

「織田くんがいっしょだから心配はしてないけど、具合がわるくなったら、すぐ帰ってくるのよ」

「わかった」と返事をしたときには、ドアを開けて表にでていた。階段をおりて下までいくと、いつもどおり織田公平が待っていた。からだの前で手を組んで、のばしている。走る前のストレッチだ。

「一路は？」

「いつもおくれてわるいからって、少し前に走っていった」

風花もストレッチをはじめる。まずは手首をくるくるまわすのと同時に足首をのばす。はく息はまっしろで、風花はママのてづくりジャージで身をつつんでいた。なのに織田公平ときたらＴシャツに短パンだ。見ていると、こちらまでさむくなってきてしまう。

「橘はどうなんだ。小町さんからはホネはおれてなかったし、のうみそも無事だとは聞いたんだけどさ。アゴ、バンソーコーはってるな」

「アザになったんだ」

「ひでぇな、まったく。なにが実力の半分だっつうの。ふざけやがって」

「でもあたしもマズかった。打たれる直前、ウデの動きを見て、左アッパーがくるってわかってたんだ。よけようと思えばよけられたはずなんだ。なのにあたしはよけられなかった」

そうすればママを心配させることもなかった。

「仕方がないだろ。マスボクシングだったから、マジのがくるとはわかっていなかったんだし」

「その前に何度か、マジのがいくつか飛んできてたからさ。左アッパーだって、マジのがくるって気づいたんだ。でもよけられなかった。それどころかマトモに食らって、ダウンしちゃった。あたしは橋本龍子に負けたんだ」

全身がカッカと熱くなっていく。ストレッチをしているからというだけではない。両手がふるえてもきた。コブシがうなっているのだ。

「橋本龍子に勝ちたいのか」織田公平がたずねてきた。

「うん」そうだ。橋本龍子がきらいでもなければ、にくくもない。でもいつか必ずたおしてやるのだと風花は心に決めた。

「橋なら勝てる。橋には小町さんもいるし、オレもいる。一路だって意外と役に立つ。松乃進もいるし、未来ちゃんや星矢さんもオーエンしてくれる。なによりも心配してくれる母さんがいる」

「ママを心配させたくないよ」

「心配させないためには強くならなくちゃいけない」

なるほど。

「がんばるよ、あたし」

「その意気だ。それじゃ走ろうか」そう言うなり織田公平は走りだす。風花はあとを追う。

「調子がわるくなったら言うんだぞ」

「うん」ママとおなじことを言う。織田公平も心配してくれているというわけだ。

「アゴのアザは、そのうち消えるものなのか」

「たぶん」

「橋は女の子なんだから、そういうのを気にしたほうがいいぞ」

「わかった」そこまで心配しなくてもいいのに、と思いながら、風花はすなおに答えた。

学校へは立体マスクをかけていき、アゴのバンソーコーをだれにも気づかれずにすんだ。給食を食べるときも外さず、口の下までおろすだけにしたのだ。

いつもどおり午後四時には戸部ボクシングジムへいった。松乃進と小町さんには数日は様子を見ようと言われ、トレーニングはふだんより軽めのメニューで、織田公平とのミット打ちもおあずけになってしまった。ものたりなかったが、しようがない。トレーニングの合間に、他の練習生が「平気なの？」「よくがんばったわね」と声をかけてもきた。どう答えていいかわからず、風花は「はい、なんとか」「ありがとうございます」と頭を下げることしかできなかった。トレーニングをおえ、着がえまですませてから、図書館にでもいこうかと思い、それをママに伝えるため、オーナー室の電話を借りようとしたところだ。

「フーカ、そのアゴ、どうした？」未来がひょっこりあらわれた。ガラスのむこうでは、テカテカのピンクのTシャツにグレイのレギンスと、ひときわ目立つカッコウの星矢さんが、サンドバッグにパンチを連打している。

「昨日、橋本龍子にやられちゃったんだ」

電話はあとまわしにして、未来とならんでソファにすわった。

「なんでだ？　なぐっちゃダメなボクシングじゃなかったのか」

「やってるうちに、ついマジになったみたい」

「ふざけっこしてたらケンカになるのとおなじか」

「おなじじゃないけど、にたようなものよ」

「まだイタイのか」

「もう平気。それより」風花は千葉にあるユメの王国の名前を言った。「楽しかった？」

「ひとだらけでつかれた。のりものもそんなにのれなかったし」

風花はまごついた。未来からユメの王国の楽しいみやげ話が聞けると思っていたからだ。

「でもママと一日中、いっしょだったんでしょ。それだけでもよかったんじゃない？」

「ママだけじゃなかったんだ」

「パパもいたの？」

「それはない」未来はきっぱり言った。「フーカはエヒメってとこ、しっているか」

「みかんで有名なところだよね」学校でならったのだ。でも日本のどこにあるかまでは思いだせなかった。

「そうだ。エヒメではスイドーから、みずじゃなくてミカンジュースがでてくるんだって」

「ウソォ」

「あたしもおなじこといった。だったら、エヒメにきて、たしかめればいいっていわれた」

「だれに？」

「きのう、いっしょにいったオジサン。エヒメでみかんをつくってて、ショーバイのハナシをするために、ときどきトーキョーにきてたけど、きのうはあたしにあうためにきたっていってた。でね。スイドーのみずがぜんぶ、ミカンジュースだったら、おフロもミカンジュースで、からだがミカンジュースくさくなっちゃうから、そんなはずがないって、あたしいったんだ。そしたらミクちゃんはアタマがいいなぁって、エヒメのオジサンがわらったんだ。バカにするなってハナシだよ。ムカツくのはママも、わらってたことだ」

全身の力がぬけたかのように、未来はねそべった。そのままソファにめりこんでいってしまいそうだ。

「エヒメのオジサンはたぶんママのカレシだ。わるいひとじゃない。パパよりもずっとやさしい。パパとはもうあえないんだ。パパにはイイとこがほとんどなくなっちゃった。ミクにウソをつくようになったらオシマイだってママがいってた。でもあたしはエヒメにいきたくない。エヒメにいったら、みんなとおわかれだ」未来は風花を見た。その目はなみだにぬれていた。「あたしはフーカといっしょにいたい。フーカとおなじガッコウにいきたい」

「ずっといっしょだって」風花は力をこめて言った。「エヒメにいくって、決まったわけじゃないでしょ。それとも星矢さんがそう言ったの？」

「いってない」

未来の答えに風花はほっとムネをなでおろす。

「でしょ？　エヒメのオジサンがカレシかどうかもわかんないじゃん。星矢さんはオトコのひとをよろこばせるのが仕事だから、オジサンがわらったら、自動的にわらっちゃうんだ。あれだよ、あれ。ショクギョービョーっていう病気だね、きっと」

「そのビョーキはなおるのか」

「なおる」

「どうやって」

どうやって？

風花はあせった。なにか言わねばと考えるふりをして顔をあげたところ、オーナー室のカべにドレッドヘアのサクラさんがいた。するどい目つきで風花を見ている。鯨沼歯科にもはってあったポスターだ。

「〈なによりもストレス解消〉にきくんだ」ポスターの文字を読む。習っていない文字は小町さんに教わった。「〈いい汗かいて日頃のウップンを晴らしましょう！〉、そうすればなおるってお医者さんに言われて、だからここでボクシングをしているの。ここに通っている練習生のほとんどが、ショクギョービョーをなおすためだって。あ、いけない」

風花は両手で口をふさぐ。いくらなんでもわざとらしすぎたかと思ったが、「どうした？」と未来は心配そうにたずねてきた。

「この話、小町さんにヒミツにしてって言われたんだ。ショクギョービョーだってバレたら、会社をやめさせられることもあるんだって」

「ママもキャバクラやめさせられちゃうのか」

「かもしれない。だからだれにも言っちゃダメだよ。星矢さんにもね」

「わかった」未来がうなずくのを見て、よけいなウソをついてしまったと風花は少なからず心がいたんだ。そのつぐないというわけでもないが、ウチには帰らずに未来とあそんであげることにした。

「どうぶつしょうぎでもする？」

いつでもできるようにと一路が持ってきたどうぶつしょうぎがあるのだ。

「うん」と返事をしてから、「あっ」と未来はソファを下りて、すっくと立ちあがった。さらに風花の右手をぐっとにぎって、ひっぱった。「ソトいこ」

「外になにしに？」

「ユキだ。ユキがふってたんだ。フーカにみせようとおもっていたのに、すっかりわすれてた」

そしてホワイトクリスマスになった。

キック、キック、トン、トン、キック、キック、トン、トン。

ボクシングのときのように軽やかにはいかない。めったに出番がない長グツで、歩いているのは雪道だった。

昨日の夕方からふりだした雪は、東京都心で三十センチ、キラキラヶ丘団地がある東京西部は五十センチ、つもったらしい。

ママは会社が休みだった。大雪のせいで、電車がとまってしまったのだ。いきたくてもいけなかったのよと言いながら、うれしさがかくしきれないのか、ニヤニヤ笑っていた。

朝のジョギングも中止だった。昨日、ジムをでるとき、織田公平とそう決めて、一路には彼から伝えてもらった。学校はあったものの、大そうじをして昼には帰ってきた。ノートパソコンで好きなユーチューバーの番組を見たり、ボクシングの動画を見ながらボクサーのマネをしたり、トレーニングノートを読み直したり、ママと焼きそばをつくって食べたりしているうちに、雪は止んでいた。

二時をまわったところで、ママのスマホを借りて、戸部ボクシングジムに電話をかけた。念のため、今日あいているかどうかをきくことにしたのだ。

「トベボクシングジムだ」

未来がでてきた。すぐに代わった小町さんにたずねると、雪で保育園が休みになってしまったが、キャバクラはこういう日にこそ客がくるとかで星矢さんは働きにいったので、未来を朝からあずかっているらしい。そしてジムはふだんどおり三時からよ、公平くんもいま、おんなじ電話をしてきたと言われた。

団地をぬけ、国道をわたって、クジラ時計の門をくぐる。三時までまだ十五分もあった。商店街ではそれぞれが自分の店の前の雪かきをしている。鯨沼歯科の前では、マコト先生ともうひとり、スポーツウェアのひとがしている。小町さんにしては小さい。近づくにつれ、だれなのか、風花は気づいた。

わ。わわわわわ。

橋本龍子だった。風花は立ち止まり、そろそろとあとずさりした。ころあいを見て、百八十度まわってにげるつもりだったが、できなかった。

「橘さんっ」マコト先生によばれてしまった。「いまからジム？」

「は、はい」

龍子がこちらをむく。しかも雪かき用のスコップをかついで、風花に近よってきた。

なぐるの？　そのスコップであたしをなぐる？

なぐらなかった。

「だいじょうぶだった？」

「あ、うん」アゴにはまだバンソーコーがはってある。ジムではかくすこともないと思い、立体マスクはしてこなかった。「少しアザになったけど」

「そっか。わるかった。ごめん」龍子はぺこりと頭をさげた。「ついマジになっちゃってさ。悪気はなかったんだ。ゆるしてくれない？」

「ゆ、ゆるすもなにもマスボクシングとはいえ、勝負は勝負なわけだし」

「そうだよね。よけられなかった風花もわるいよね」

へ？　自分でもそれがマズかったと思っていた。でもおまえが言うな。

「どうしてここに？」

「マコト先生にマウスピースをみてもらって、そのお礼でもないけど、ついでに雪かきもすることにしたんだ」

「おとといはほんとにバンメシぬきだったの？」

「もちろん。でもこういうことはしょっちゅうなんで、あらかじめコンビニでおやつを買っといて、自分の部屋にかくしてある。おとといも夜中に起きて、それを食べたんだ。そんなことよりグーゼンあえてちょうどよかった。風花にききたいことがあるの」

グーゼンを強めて言うのを聞き、風花はほんとにグーゼンなのかとあやしく思う。

「あなた、ボクシングをやってて楽しそうだよね」

「そうかな」

「そうよ」一路にも以前、ボクシングが楽しいかときかれた。あのときはやってて気持ちがいいのはたしかだと答えた。

「なんで楽しいの？」

楽しいのが悪いみたいな言い方だ。

「楽しいのに理由はないと思うんだけど」

「あたしに左アッパー食らって、アゴにアザをつくったのが楽しいことか」

「それは楽しいというよりくやしかった。でもみんなよくがんばったってほめてくれたし」

「みんなってだれだ？」

「小町さんとかオーナーとか、練習生のひとたちもほめてくれた。ママもよ」

「あの男の子もか」織田公平のことかと思ったが、そうではなかった。「あたしのお母さんにつっかかった」

「うん」

「彼はおまえとどういう関係なんだ」

「クラスメイトだよ」

「いっしょにボクシングをしているのか」

「一路はしてない。コンクールにだす新聞に記事を書くんで、取材にきてただけ」

「イチローっていうのか、彼は」

「ローって、のばさないんだ。イチロ」なんでこんな説明をしているんだと思わないでもない。

「ボクシングはつらくて苦しいことだらけだ」

「楽しかったことはないの？」「ない」

「一度も？」「ない」

「全国大会でチャンピオンになったときは」

「当然だと思っただけだ」

「あなたのママはほめてくれたでしょ？」

「アイツがあたしをほめるはずないでしょ」

風花はぎょっとした。ママをアイツとよぶひとに、いままで会ったことがないからだ。

「あんとき、あたしが西日本代表にけっこうパンチ食らってたの、おぼえてる？」

「あ、うん」おぼえているもなにもない。龍子がどんなボクシングをするのか、ただひとつの手がかりなので、ちょくちょく見ていた。マスボクシング前はもちろん、その後もだ。今日もウチをでる前に見た。

「なんであんなになぐられた、おまえはディフェンスがあまいからやられるんだって、さんざんおこられたよ。どんな試合もおんなじだ。勝ってもしかられる、負ければもっとしかられるってだけのちがいでね」

ほんとにつらくて苦しいことだらけだ。

「やめたくならないの、ボクシング？」

「やめられないよ。親はどっちもボクサーなんだよ。あたしもボクサーになるしかない」

「でもこの前、どんな家の子かよりも、どんなひとかのほうが大切だって言ってたよね」

龍子のつり目がさらにつりあがる。

「橋本さん、雪かきありがとね。もうおわりにしていいよ」マコト先生が声をかけてきた。

「こうして橋さんとも会えたわけだし、そろそろ帰ったほうがいいんじゃない？」

やっぱ、グーゼンじゃなかったんだな。あたしのこと、待ちぶせしてたんだ。

しかしマコト先生がネタバレをしても、龍子は動じもしなければ、気まずそうなそぶりを見せることもなかった。

「わかりました、そうします」そう答えながらも、「来年のジュニアグランプリ、でるんだよね」と風花にたずねてきた。

「でるよ。前にもそう言ったじゃん」

「まずは五月のなかばの地区予選だ。トーナメントで、あたしはぜったい勝ち進んでいく。いまからちゃんとトレーニングして、風花も強くなっておけば、あたしと試合ができるカノーセーは高くなる」

上から目線もいいところ。なのに、風花には自分をはげましているようにも聞こえた。

「わかった。がんばるよ」

「それと」

まだなにかあるのか。そう思っていると、龍子はスポーツウェアのポケットからなにやらピンク色の紙をひっぱりだした。

「これ」紙は紙だが、フートーだった。「イチロにわたしてくれ」

「なにこれ？」

「手紙にきまってるだろ」

「一路に？」

「あたしの母親にあんなことを言ってくれたのはイチロがはじめてだ。そのお礼を書いたんだ。ちゃんとわたせよ。いいな」

あたしを待ちぶせしていた、ほんとの理由ってこれじゃない？

「ぼくに？」

龍子からあずかった手紙を一路にわたしたのは、トレーニングをおえてからだ。昨日とおなじく短めに切りあげた。頭はいたくないし、気持ち悪くもならないが、明日までは様子をみようと言われたのだ。それに今日はクリスマスパーティーでもあった。オーナー室には一路だけでなく、未来と織田公平もいた。風花のウチへそろっていくためだ。

「どうしてぼくに手紙を？」

「読めばわかるでしょ」なおもたずねる一路に風花はそう答えた。お礼うんぬんの話を言うのがめんどーだった。

「ラブレターだ」未来が言った。「よかったな、イチロ」

「ラ、ラブレターって、彼女と会ったのはおとといがはじめてで、口をきいたこともない」

「ひとめぼれだろ」織田公平がひやかすように言う。

「そんなことないでしょ。ぼくにひとめぼれなんか、ありえませんよ。こまったなぁ」

全然こまっていない。それどころかにやつくのをガマンしつつ、一路は手紙をカバンにしまった。

「橘、ケーキの予約カード、ちゃんとあるか」

「あるよ」ママからあずかってきたものだ。コートのポケットに入っているのをだして、織田公平に見せ、またしまう。それじゃあ、いこうかとみんなが立ち上がったのを見計らったかのように、松乃進のデスクの上で電話が鳴った。

「トベボクシングジムだ」

未来の耳にあてた受話器から、ひとの声がもれてきた。ママかと思ったが男のひとだ。話の中身はわからないが、一方的にペラペラしゃべっている。

「まて」やがて未来が言った。「あたしはただのデンワバンだ。むずかしいハナシはわからない。マツノシンかコマチ、どっちにかわったほうがいい？　マツノシンか。わかった」

「オレがよんでくるよ」織田公平が言った。すでにドアを開き、からだの半分がでかかっていた。「だれからか、わかるか」

「ナントカジッコーイインカイのナントカさんだ。サクラのシアイがきまった」

「サクラさんの試合って」風花はおどろきのあまり声高になった。「ヴィクトリアとのタイトルマッチ？」

10　陽菜子

「こっちぃ視線もらえませんかぁ」「笑って笑ってぇ」「顎引いてぇ」「クサリガマのカマのほうをもっとあげてぇ、あっ、あげすぎですぅ」

自分を取り囲む記者やカメラマンの指図に、サクラは素直に従っていた。じつにこなれたものだった。いましがたまでの記者会見も一問一問、丁寧にわかりやすかった。『血煙荒骨城』について訊かれたときは、スイッチが入ってしまい、五分近く説明したのはマズかったかもしれない。だが全体的には堂々としていながらも、愛嬌《あいきょう》があり、親近感が持てた。そんな終始にこやかな彼女に対して、両脇にいた松乃進と小町さんは緊張からか、最後まで顔が強張っていた。とくに松乃進がヒドい。会見の進行役のはずが、まともに話すことができず、途中で小町さんが代わったくらいだ。

サクラが今年の二月十四日、バレンタインデーにミニフライ級王者のヴィクトリアに挑戦することになった。成人の日の今日、その発表記者会見が、戸部ボクシングジムでおこなわれ、集まった報道陣でジム内はぎゅうぎゅう詰めだ。

「そのキャラクターの決め台詞とかがあれば、言いながらポーズを決めてくださぁい」

「茨の道こそ我が道なりぃ」

「未来ちゃん、撮れてるぅ？」ヒヨッコトリオのひとり、砧が言った。彼女に肩車された未来ちゃんはスマホをかまえ、サクラにむけている。動画の撮影をしているのだ。

「だいじょうぶだ」

陽菜子と風花、織田公平に川原くん、そしてヒヨッコトリオは会見のじゃまにならないよう、鏡張りの壁に横一列で並んでいる。星矢は昼キャバでこられなかった。

子ども達三人はベンチを運んできて、その上に乗っかって、物珍しそうにサクラを眺めている。状況がいまいちピンときていないようでもあった。でもそれは陽菜子もおなじだ。自分のウチを訪れて、たこ焼き器でシューマイをつくったひとが、マスコミに取り上げられるなんて信じ難い出来事だからだ。

「あのフク、すごいな。ミクのとおなじだけど、ヒャクバイはゴージャスだ。サクラにもよくにあってる」

未来ちゃんがいう服はサクラのガウンだ。

「でしょ？」砧がうれしそうに言う。「極楽浄土之介様そのものよね」

ヴィクトリアとのタイトルマッチが決まったのが、去年のクリスマスイブだ。その日の夜、陽菜子のウチで子ども達のクリスマスパーティーを開いている最中に、サクラからＬＩＮＥが届いた。年が明けて成人の日に記者会見をおこなう、ついてはそのときに浄土之介様のガウンをお披露目したいとのことだった。すぐさまヒヨッコトリオに連絡をとり、正月休みを返上し、どうにか間に合わせることができた。じつはまだいくつかやり残したところや納得がいかない点はあるものの、それはバレンタインデーまでに作り直すことにした。

サクラは地球の裏側にいるヴィクトリアの写真パネルと並んでいる。今回のタイトルマッチの実行委員会が準備してきたものだ。

「やっぱ、おっきいなぁ」

サクラのつぶやきに、報道陣から笑い声が起きた。陽菜子も笑ってしまう。パネルは等身大で、サクラと比べて十センチ以上大きかったのである。その顎にサクラはアッパーを食らわすようなポーズをとる。シャッター音が一斉に鳴り、たくさんのフラッシュが焚《た》かれた。

記者会見は午後四時からはじまり、一時間ほどでおわった。陽菜子とヒヨッコトリオはサクラが脱いだガウンをしまい、試合当日までオーナー室に置いてもらうことにした。手直しするにもミシンなどはもう使わない。ヒヨッコトリオとここにきて、やればいい。松乃進と小町さんに話すと、どうぞどうぞと承諾してくれた。

そのあとサクラと共にみんなで、鯨沼駅前にある焼肉屋にむかった。サクラの激励会が催されるのだ。陽菜子にヒヨッコトリオ、子ども達、さらには練習生達も招かれていた。幹事は鯨沼歯科のマコト先生だった。小町さんが頼んだら「オッケーオッケー、オバッケー」と快く引き受けたという。彼女のお願いならば、なんでもきくと双子のお姉さんのマサコ先生が言っていたが、ほんとだったらしい。

焼肉屋は二階で、想像以上に広かった。奥の一角にカラオケセットが設置され、小さな台とマイクスタンド、その上の天井にミラーボールまで吊り下がっていた。すでに三十人ほどひとがきており、サクラを拍手で迎え入れた。それから十分もしないうちに、続々とひとが訪れ、二十卓近くあるテーブルは瞬く間に埋まっていった。するとサクラと松乃進がカラオケセットの台に立った。サクラが簡単な挨拶をしてから、松乃進が乾杯の音頭を取り、激励会は六時ちょうどにはじまった。

四人掛けのテーブルに隣同士で子どもと大人、別々に座った。子どもだけでだいじょうぶかしらと陽菜子は心配だったが、川原くんが肉を焼いて、他の子達に配っていた。あまりの手際のよさに褒めると、ここには家族でちょくちょくきており、その際にも彼が焼く係を務めているとのことだった。

「かわいそ、サクラさん」

陽菜子の隣で君田が言った。背筋を伸ばし、左斜めに視線をむけている。陽菜子だけでなく、前に座る砧と讃岐もおなじ方向を見た。白髪と禿頭《とくとう》の率が高く、ほぼ全員赤ら顔のジイサン十人以上にサクラが取り囲まれていたのだ。背後は壁で逃げようがない。ほんのいましがた、彼らの前を通りかかったときにつかまり、半分強制的に座らせられたのだと君田が教えてくれた。

「サイアク」「サイテー」砧と讃岐が声を揃えて言った。まったくだと陽菜子も思う。

「ウチの会社は女ばっかで、オフィスラブができないのはつまんないけど、ああいうセクハラがないのは気楽ですよね」

「たしかに」君田の意見に砧が同意する。「あたしんち、イナカの本家だから盆や正月んなると、親戚がわんさか集まるの。そのときああやって男連中が、あたしのまわりをかこんで、デリカシーのないことを訊いてくるんだ。それが嫌で上京してからは盆と正月を避けて里帰りするようになった」

「あたし、前の会社でそれ、やられましたよぉ」讃岐が吐き捨てるように言う。「呑み会の席で、最初のうちは女の子ひとりでチヤホヤしてくれたのが、そのうちカレシはいるのかからはじまって、だんだん下世話なことを言いだして、こわくなってトイレいくって、そのまま逃げちゃったんです。そしたらつぎの日から、まともな仕事をふってくれなくなりました。村八分ですよ。三日後にはやめてやりましたけどね」

「やだ、あのハゲオヤジ」君田が小さく叫ぶ。

「どのハゲオヤジ？」と砧。「あそこのテーブル、ハゲが五人いるよ」

「サクラさんの隣の」

「右も左もハゲだぞ」讃岐がじれったそうに言う。

「こっちから見て右です。サングラスをかけているほう。サクラさんの太腿《ふともも》に手を置いてません？」

テーブルの下に隠れて見えない。だがグラサンハゲはサクラに右肩をピタリとつけ、その腕がモゾモゾ動いているのはたしかだった。

「キモッ」と砧が身震いし、「ゲロゲロ」と讃岐は吐く真似をした。サクラはと言えばかしこまって、ジイサン達の話にうなずいている。

松乃進はカラオケセットのそばのテーブルで、壁に凭《もた》れかかり、大口を開けて眠っていた。乾杯の音頭をおえてすぐ、七、八人に囲まれ、「ご苦労様」「お疲れ様」と口々に言われながら、注がれたビールを次々と呑み干し、ほんの三十分足らずで酔い潰れてしまったらしい。小町さんはべつのテーブルで女性達と楽しげに話しており、サクラのほうに背をむけているので、彼女の身になにが起きているのか、まるで気づいていない。

自分で言いにいったほうが早いかもしれないな。グラサンハゲを注意するのではなく、サクラさん、こちらにきませんかとでも呼びだせばいい。

そう考えているうちに、サクラが立った。ジイサン達の席を去るのかと思いきや、そうではなかった。その場でファイティングポーズをとり、ワンツーパンチをやってみせた。さらにジャブやアッパーなどを披露していった。店内にいるみんなが自然と注目し、「おぉぉおお」と歓声まで起きたあと、拍手喝采《かっさい》となった。陽菜子達も手を叩く。

「カッコイイぞ、サクラッ」

未来ちゃんの愛らしいかけ声に、だれもが笑い、店内はさらに沸いた。

「ちがうんだよなぁ。そんなんじゃぁ、チャンピオンには勝てんぞ」

その盛り上がりに水をさすかのように、ジイサンのダミ声がした。グラサンハゲだ。

「ボクシングってものは腰でするんだ、腰でぇ」

のっそりと立ち上がり、グラサンハゲはサクラの腰に手をあてた。いや、そんな生易しいものではない。がっしり摑んだのだ。グラサンハゲのご乱行はそれだけに留まらず、サクラを背中から抱きすくめた。

「脇ももっとしめなきゃ駄目だろがぁ」

「ひっ」サクラは短い悲鳴をあげる。しかしおなじテーブルのジイサン達はだれもとめようともせず、ゲラゲラと笑っていた。止めにいかねばと陽菜子が立ちあがった途端だ。

「やめろっ」娘が鋭い声をあげると、椅子から下りて、サクラのほうへむかう。そのあとを織田公平、川原くん、さらには未来ちゃんまでついていく。陽菜子も慌てて追う。

「サクラさんからはなれろっ」娘がさらに叫ぶ。本気で怒っている。だがグラサンハゲはサクラから離れようとしない。背中にべっとりくっついたままだ。

「まあまあ、お嬢ちゃんっ」おなじテーブルにいるジイサンのひとりが娘を宥めた。「これはスキンシップってヤツだよ。身体を密着させることによって、より心が寄り添うという」

「なにがスキンシップだっ」織田公平だ。「セクハラだろ。サクラさん、いやがってるじゃんか」

「いやがってなんかないさ」べつのジイサンがヘラヘラ笑いながら言う。

「悲鳴をあげていました」と川原くん。

「驚いて声がでちまっただけだろ、サクラちゃん」

「それはまあ」サクラが口ごもる。グラサンハゲに抱きつかれたまま、泣いているのか笑っているのかわからない顔つきになっていた。子ども達が止めにきたのはありがたい。だがグラサンハゲをはじめとしたジイサン達には逆らえないようだ。だからといってこのままでいいはずがない。うしろから見て、娘の肩がわなわなと震えているのがわかった。

「だいたいきみたちはなんなんだ？」さらにべつのジイサンが怒気を含んだ口ぶりで言った。

「我々に意見をするなんてどういうつもりだ？　百年早いっつうの」

「すみません、ウチの練習生なんです」小町さんが駆けつけ、陽菜子達とは反対側から言った。「サクラのことを尊敬しているものですから、それでつい」

「ついなんだって言うんだい、小町ちゃん」サクラのうしろでグラサンハゲがわめき散らす。

「あんたの教育がなっちゃないから、ガキがこんな生意気な口きくんじゃないの？」そうだそうだとジイサン達が賛同し、グラサンハゲはさらに勢いづく。「そんなだから女子どもだらけで、マトモなボクサーが育たないんだよ、おたくのジムは。サクラちゃんにしたって、南米からのべっぴんさんを引き立てる噛ませ犬に選ばれただけじゃ、うわっ」

　グラサンハゲの顔に白いモノがへばりついた。

「当たっちゃった」川原くんが投げつけたおしぼりだった。ウマい具合にサングラスに引っかかって落ちずにいる。

「ふざけた真似してくれるじゃねぇかっ」端の席にいたジイサンが川原くんの細くて華奢《きゃしゃ》な右腕をグローブみたいな手で摑んだ。「ガキだからって容赦《ようしゃ》しねぇぞ」

「す、すみません」

「痛い痛い痛い痛い痛い痛い痛い痛い」突然、グラサンハゲが連呼した。その右腕に未来ちゃんが嚙みついていたのだ。テーブルの下に潜りこみ、グラサンハゲのところまで這《は》っていったにちがいない。無茶が過ぎる。さすがにグラサンハゲもサクラから両腕を放す。それでもまだ未来ちゃんは嚙みついたままだった。

「痛い痛い痛い痛い痛い痛い痛い痛い」

「おい、よせ」「やめろっ」「なにやってんだ」

ジイサン達が一斉に立ち上がる。と同時に織田公平が右手をすっと突きだし、間近にあった大ジョッキを倒した。まだ半分以上はあったビールがこぼれ、コンロに流れこんでいく。そしてじゅうわぁぁあと音を立てながら、炭の火が消え、もうもうと沸き起こった煙で、あたり一面が真っ白になった。

「サクラさん、逃げてっ」「痛い痛い痛い」「未来ちゃん、もう勘弁してやれ」「お父さん、なんとかしてっ」

小町さんが叫ぶのを聞き、陽菜子は松乃進を起こしにいこうと踵《きびす》を返す。すると危うくひとぶつかりそうになった。

「失礼」男が詫《わ》びた。でかい。百九十センチ以上はあるだろう。陽菜子の視線が彼の胸元ほどである。いまきたばかりなのか、厚手のコートを着て、右手に鞄《かばん》を提げた彼は陽菜子の脇を抜け、ジイサン達のテーブルの前で足を止めた。

「サクラッ」と野太くて通る声が店内に響き渡る。いまの大男が発したのだ。あたかもそれが合図だったかのように、煙がおさまり、視界がはっきりしてきた。ドタバタ劇を繰り広げていただれしもが動きを止め、大男を見あげている。テーブルの下を潜ってきたのだろう、サクラは娘達のほうにいた。

「おそいぞ、ダンキチッ」未来ちゃんが不服そうに言う。そのくせどこかうれしそうでもあった。

ダンキチ？　このひとがサクラのカレシ、今田弾吉か。

「どうしても仕事が抜けだせなかったんだ。許してくれ」弾吉は未来ちゃんからサクラに視線を移す。「だれかがさっき、きみに逃げてって言うのが聞こえたけど。なにがあったの？」

「アイツが」と未来ちゃんがグラサンハゲを指差す。「サクラにセクハラしたんだ」

「ほんとですか」テーブルを挟んで真正面に立つグラサンハゲに弾吉は訊ねた。

「するはずないだろう」全身の水を振り散らす犬みたいに、グラサンハゲは首を横に振る。

「たしかにサクラちゃんの身体に触れはした。でも今度のタイトルマッチに勝つためのテクを伝授していたんだ」

「うそつけっ」「うそだ、うそだ」「うそつきっ」子ども達が激しく抗議する。

「うっそでぇぇす」声を揃えて言ったのはヒヨッコトリオだ。さらに砧がスマホを握った右手を高くあげ、こう付け加えた。「証拠の動画を撮りましたのぉ。よろしかったらご覧になりますぅ？」

「ひとのことを勝手に撮影するなんて、どういう了見だっ。失礼にもほどがあるぞっ」

グラサンハゲがいきり立つ。逆ギレ以外のなにものでもない。お仲間のジイサン達はさすがにだれも賛同せずに、うなだれていた。

弾吉がさらに一歩前にでて、上半身を傾ける。なにも言わずともその威圧感に押されたのだろう。

「ち、ちがうんだ」グラサンハゲが呻くように言った。

「なにがちがうんです？」

「熱心に指導をしたあまりに、セクハラのように見えたかもしれん。でも疚《やま》しい気持ちはこれっぽっちもなかったんだ。信じてくれ。サクラちゃんのことを思えばこそ俺は」

どんっと大きな音がした。弾吉がグラサンハゲの背後の壁に右手をついたのだ。これほど恐ろしい壁ドンもあるまい。ふたりの身長差は三十センチ近くあったが、その差がさらに広がっていく。グラサンハゲの両膝が折れ曲がり、縮こまってしまったからだ。

「あなたの言葉を信じましょう。でもこのご時世ですからね。二度と他人がセクハラと勘違いするような真似はなさらないほうがいいと思いますよ」

弾吉の口ぶりはもの静かで穏やかだ。でもだからこそ凄みがあった。

「わ、わわわわかった。以後注意するとしよう」

　子ども達がクスクス笑う。グラサンハゲの声が裏返っていたのだ。彼は子ども達を一睨みしてから、ゲホンゴホンと咳払いをした。

「今日はお暇《いとま》するかな。ちょっとの酒ですぐ酔っ払うようになってしまってね。歳はとりたくないものだ」

「お帰りになる前に」弾吉は壁から右手を離し、身体を起こすと、背筋を伸ばした。「サクラに一言、謝ってもらえませんか」

「そ、それはそうだ。うん」

　グラサンハゲも姿勢を正す。いや、正せなかった。曲がった膝が伸ばせなかったのだ。両隣のジイサンふたりが、わきの下に腕を入れ、どうにか立たせた。

「サクラちゃん、いや、サクラさん。申し訳なかったな。以後、気をつけるのでこのとおり、許しておくれ」

「こりゃケッサクだっ」星矢が大口を開けてゲラゲラ笑った。その左手には砧のスマホがあった。彼女が撮影したさきほどの騒動の動画を見ているのだ。そして隣に座る未来ちゃんを右手で抱き寄せた。「よくぞやった、未来。さすが我が娘だ」

　グラサンハゲだけでなく、そのお仲間のジイサン達が去ると、入れ替わるようにして星矢があらわれた。仕事場から直なので、濃いめの化粧にキツい香水の匂いを漂わせ、ド派手な服に身を包んでいる。元の席は弾吉とサクラ、そして小町さんが加わり、さらに星矢がきたので、座り切れなくなった。そこでジイサン達がいた席を片付け、店員に炭も変えてもらって移動した。そしてそこでなにがあったか、みんなで代わる代わる星矢に話し、動画も見せることになったのだ。

「サクラをたすけるためには、かみつくのがいちばんだとおもったんだ」

「あれにはほんと驚いたわ」小町さんがなかば呆れた口調で言う。「度胸があってチャンスを逃さない。案外、ボクシングにむいているかもよ、未来ちゃん」

店内には演歌が流れている。グラサンハゲ一行がいなくなったあと、カラオケ大会がはじまったのだ。この会の幹事で、鯨沼歯科のマコト先生が司会を務め、商店街のひと達やジムの練習生がつぎつぎとカラオケセットの台に立ち、十八番《おはこ》を披露していた。いまミラーボールの下にいるのは、なんとマコト先生の母親だ。

「川原くんがあのひとに手拭いを投げつけたのって、その前だったよね。もしかしてあれって未来ちゃんがテーブルの下に潜りこんだのを見て、みんなの視線をそらすため？」

陽菜子は訊ねた。話を聞いているうちに、そうではないかと気づいたのだ。

「はい。でも当たるとは思いませんでした。ぼく、運動がニガテでドッジボールも投げた球が当たった例《ためし》がありませんので」

「ビールが半分以上残っていたジョッキを倒したのは、もちろんワザとでしょ、織田くん？」

「見てたんですか」陽菜子の指摘に織田公平が困った顔で笑う。「サクラさんや未来ちゃんに逃げるチャンスを与えるため、自分に注意をむけさせようとしたんです。だけどあんなふうに煙がたつとは思ってもいなくって」

「ほんと凄いな、きみ達」弾吉だ。本気で感心しているにちがいない。太い眉にドングリ眼《まなこ》、そしてなによりも目を引いたのは、令和どころか平成でだってお目にかかったことがない、立派なモミアゲだった。昭和の映画スターがタイムスリップしてきたかのようだ。「おかげでサクラを救えたわけだ。感謝するよ」

「フーカがやめろっていって、サクラをたすけにいったからだ」

「でもどう助けたらいいか、なんも考えないでむかっていっちゃった」言い訳をするみたいに、娘は言った。「みんながいろいろやってくれたおかげで、サクラさんを助けることができたんだ」

「風花さんの話はサクラからよく聞いているよ」

「あ、あたしのなにを」

「真面目《まじめ》でイイ子だけど、リングにあがったら、相手を徹底的に叩きのめす、いちばんヤバいタイプだって」

「あたしがヤバい？」

「言われてみれば、たしかにヤバい」と川原くん。

「ヤバいヤバい」織田公平が笑いを嚙み殺して言う。

「ヤバいぞ、フーカ」

「ちがうのよ、風花ちゃん」隣に座る弾吉を横目で睨みつけてから、サクラは言った。「あたしがヤバいって言ったのは、あくまでもイイ意味でヤバいってこと。褒め言葉としてのヤバいだからね。そこんとこ誤解しないで」

「あのジイサン達って何者だったんです？」

ヒヨッコトリオの君田がだれにともなく訊ねる。陽菜子も知りたかったことだ。

「父が現役だった頃のファンで、後援会だった方々なんですよ」小町さんが答えた。ちょっと苦々しい顔になりながらだ。「建設会社の社長さんに中古車のディーラー、不動産屋や宝石商と職業はさまざまでした。サクラちゃんにセクハラしていたのが会長さんで、居酒屋チェーン店の経営者だったんですよ」

「でしたとか、だったとか、ぜんぶ過去形なのは、いまはちがうんですか」

「たいがいは年金生活者です」陽菜子の質問に、小町さんは答えた。「バブル期にはみなさん羽振りがよくって、六本木や赤坂でブイブイ言わせて、父もよく連れていってもらっていたそうです。引退したあとも、ジムを立ち上げたときも資金面で援助していただきました。お世話になった恩人ではあるんですけどね。じつは一年以上前、女子ボクシングのファンイベントに、あのひと達がひょっこりあらわれて、サクラちゃん以外の選手にも手を握ったり抱きついたり胸を触ろうとしたりして大変だったんです」

なんと前科があったのか。

「いけ好かないジジイに会ったってカンカンに怒って、ぼくにＬＩＮＥを送ってきたことがあったよな。去年の春先だったと思うが、それのことか、サクラ？」

「うん。あんときはオーナーが止めに入って、なんとか収まったんだ。でも今日はああだもんなぁ」サクラは振りむいた。酔い潰れた松乃進を見ているにちがいない。乾杯の音頭のあと、松乃進にさんざんビールを呑ませて酔い潰したのは元後援会のジイサン達だったらしい。サクラがその話をしたところだ。

「つまりセクハラは計画的犯行だったわけだ」

星矢は鼻息を荒くする。

「いくら恩人でも、そんなヤツらを呼んじゃ駄目ッスよ、小町さん」

「あっちから連絡してきたのよ。サクラちゃんをぜひ応援したいって言われて、父がオッケーしちゃったの。ほんとにごめんなさい」

「コマチ」未来ちゃんが六歳児とは思えぬ憂いを帯びた表情で訊ねた。「サクラはカマセイヌなんかじゃないよな」

「未来、噛ませ犬ってどういう意味だかわかってるの」星矢は語気を強めた。

「わからない。でもさっきのジイサンがいうのをきいて、イイことじゃないのはわかった」

「今回のタイトルマッチはみんな、ヴィクトリアに勝ってほしいのよ」

「あたしはサクラにかってほしい」他ならぬサクラに言われ、未来ちゃんは目をまん丸に見開いた。「ここにいるみんな、そうおもっている」

「ヴィクトリアが勝てば、認知度の低い日本でも名前が知れ渡り、彼女がＣＭに出演する化粧品が売れることになる。そういう筋書きができているの」

「そんなのデマだって、前にも言ったでしょ」小町さんが否定する。

おなじことを、陽菜子はネットニュースで読んでいる。実際に今回のタイトルマッチは化粧品メーカーや大手広告代理店、テレビ局などが実行委員会に名前を連ねていた。

「でもサクラさんは勝ちますよね」娘が言った。いつになく真剣なまなざしだ。少し怒っているようにも見える。「勝ってください。お願いします」

「かたなきゃケッコンできないぞ。ダンキチもなんかいえ。オーエンダンだろ」

「応援というのは戦うひとを信じることなんだ。俺はサクラを信じている」

「それはどうも」弾吉の言葉に、サクラは照れ臭そうに笑う。並んで座っていてもベタベタやデレデレしていない。だが仲睦《なかむつ》まじいのはよくわかる。そんなふたりを見て、亡夫と暮らした日々を思いだし陽菜子は目頭が熱くなった。どうも近頃、涙もろくていけない。

「いいなぁ」砧が言うのが聞こえた。思ったことがそのまま口からでたようだ。ヒヨッコトリオは揃いも揃って、羨ましそうに弾吉とサクラを見ている。

「嚙ませ犬だって犬は犬だからね。リングの上で吼えまくってやる」

「そうそう、その意気だよ、サクラさん」

星矢がそう言った途端、店内に聞き覚えのあるイントロが流れてきた。『血煙荒骨城』のオープニングソングにちがいない。

「あたし達の出番だ」砧が立ち上がる。「いこいこ」と讃岐。「ごいっしょにどうです？」君田がサクラを誘う。「いいの？」「どうぞどうぞ」

ヒヨッコトリオとサクラがカラオケセットにむかい、台にのぼる。四人でいっぱいいっぱいだ。サクラの登場に拍手が起こる。口笛を吹くひともいれば、「待ってましたっ」と掛け声をかけるひともいた。二本しかないマイクは一本を砧が、もう一本を君田がサクラに渡す。

♪生きて帰れると思うなだなんて
死んで花実を咲かせる気もありゃしねぇ
三途《さんず》の川へダイブして
グッバイ現世、ウエルカム黄泉の国、
閻魔《えんま》に舌抜かれたって唄いつづけてやるぜっ
天国への階段を転がり落ちて
自分さがしの地獄巡りぃいぃ
イバラ、イバラ、イッ、バッ、ラッ
イバラ、イバラ
茨の道こそ我が道なりっ♪

いわゆるデスボイスで唄うだけにはとどまらず、四人は頭をバンギングさせて髪を振り乱していた。

「ママ、見て見て」

お風呂からあがるなり、娘に呼ばれた。待ってましたとばかりの勢いだ。椅子に片膝を立てて座り、テーブルに広げたノートパソコンを見ていた。何事かと陽菜子はその画面をのぞきこむ。極楽浄土之介のガウンを着たサクラが、等身大パネルのヴィクトリアと並んでいる。ネットニュースの記事だったのだ。

『腐女子《ふじょし》ボクサー、世界にチャレンジ！「茨の道こそ我が道なり」と決意語る』

腐女子ボクサーって。

たしかに記者会見で、じつはあたし腐女子でして、とサクラは言った。『血煙荒骨城』について五分近く熱く語ってしまったのもマズかった。だけど「茨の道こそ我が道なり」は決意でもなんでもない。浄土之介の決め台詞を言ってくれという要望に応じただけである。

「なんでもっとよろこばないの、ママ？」娘が不思議そうに言う。「ママがつくったガウンがこうやって世界に発信されているんだよ？」

そう考えればよろこぶべきことかもしれない。

「あたしはうれしい。ママをほこらしく思う」

「ありがと」陽菜子は娘の頭を撫でる。

サクラの激励会は八時でお開きになった。いまはもう九時半になろうとしている。

「さっきスマホがふるえてたよ。この記事を見たヒヨッコトリオが電話かけてきたんじゃないかな」

陽菜子はリビングに移り、テーブルに置きっ放しのスマホを手にする。電話は星矢からだ。キラキラヶ丘団地で別れ際、話したいことがあるので、あとで電話してもいいですかと言われていたのを思いだす。立ったままで早速かけ直したところ、星矢はすぐにでた。

「ごめん、お風呂入ってたんだ。話したいことってなんだろ」

「結婚するんです、あたし」

へ？　青天の霹靂《へきれき》とはまさにこのことだ。

「おめでとう。でもだれと？」

「愛媛でみかん農家をしてるオジサンがいましてね。月イチに商談で東京にくるときは、その度にスーパーの営業さんとウチの店に遊びにきてたんスよ。半年くらい前からＬＩＮＥでやりとりするようになりまして」

三週間前、千葉にある夢の国にいったのは、星矢と未来ちゃんのふたりきりではなく、このオジサンもいたらしい。オジサンとはいっても年齢を訊くと、陽菜子より二歳下だった。その帰り道、彼が運転する車の中でプロポーズされたのだという。

「未来ちゃんの前で？」

「ちがいます。あの子は寝ていました。それであの、四月には愛媛へいくことになりまして、つまりその、陽菜子姉さんと風花ちゃんとも」

星矢の言葉が途切れた。泣きだしてしまったのだ。

「そのことを未来ちゃんは？」

「ま、まだ知りません」星矢は涙声でどうにか話をつづけた。「風花ちゃんとおなじ小学校へいくのを楽しみにしてて、最近はその話ばかりするんスよぉ。とてもじゃないけど言いだせませんよぉ。どうすればいいんスかねぇ、あたし。教えてくださいよぉ、陽菜子姉さん」

陽菜子は答えに詰まった。ダイニングにいる娘が、こちらをじっと見つめていたのだ。しかも腰をあげ、リビングにむかってきた。

「あ、あのさ。その話、近いうちに時間つくるからじっくり聞かせてくれないかしら」

「お、お願いします。あ、あたし、頼りにできるの、陽菜子姉さんしかいないんスよ」

「わかったわ。それじゃ」慌てて電話を切ると、娘は目の前に辿り着いていた。「ヒヨッコトリオじゃなかったわ。星矢さんからで、なんか相談したいことがあるらしいの」

自分で言いながらも白々しいと思う。娘は陽菜子を見つめたまま、呟くように言った。

「未来ちゃん、エヒメにいっちゃうの？」

11　風花

「フレェエエエエエエエエエエエエエッ」

ハオリハカマの弾吉が左ウデをななめ上にかざす。顔は真っ赤だ。おでこからこめかみ、ほっぺた、首すじにいたるまで、顔中のありとあらゆる血管がうきでている、なんてことはないが、それぐらい力んでだす声が、会場のすみずみまでひびきわたる。すると、弾吉のとなりで学生服を着たマコト先生が、どぉぉぉぉんと和ダイコを力いっぱいバチでたたいた。

「フレェェェェェェェェェェェェェェェェェェッ」

つぎに弾吉は右ウデをななめ上にする。からだがYの字になった。そこでまた、どぉぉぉぉんと和ダイコが鳴る。セレモニーかアトラクションがはじまるのかと思ったのだろう、多くのひとがスマホをだして、弾吉とマコト先生にむける。

「サァァァァァ」そのままYの字で、「クゥゥゥゥゥゥゥゥゥ」両ウデのヒジを曲げ、顔の前でXをつくる。「ラァァァァァァァ」両ウデを広げてまたYだ。「アァァァァァァァァ」

弾吉がのばしつづける語尾にあわせ、どんどこどんどこどんどこどんどことマコト先生が和ダイコをバチでたたきつづける。弾吉の発する声が一度、とぎれかかり、タイコの音も小さくなる。だがふたたびもりかえすと、タイコの音は力強くなった。速さもましていく。そして最後は声と和ダイコが同時に止まった。自然と会場のみんなが手をたたいた。

「メチャクチャかっこいいな、弾吉さん」織田公平がしきりに感心する。

「今日のために母校にマコト先生を連れていって、いまのオーエンダンのひとたちと練習したそうです」織田公平のむこうから一路が言った。「大学時代、弾吉さんがオーエンにいった大学の運動部の試合はぜったい勝つってジンクスがあったそうです。それを聞きつけたサクラさんは、美ジュツ館で働いてた弾吉さんに、自分の試合をオーエンにきてほしいってたのんだんだって」

「それがふたりのなれそめ？」

ノッポがふりむき、たずねてきた。風花達の前の席に、ヒヨッコトリオがならんでいるのだ。これまで何度か会っているが、いまだに風花は三人の名前が、キヌタだかキアヌだかサヌキだかタヌキだかキミタだかキメラだかわからない。

「みたいですよ」一路がしたり顔でうなずく。「ただし弾吉さんがオーエンにいった試合は、サクラさんにとって三回戦目でしたが、ハンテー負けしたそうです。でも試合がおわったあと、もっともっとがんばります、強くなります、だからまたオーエンにきてください、お願いしますとサクラさんが弾吉さんに言ったとかで」

「オーエンしてくださいかぁ」「ロマンチックゥウ」「マジうらやましいぃ」ヒヨッコトリオが口々に言う。

「ちなみに弾吉さんのハオリハカマは、サクラさんをオーエンするために、自前であつらえたんです。マコト先生の学生服はご自分の高校時代のものだそうで」

「こんどこそサクラとヴィクトリアがたたかうのか」

風花の右どなりで未来が言った。目をこすっているのは、星矢さんにだっこされてねていたからだ。よくもまあ、こんなさわがしいところでと感心するくらい、ぐっすりとである。

「つぎよ、つぎ」自分にもたれかかる未来を、星矢さんがゆり起こす。「もうねちゃダメよ。あんた、試合前にサクラさんに花束をわたすんだから」

すると星矢さんの右どなりの席が空いているのに風花は気づく。

「星矢さん、ママは？」

「いまさっきトイレいくって」

「あたしもトイレ」未来がせがむので、星矢さんが連れていった。

カクトーギのセーチとよばれるこの会場で、バレンタインデーの今夜は四回戦から世界戦まで、サクラとヴィクトリアのタイトルマッチ以外もすべて女子ボクサーだけの八試合がおこなわれている。六時からはじまって、かれこれ二時間以上だ。

風花にとっては、はじめてナマで見るボクシングで、どの試合も気分はあがりっぱなしだった。どんなパンチがどれだけコーカがあるのか、相手のパンチをどうさけているのか、身のこなしや足の動きなどをつぶさに見ているうちに、ボクサーのマネをすることもあった。立ってはできないし、ウデをのばすのもむずかしい。せいぜい全身を前後左右に動かすくらいにせよ、やらずにはいられなかった。からだが勝手に動いてしまうのだ。

そして試合がおわるたびに織田公平と一路の三人で感想を言いあった。ハンテー負けしたあの選手は、もう少し手数がだせたら勝てたはずだとか、赤コーナーの選手はせめ方のバリエーションは多かったものの、それをいかしきれずに、青コーナーの選手による一点トッパの左でやられてしまったとか、でもそれは赤コーナーの選手がコシの回転よりも先にパンチがでるようになっていったのが負けた理由だとか、日本の選手はたしかに自分のスタイルでいい場面を何度もつくっていたけれど、前半のポイントが韓国の選手に流れてしまったのがよくなかったとか、1ラウンドからラストラウンドみたいな打ち合いをしてて、スタミナが持つかと心配したけど、10ラウンドまでどちらもたおれることなく戦いぬいたのはすごいとか、やっぱり勝つには受け身ではなくて、自分から相手にむかう勇気と根性が必要なんだとか、海さんがうるさくて試合に集中ができないとかだ。

橋本ボクシングジムの女子ボクサーが、スーパーフライ級四回戦で出場していたのだ。ボクシングをはじめてわずか一年半、今日が二試合目の新人、しかも最年少の十七歳だった。対するボクサーもプロとしては新人でありながら、アマチュア時代に大会で何度かチャンピオンになった強者《つわもの》だった。その試合のあいだ、セコンドの海は終始、リングにむかって、どなりつづけていたのである。そのおかげかどうかはさておき、十七歳のボクサーはハンテーで勝利をおさめることができた。風花から見て、左ななめの席を橋本ジムのひとたちがしめており、その中に龍子もいた。手をふってみたが、ぷいとそっぽをむかれてしまった。

織田公平の意見は、なるほどと感心することが多いし、参考にもなった。一路もわりかしマトモなことを言う。だがときどきむずかしい単語やわけのわからない英語を使うのが、イラッとさせた。

一路は戸部ボクシングジムを取材した新聞も完成させ、一月末にはコンクールにだしおえた。なのに二月に入ったいまも、ちょくちょくジムに顔をだす。あいかわらずトレーニングをしない。なにをしているかと言えば、未来とのどうぶつしょうぎの他に、織田公平や風花のミット打ちやマスボクシングなどを、ウチから持ってきたビデオカメラでとっていた。トレーニングのあと、その動画をオーナー室のテレビで見ながら、風花のみならず織田公平にも、ここはこうしたほうがいいとあれこれ言った。このときにもやはり、よくわからない言葉を使う。ただまちがったことは言っていない。よくよく聞けばわかる。

「サクラのぉぉ、勝利をねがいましてぇえ、三三七ビョーシをしたいと思いまぁす。ご協力ぅう、いただければぁ、幸いでぇえす」

　弾吉が深々と頭を下げる。両手には日の丸のせんすを持っていた。

「サンサンナナビョオォォォシ、あ、それっ」

　どんどんどんと学生服のマコト先生が和ダイコを鳴らす。それにあわせ、観客席の半分近くのひとが手をたたく。風花達もだ。

「すみません、いいですかぁ」女のひとがふたり、ヒヨッコトリオに声をかけてきた。「みなさんってぇ、サクラさんのガウンをおつくりになったオチムシャさんたちですかぁ？」

「そうだけど」

　ノッポが気取って答える。カクトーギのセーチにやってきて、ヒヨッコトリオが声をかけられたのは風花が知るかぎり、これで十二、三回目なのだ。

「やっぱりそうだったんですねぇ」「声かけてよかったねぇ」「チョーうれしい」「お会いできて光栄ですぅ」

「あたしたちに会えたからって、べつにねぇ」

　そう言いながら、ノッポはうれしさをかくしきれずにいた。ぽっちゃりとチビスケもだ。

「あのガウン、めっちゃステキですぅ」「ボクサーさんが浄土之介様っぽいのもありますけど、ガウンの完成度の高さはもはやゲージュツです」「あたしたちもコスプレ衣装をつくってるんですけどぉ、なかなか上手にできなくてぇ」「どうやったらみなさんみたいにできますかぁ？」

「だったらさぁ」ノッポはファンのふたりにカードをわたした。「ウチの会社で三月の第二土曜にコスプレ衣装の教室を開くんだ。まだ公式には発表してないんだけど、もしよかったら参加しない？　朝十時からはじめて夕方五時までみっちりやって三千円ぽっきり」

「ぜひぜひぃ」「参加させてくださぁい」

「だったらそこのメールに、参加希望って送っといて。いまコスプレ衣装をつくってて、わからないことや知りたいことも書いてくれれば、教室当日に答えられるようにしとくわ」

「ありがとうございます」「よろしくお願いします」

　成人の日の記者会見からひと月ばかり、サクラさんは〈腐女子ボクサー〉としてネットをざわつかせていた。とくにサクラさんとおなじ〈落ち武者〉たちには〈浄土之介様そのもの〉とアットー的なシジをえているそうだ。そう話すママはとてもうれしそうだった。

　ネットだけにとどまらず、風花がジムへいくと、まわりを十代なかばから二十代後半くらいの女のひとが、少ないときでも四、五人、多いときには十人以上うろついていた。サクラさんを一目見ようという〈落ち武者〉さんたちである。

　戸部ボクシングジムには、サクラさんのガウンをだれがつくったのか知りたいと問い合わせのメールがたくさんとどき、電話もかかってきた。公表していいものか、小町さんに相談されたママは、浅利洋裁の社長にこのことを打ち明けた。実物のガウンを見せると、その出来ばえを大いにほめたたえ、公表するのであれば、会社の名前をだすようにとまで言われたらしい。

かくしてジムのホームページに、ガウンの制作者としてヒヨッコトリオと、できあがるまでの写真もアップされている。ママはでていない。はずかしいからと、ことわってしまったのだ。

風花がボクシングをはじめたころには、ヒヨッコトリオについて、ママはさんざん悪口を言っていた。これでストレスが発散できるのであればとテキトーに聞き流していたものである。いまもママはヒヨッコトリオの話をするが、悪口ではない。これでもかというくらいにほめちぎる。三人に対するいかりのあまり、頭がいたくなることもなくなったようだ。

あの子たちと作業をしていると勉強になるのよ。どんな服でもつくれると思っていたけどまだまだ学ぶべきことは多いわ。

「フレッフレッサクラッ、がんばれがんばれサクラッ」

どんどんどどん、どんどんどどんっ。

弾吉のオーエンに熱がこもる。それに応じてマコト先生の和ダイコも力が入った。

「フレッフレッサクラッ、がんばれがんばれサクラッ」

風花たちも弾吉とあわせて声をだす。そんなさわがしい中で未来がうつらうつら、またねむってしまいそうだ。その顔を見て、風花はムネがきゅっと苦しくなる。あとひと月半で、お別れだからだ。星矢さんと未来はエヒメにいってしまう。でもそのことを未来はまだ知らない。ぜったい言っちゃダメよとママに口止めされていた。

「未来、ねちゃダメだってば」星矢さんがしかりつけるように言う。そして足元に置いてあった花束を未来に持たせる。「いくわよ」

「どこへ」

「だからサクラさんとこだって」

ふたりを見送っていたら、目のはしっこに見覚えのあるひとがいた。風花はそちらに顔をむける。

げげっ。グラサンハゲじゃん。

その仲間たちもいっしょだ。焼肉屋のときの半分ほどが数列うしろの席に、横ならびになっている。ほぼ満席の会場で、さっきまでそこだけぽっかり空いていたところだ。そろいもそろってアルコール度数が高いカンチューハイを手に持って、赤ら顔だった。

なにしにきたんだろ。

イヤな予感しかしない。

「勝てるかなぁ、サクラさん」

「なに言ってんだ、一路っ。試合前にそんなこと言っちゃダメだろが」

織田公平がしかりつける。しかし一路が不安になるのも風花はわからないでもない。だがそれを打ち消すかのように、会場内に聞きおぼえのあるイントロが大音量で流れてきた。

『血煙荒骨城』のオープニングソングだ。

「青コーナーよりサクラ選手の入場ですっ」

リングの上でチョーネクタイのオジサンがマイクにむかってさけぶ。

風花ちゃん。

サクラさんの声が耳の中で聞こえる。

「風花ちゃん」

シャドーボクシングを二回おえ、つぎはサンドバッグをやろうとしていたところで名前をよばれた。ふりむくと、サクラさんがリングの上にいた。

おとといのことだ。戸部ボクシングジムへいくと、すでにサクラさんがいた。タイトルマッチの三日前から会社を休んで、朝からトレーニングをしていたのだ。

織田公平は猫の事務所によってからくるとのことで、まだいなかった。小町さんが、サクラさんにつきっきりのため、風花はひとりで、メニューをこなすしかなかった。ただどうしても目がサクラさんのほうにいってしまう。

なにか特別なトレーニングをしているわけではない。いつもどおりで風花ともほぼおなじだ。からだをきたえることよりも、そなえ持つテクニックを高めているらしい。しだいに動きにムダがなくなり、パンチがシャープになっていくのが風花にもわかった。

「ミット打ちしない？　相手してあげる」

「い、いいんですか」

「イヤ？」

「とんでもありません。やります。やらせてください」

　小町さんがグローブを持ってきて、風花の両手にはめる。

「なんでサクラさん、あたしとミット打ちを」

「試合をあさってにひかえて、につまってきちゃったのよ」小声でたずねると、小町さんも小声で答えた。「つきあってやってちょうだい」

　リングにのぼると、ちょうどブザーが鳴った。サクラさんがミットを風花にむける。このひと月ばかりでサクラさんの顔つきは変わった。体重を落として、ほっぺたがこけたこともあり、あいらしさやカワイさは失われ、こわいくらいだ。トレーニングの最中ともなればなおさらだった。でもいまはちょっとだけ笑っている。風花を安心させようとムリをしているのかもしれない。

「まずはワンツーね」

「はいっ」

　アゴの右横に右コブシ、目の高さに左コブシを持っていき、左右のワキをしめる。「ワンッ」左足をふみこみ、左ウデをまっすぐ前につきだす。パンッ。左コブシがサクラさんのミットにあたる。「ツーッ」すばやく元にもどしつつ右ウデをだす。パンッ。「ワンッ」左ウデをまっすぐ前に。パンッ。「ツーッ」左をもどしつつ右ウデを。パンッ。「ワンツーッ」パンパンッ。「ワンツーッ」パンパンッ。サクラさんの言葉どおりにパンチを打ちつづけていく。

「パンチはいいねっ。でもガードがさがってきたっ。それじゃ打たれちゃうっ」「はいっ」

「あたしのことをしっかり見るっ」「はいっ」「ワンツーッ」パンパンッ。「ワンツーッ」パンパンッ。

「つぎっ。右ストレートからの左フック、やってみよっか。できる？」「できますっ」

　左足でふみこみ、上半身をひねりながら、右ウデをまっすぐ前に放つ。このときパンチに自分の体重を乗せるようにする。習いたてのころは小町さんにそう言われても、なんのこっちゃとピンとこなかったものだ。だがそれもジムに通ううちにわかってきた。

　右コブシをもどしつつ、フックのフォームに入る。左足を中心に、右のガードが下がらないように気をつけながら、左ヒザを内側にしつつ、全身をしっかり回転させ、左コブシを水平に打ちこむ。打ちつづけているうちにどうしても手だけで打つようになってしまう。するとすぐさまサクラさんに「もっと足コシを回転させて」と注意された。

　そのあといくつかのコンビネーションをサクラさんに命じられるがまま、パンチをくりだしていった。ブザーが鳴って、一分間の休みに入る。

「けっこういろいろできるようになってるじゃない」

「ありがとうございます」

「パンチはワンツーだけでいいから、つぎはステップふみながらやらない？」

「お願いします」

まだやるのかと、思わないでもなかった。いまの三分間だけでも、だいぶスタミナをつかったからだ。小町さんと松乃進はリングの下で、ふたりをながめているだけで、なにも言わなかった。こうなればやるしかない。

ふたたびミット打ちをはじめたが、サクラさんのステップは思ったよりもひかえめで、物足りないくらいだった。ところがしだいに動きが大きくなり、前後左右どこへいくのか、見当がつかなくなってきた。織田公平とおなじことをしているものの、サクラさんの動きはずっと速く細かいのだ。フォームがくずれて、まともなパンチが打てなくなる。しかもスタミナがきれかかっていた。

風花はくやしくなってきた。相手は二日後にタイトルマッチをひかえたプロボクサーなのだ。実力に差があって当たり前である。でもあきらめたくはなかった。キックキックトントン、キックキックトントン、キックキックトントンとつぶやき、自分を落ちつかせる。するとひらめいたことがあった。

風花はバックステップをして、サクラさんから一度はなれた。そして最後の力をふりしぼり、いままでとはちがうステップをふみはじめる。軽やかでダンスでもおどっているかのようなトクチョーのあるステップだ。動画でさんざん見てきたヴィクトリアのマネである。

いまのあたしはクジラ小四年一組橘風花ではない。ヴィクトリア本人だ。パリコレにモデルとして参加、ハリウッドデビュー間近とウワサされ、南米からはるばる二十八時間のフライトで三日前に来日、ケショーヒンのコマーシャルにでて、そのキャンペーンの合間に、日本のチャレンジャーとタイトルマッチをやってあげることにした美人ボクサー、ヴィクトリアだ。

サクラさんを中心に左に回っていく。そしてワンツーとミットを打ってから、さらに左に回る。するとサクラさんも、からだのむきを変えた。

いいぞ。

これまでサクラさんの動きにあわせていたが、今度はこちらの動きにあわせてもらう。さらにワンツーを打ち、バックステップで引き下がる。相手に打たせるスキをあたえないためだ。両手にミットをはめたサクラさんが打ってくるはずがない。それでもだ。

今度は右に回る。右足から先に横へ一歩、そこから今度は左足を先に前へ一歩でて、両足をそろえて百八十度回った。そして右ウデをのばした。いけない。パンチはワンツーだけだったんだ。だがもうおそい。パンッ。サクラさんがミットで右ストレートを受ける。風花は自然とからだが動いてしまい、つづけざまに左フックまでだしてしまった。だがこれもサクラさんはいともたやすくミットで受けた。そこでちょうどブザーが鳴った。

「いまのってヴィクトリアのマネでしょ」

バレたか。バレるよな。クセ強いもん。

「すみません」

「あやまんなくてもいいんだけど、なんでいきなりやりだしたわけ？」

「サクラさんに」風花はそのあとにつづく言葉をごくりとのみこんだ。でもムダだった。

「負けたくなかったんでしょ」

　小町さんに言われてしまった。

「負けるもなにもミット打ちじゃないの」サクラさんがフシギそうに言う。

「すみません」風花はふたたびあやまる。

「サクラ、あなた言ってたんでしょ。風花ちゃんはリングにあがったら、相手をテッテー的にたたきのめす、いちばんヤバいタイプだって」

「だからそれはイイ意味のヤバいで」

「足の速さやパンチ力はだんちがいだけど、動きやフォームはカンペキだった」松乃進は感心しているみたいだ。「あんなダンスみたいな足さばき、とてもじゃないけどオレにはマネできないからな。たいしたもんだ」

「ありがとうございます」思わぬほめ言葉にうれしくなり、風花は礼を言う。

「いまのは一昨年の夏の試合よね」と小町さん。「ヴィクトリアがチャンピオンになったときの」

「そうです」

「他の試合のヴィクトリアもできたりする？」

　サクラさんはキョーミシンシンという顔つきだ。

「動画にあがっているものであれば」いまのを入れて四つだった。

「できればぜんぶやってみてくんない？」

「わかりました」

なんでと思わないでもないが、サクラさんのたのみとあればやるしかなかった。

『血煙荒骨城』のオープニングソングをバックに、サクラさんがあらわれた。もちろんママとヒヨッコトリオがつくったガウンをきている。ほっぺたがこけて、目がするどくなったぶん、よりいっそう極楽浄土之介っぽい。ただしグローブをはめているので、クサリガマは首にかけていた。松乃進と小町さんもいっしょだが、どちらもサクラさんよりキンチョーしているようだ。顔がこわばっているだけでなく、歩き方もぎこちない。

「ムネがバクバクしてきた」織田公平が言った。「ぼくもです」と一路。風花もだ。

「フレッフレッサクラッ、がんばれがんばれサクラッ」「サクラさぁん」「サクラァァァ、負けるんじゃないぞぉ」「サクラちゃぁん、がんばってぇ」

観客席からの声に、サクラさんは手をふってこたえる。

「浄土之介様ぁ」ヒヨッコトリオだ。さらにそこかしこから「浄土之介様ぁ」「ステキです、浄土之介様」「がんばって浄土之介様ぁ」「こちらをおむきになって、浄土之介様」「愛しています、浄土之介様」とサクラコールを上回る浄土之介様コールが起きている。

「イバラ、イバラッ」「イバラ、イバラッ」

「イッ、バッ、ラッ」「イッ、バッ、ラッ」

「イバライバラ」「イバライバライバラ」

ちょうどサビのところで、サクラさんがリングの上にあがり、歌にあわせて右ウデをあげると、みんなもふりあげた。

「茨の道こそ我が道なりっ」「我が道なりっ」

「つづきまして赤コーナーよりヴィクトリア選手の入場ですっ」

チョーネクタイのオジサンが言いおわらないうちに、流れてきたのはノリノリのヒップホップだ。赤コーナー側からひとがあらわれた。ヴィクトリアではない。男のひとだ。フード付きのパーカーにスウェットパンツと、ただの部屋着にしかすぎないのにスマートでカッコイイ。右手にマイクをにぎりしめ、ナマでうたいだした。つづけて女のひとたちが七人、スポーツブラに短パンといういでたちで、あらわれた。みんな身長が百八十センチ以上、でるところはでて、ひっこむところはひっこんでいる。そしてヒップホップにあわせ、おどりだす。ムネをふり、コシをふり、おシリをふる。

風花は目のやり場にこまった。織田公平も落ち着きを失い、きょろきょろしている。そのとなりで一路がスマホをいじくっていた。

「やっぱりそうだ」

「なにがだ」織田公平が一路にたずねる。

「いまうたってるの、ヴィクトリアのカレシです。全米チャートでつねに上位のラッパーで、いま流れているのはヴィクトリアのためにつくった歌だと、ラッパー本人がツイッターでつぶやいていました。いまからマイスイートハニーのためにうたうぜって。見てください」一路のかざすスマホの画面には、ほっぺたがくっつくほどに顔をよせたヴィクトリアとラッパーのツーショットがあった。

「カレシ同士のオーエン合戦かぁ」風花たちの話をきいていたのだろう、前の席でノッポがうらやましそうに言った。「ロマンチックゥゥゥ」とぽっちゃり。「そういうカレシほしいですよねぇ」とチビスケ。

「カモォォォォォン、ヴィクトォォォォリァアア」

ラッパーのカレシによばれ、ついにヴィクトリアが登場した。毛皮のコートみたいなガウンを着て、右カタにチャンピオンベルトをかついでいる。スポットライトをあびてもいないのに、キラキラと光りかがやいて見えた。それだけ強いオーラを発しているのかもしれない。

「ヴィクトリアッ、ヴィクトリアッ、ヴィクトリアッ」

ラッパーがカノジョの名前をくりかえしさけびつづける。いつしか会場の半分以上もいっしょにだ。そんな中をヴィクトリアがゆったりと落ち着きはらった足取りでリングにむかう。まるでモデルみたいな歩き方だ。

ここはカクトーギのセーチだ。パリコレじゃないっていうの。

だがさらにヴィクトリアコールがはげしくなる。リングにあがってからはなおさらだ。まるでサクラさんのほうがアウェイみたいだった。

「ダンキチッ」未来の声がした。いまから花束をわたすために、青コーナー側のリング下で待っていた。「オーエンだっ。サクラをオーエンするんだっ」

「フレェエェ、フレェエェエ、サァクゥラァアアッ」

弾吉が高らかに言い、マコト先生が和ダイコをたたく。

「フレッフレッサクラッ、がんばれがんばれサクラッ」

「ヴィクトリアッ、ヴィクトリアッ、ヴィクトリアッ」

「フレッフレッサクラッ、がんばれがんばれサクラッ」

「ヴィクトリアッ、ヴィクトリアッ、ヴィクトリアッ」

本日のメインイベント、ファイナルとなるサクラさんとヴィクトリアの試合は10ラウンドだ。時間いっぱいに戦ったとしても三十分で勝敗が決まる。

「だいじょうぶ？」いつの間にかママがいた。未来がすわっていたところにつめてきたのだ。

「おナカでもいたい？」

織田公平に一路、ヒヨッコトリオもサクラさんにセーエンを送っているのに、風花だけだまっていたので心配になったのだろう。

「だいじょうぶ」首を横にふり、どうにか一言だけひねりだす。全身の力が集中したかというくらいに歯をかみしめて、口が開けなかったのである。アゴがいたくなってきた。マウスピースをしてくれればよかったとさえ思う。

リングでは両選手に花束がわたされていた。ヴィクトリアはカレシから、サクラさんは未来からだ。風花はヒザにおいた両手をぎゅっとにぎりしめる。するとどちらのコブシもプルプルとふるえだした。うなっているのだ。きっといまのサクラさんのコブシもうなっているはずだ。

かませ犬だって犬は犬だからね。リングの上でほえまくってやる。

そしてゴングが鳴った。

サクラさんとヴィクトリアがリング中央に飛びだしていく。ほぼおなじ体重のはずだが、身長差は十五センチ以上ある。サクラさんは小さなからだを折りたたみ、ヴィクトリアは気をつけのときみたいにまっすぐのかっこうなので、よりいっそう差があるように見えた。

風花はサクラさんのフォームをマネる。コブシは顔の左右に立てるようにして、ガードは高くたもつ。ヒザをまげ重心を低くしているのだが、すわっているので、そこまではマネできない。

間合いをちぢめようと、サクラさんは前にでる。これを追いはらうようにヴィクトリアはジャブを細かく打ちこんだ。さすがチャンピオン、風花が今日ここで見た試合のだれよりも速い。だがサクラさんは前後左右とつねに動きながらもバランスをくずさず、パンチをくぐりぬけていく。

するとヴィクトリアがステップをふみはじめた。サクラさんのまわりをまわって、ガードがあまいところを見つけるつもりなのだ。そうはさせじとサクラさんも動く。しばらくふたりはリングをまわるだけだった。先に打ったのはヴィクトリアだ。左アッパーでワキバラよりもちょっと上、アバラボネのいちばん下をねらってきた。でも当たらなかった。サクラさんが左にステップをふんで、あっさりよけたのだ。すぐさま、ヴィクトリアの右ストレートが飛んできた。それも顔面めがけてだ。サクラさんのガードが下がったスキをねらったにちがいない。これまたサクラさんはバックステップでにげ切る。それから先、ヴィクトリアがあらゆるパンチをくりだしてきたが、サクラさんをしとめることなく、1ラウンドはおわってしまった。

　自分からはパンチを打たずに、コブシを顔の左右にそえたままだったので、マネていても正直おもしろくはなかった。これが作戦だと知らなければ、なにやってんだろ、サクラさんと思っていただろう。

「なにやってんだろ、サクラさん」ほんとに言ったのは一路だ。「なんでパンチ、打たないのかな。何回かチャンスあったのに」

「カンジンなのはそこじゃない」織田公平がたしなめるように言う。「サクラさんが一発も食らわなかったことだ。まるでヴィクトリアがどんなパンチを打ってくるかわかって、よけているみたいだっただろ」

　さすが織田公平。

「みたいじゃない。わかって、よけているんだ」

そう言い切る風花を、ふたりともパチクリしばたたかせた目で見ている。そこでおととい、サクラさんの前でヴィクトリアのマネをしたことを話した。

「動画を見ないでもマネデキちゃうの？　スゴいな」

「天才かよ、橘」

ふたりにほめてもらって悪い気はしない。でもいまはよろこんでいる場合ではなかった。

「スゴくて天才なのはサクラさんだよ。あたしがマネるのを見て、この試合の2ラウンド目とこの試合の5ラウンド目とこの試合の7ラウンド目をもう一回マネてみてくんないって言ってきたのね。そういうのをいくつかやってみせたら、やっぱりそうかって」

そこでゴングが鳴り、2ラウンドがはじまってしまった。1ラウンドとおなじく、サクラさんのまわりをヴィクトリアが回っていく。だがなかなかパンチをださない。

「やっぱりそうかって、サクラさん、なにに気づいたんだ？」

リングに目をむけつつも、織田公平がたずねてくる。

「ヴィクトリアのステップにクセがあるのを見つけたんだ」

「クセってどんな」

「たとえばこっちのパンチをよけるのに右足から先に横へ一歩、そこから左足を先に前へ一歩だして両足をそろえて百八十度まわったときは、たいがい右ストレートらしいんだ。その他にも左足で半円描くようにして引いたときは左アッパーとか、右足をうしろに軽くはねあげたら左のボディをねらってくるとか」

「マジか」「ほんとに？」

男子ふたりは目のパチクリが止まらない。

「いつもではないけど、相手と間合いをとって、せめるときにはとくにそのケーコーが強いって、サクラさん、言ってた。つまり足元を見ていれば、つぎにどんなパンチがくるかがわかるわけで」

だからサクラさんにパンチが当たらないのだ。

「でもこっから先、サクラさんはどうするつもりだ？　いくらディフェンスはカンペキでも、せめなきゃ勝ちようがないもんな」

たしかにそうだ。さすがにそこまでは風花も知らない。ねらうべきはボディだとは思う。からだのどこかしらを打って、ヴィクトリアを前かがみにする。そうすれば顔が下がり、アッパーでもフックでもくらわせればいい。ネットの動画で見るかぎり、長身のボクサーが相手のときは、サクラさんはそうやって勝ってきた。でも今回はどうだろう。

そう思っているうちに、まともに打ちあうことなく、2ラウンドもおわってしまった。もりあがらないことこのうえない。オーエン合戦の熱気も冷めかけている。

「ビビってんじゃねぇぞ、こらぁ」「にげてばっかじゃつまんねぇだろが」「せめろせめろ」

3ラウンドがはじまってすぐだ。口ぎたないヤジが聞こえてきた。風花は思わずふりむく。グラサンハゲとその仲間たちだ。

「焼肉屋にきてたジイサンたちじゃんか」織田公平が害虫でも見つけたような顔つきになる。

「どうしてここに？」

「見ちゃらんねぇなぁ、まったく」「やる気あんのかっつうの」「これがタイトルマッチだなんて笑わせるな」「金返せ、金ぇ」「ここはカクトーギのセーチだぞ、なめんじゃねぇっつうの」「シンケンにやれぇ」「だから女はダメなんだ」

下品に笑いながら言いたいホーダイだ。そのあいまにカンチューハイをグビグビあおっている。

ヒドい。あんまりだ。ゆるせない。風花は全身がカッカと熱くなってきた。なんだったらひとりずつ顔面にイッパツくらわせたい。

「チャバンだ、チャバン」「チャンピオン勝たせて、ウラで金もらう約束でもしてんのか」

「ビンボージムのやりそうなこった」

ネットに流れていたデマだ。なんのコンキョもないウソっぱちである。ほんとなのはビンボージムということだけだと小町さんがおこっていた。グラサンハゲとその仲間たちのヤジはまだつづいている。

ガマンできない。

風花は立ちあがる。織田公平もだ。なにも言わず、それぞれ顔を見あう。思いはおなじだ。

「え、なに、どうしたの？」一路はふたりの顔をかわりばんこに見て、とまどっている。

「どこいくの？　トイレ？」

そんなわけないでしょうが。

「よしなさい」風花のとなりでママが言った。どこへいくのか、わかったみたいなのだ。

「あんなの気にしないで。それよりサクラさんをオーエンしなきゃ」

「でも」と風花が言い返そうとしたときだ。

どんどんどんどんと和ダイコの音が鳴った。マコト先生だ。つづけてハオリハカマの弾吉のオーエンがふたたびはじまった。

「フレェエェ、フレェエェエ、サァクゥラァアアッ。フレフレ、サクラッ。がんばれがんばれサクラッ」

「フレフレ、サクラッ。がんばれがんばれサクラッ」ママのむこうで未来もさけぶ。星矢さんもだ。花束をわたしてすぐ、もどってきていた。「なにぼんやりつったってるんだ、フーカ。コーヘーにイチロもだ。サクラをオーエンするんだ」

「ジョードノスケ様ぁぁ」これはヒヨッコトリオだ。

「ヴィクトリアァァ」ラッパーもこちらに負けじと、パーカーをぬぎすて声をはりあげる。

あっという間に場内はふたりのオーエンにわき、グラサンハゲたちのヤジがかき消されていく。残り二十秒だった３ラウンドがおわり、インターバルになってもオーエンをつづけているうちに、風花自身、グラサンハゲたちのことをわすれてしまった。

そして４ラウンド、さらに高まるオーエンにおされるようにして、サクラさんがコーナーから飛びだしていくと、ヴィクトリアににげる間をあたえずに、間合いをイッキにせばめた。不意をつかれながらも、そこはチャンピオン、すかさず左ウデをまっすぐのばす。サクラさんの顔面にストレートをくらわすつもりだったのだろうが、残念ながらそうはいかなかった。サクラさんはヒザをぐいと曲げ、頭ひとつ分しずんで、これをかわしたのだ。ふたたびからだを起こすと同時に左フックを放った。ところがだ。

「あっ」

サクラさんの動きをマネながら風花は声をもらす。コブシはヒットしなかった。ヴィクトリアが半歩下がっていたのだ。さらにつぎのパンチをだせるよう、かまえていた。

ヤバい。

そう思ったときにはおそかった。ヴィクトリアが右ウデをのばす。長いリーチがより長くなったように見えた。そのコブシがサクラさんのアゴの先に当たる。かすったくらいだが、ききめはじゅうぶんだった。サクラさんはヨッパライみたいによろけている。足をふんばってバランスをたもたなければ、そのままたおれてしまいそうだ。KO負けにもなりかねない。ヴィクトリアは右ウデをもどしながら、全身をねじり、左コブシを打ちあげてきた。ねらいはおナカの右側にあるカンゾーにちがいない。

オーナー室で動画を見た小町さんと橋本海の試合とおなじ流れだ。やはり小町さんが、橋本海の左アッパーをカンゾーに食らった。

「サクラ、よけろっ」

弾吉が言った。オーエンにくらべたら、ボリュームはひかえめだ。でも低くて通るその声は、まっすぐサクラさんの耳に入ったらしい。サクラさんが上半身をうしろにそらし、右足を引いた。ヴィクトリアの左コブシが下から上へと通りすぎていく。見事な空ぶりである。

　とりあえずよけることはできた。だからといって安心してはいられない。ヴィクトリアは左ウデを元にもどしつつ、右ウデのヒジを曲げ、水平に打ちこもうとしていた。そのあいだにサクラさんはヴィクトリアのふところに入った。からだをしずめ、コシをひねり、左カタをうしろへまわす。

　風花はその動きをマネて、サクラさんがなにをするつもりか、いち早く気づいた。左ワキをしめ、全身を回転させた力を左コブシにのせ、ヴィクトリアのおナカにつきさす。先ほどやられたのとおなじカンゾーだ。

「いいぞ、サクラさんっ。その調子だっ」

「わかってるって、そんなこと」

　サクラさんに代わって風花は答えた。織田公平がへんな顔になったようだが、気にしていられない。

　一発だけで満足せずに二発、三発とつづけざまに打つ。打って打って打ちまくる。ヴィクトリアも負けじと返して、どうにかサクラさんを引きはなそうとする。そうはいくものかとばかりにさらに近づいて打つ。ケショーヒンのコマーシャル？　打つ。パリコレ？　打つ。ハリウッドデビュー？　打つ。ヴィクトリアのはなやかなプロフィールをひとつひとつ打ち消していくように打ちつづけていく。

　４ラウンドも残り十秒、ヴィクトリアのパンチをサクラさんは右によけた。かと思うと、すかさず一歩前にでて、両足をそろえて、百八十度まわった。ヴィクトリアのステップをマネたのだ。さらに左足をふみこみ、右ウデをまっすぐにのばす。ふりむくヴィクトリアは顔にガードをしていなかった。自分の顔をなぐるフトドキモノなど、この世にいないと思いこんでいたのかもしれない。サクラさんの右ストレートがその顔を見事にしとめた。悲鳴に近い声が会場にとどろく。ヴィクトリアのカレシのラッパーだ。そこで4ラウンドがおわった。

　5ラウンドから先、ヴィクトリアはひとが変わったかのようだった。長いリーチをいかして、相手を自分のテリトリーに入れないアウトボクシングを得意としていたはずが、自らサクラさんに近づいて、インファイトでガンガン、パンチを打ちこんできたのである。しかも試合の最中にもかかわらず、ときどき「ファック」とか「シット」とか、はきすてるように言うのがかすかに聞こえた。英語がわからない風花でも、それがキタナイ言葉だとわかった。

「ヴィクトリアさん、ヤバくない?」一路が言った。「完全に目がいっちゃってる。マトモじゃない」

　サクラさんとしてはインファイトに持ちこむのが目的だった。そうすれば自分に有利な試合ができると思っていたからだ。ところがねらいどおりにはならなかった。テクニックならばサクラさんのほうが上かもしれない。だがヴィクトリアはやたら手数が多く、力でおしきる戦い方をしてきたのだ。

サクラさんが連打したら、つぎはヴィクトリアが連打するというくりかえしで、どちらが先にスタミナが切れるか、ほとんど体力勝負と言ってもよかった。オーエンするほうも力が入り、くたびれるくらいだ。サクラさんをマネる風花はなおさらだった。

9ラウンドになってもどちらもたおれず、決着がつかないままだった。ハプニングが起きたのは最終ラウンドをむかえ、ゴングが鳴って三十秒後のことだ。インファイトではげしい打ち合いをしている最中、ヴィクトリアが前のめりで、さらにサクラさんに近づいたせいで、ふたりの頭がぶつかったのだ。ゴツンと音が聞こえたかと思えるほど、強いいきおいだった。バッティングだ。どちらもパンチを打つ手が止まり、フラフラとわかれていく。あいだにレフェリーが入り、試合は一時ストップとなった。

「サクラ、チがでてる。だいじょうぶなのか」

だれにともなく未来が言った。サクラさんの右目から血が流れでていたのだ。コーナーでドクターにみてもらっているのだが、なんともイタイタしかった。まぶたを切ったらしい。それでも試合は続行となった。コーナーをでていくサクラさんをマネて、風花は両手をかまえる。

風花ちゃん。

サクラさんの声がふたたび耳の中で聞こえてきた。

「風花ちゃん」

サクラさんの前で、ヴィクトリアのマネをしたあとだ。すっかりくたびれてしまい、小町さんに今日はもうあがるようにと言われた。服を着かえ、ママがむかえにくるのをオーナー室で待つことにした。未来はすでにきていたが、ソファで卍ににたかっこうでお休み中だ。三月アタマの発表会で、『雪渡り』のかん子役に決まり、風花がヴィクトリアのマネをしているあいだも、雪渡りダンスをおどりつづけて、つかれたらしい。未来がねむるむかいのソファにいると、サクラさんがコンビニぶくろをさげてあらわれた。

「さっきはありがと」サクラさんは風花のとなりにきて、ふくろからガリガリ君をだした。いちばんスタンダードなソーダ味だ。「いま買ってきたんだ。お礼。食べて」

「ありがとうございます。サクラさん、練習は？」

「いったんキューケー。一日中、ボクシングばっかやってさ。いいカゲンあきてきたよ」

ここのところずっと、けわしかった顔がほころび、風花が知るサクラさんに少しもどった。

「風花ちゃんに話しておきたいこともあったし」

「あたしに？　なんです？」ガリガリ君を食べながら、ききかえす。

「『よだかの星』の読書感想文。よかったよ」

ボクシングについて、なにか言われるかと思っていたので、風花は面食らった。

「どこで読んだんです？」

「ウチのむすめはああ見えて文才があるって」

「ママが言ったんですか」

「三日前、ガウンの最終チェックしてたときにね。読書感想文コンクールにえらばれていたのに、公平をなぐったせいでダメんなった話も聞いたよ」

「なぐってません。かわされたので」

「そうだっけ？　ともかくその読書感想文を読ませてくれないかってお願いしたら、その夜、写真にとってＬＩＮＥで送ってきてくれたの」

なにやってんだか、ママは。

親バカもいいところである。

「あたしも高校んとき、おなじ学校にタカみたいのが何人もいてね。さんざんイジメられて、おかげでひきこもりになって出席日数が足りなくて、高校やめちゃったんだ」

「マジですか」はじめてきく話だ。

「あたし、高校をやめたことにずっと引け目を感じてたんだ。でもね」気づいたらサクラさんの手には、スマホがあった。その画面を指先でふれながら、読みはじめたのは、まさに風花の読書感想文だった。「〈やはりよだかは逃げたのではないのです。タカにころされるのがこわかったのは、たしかです。でもそんなタカを相手にするよりも、より広い世界に旅だち、とてもムリとしか思えないことにチャレンジしつづけたのです〉。ここを読んだとき、そうか、あたしはよだかだったんだと思ったの。高校をやめたのはにげたんじゃないんだってね。そしてとてもムリとしか思えないこと、つまりボクシングにチャレンジしつづけてきた。それで正しかったんだって、そう思ったらすっごく気が楽になってさ。風花ちゃんのおかげだよ。ありがと」

礼を言うべきはあたしではない、宮沢賢治だとは思ったものの、サクラさんに気おされ、

「ど、どうも」としか言えなかった。

「でもまだ、自分ののぞみをかなえていない」サクラさんのその言葉は、風花にむけてではなく、自分自身に言い聞かせているようだった。「よだかが星になったように、あたしもチャンピオンにならなきゃ」

サクラさんの身体がぐらりとゆれた。右カタが大きく落ちたのだ。ついにスタミナ切れか。

残り十五秒。

いまのあたしはクジラ小四年一組橘風花ではない。サクラさん本人だ。イジメにあって高校をやめて、美ジュツ品の運送会社で働きだして、自分の試合にオーエンにきてほしいってお願いした美ジュツ館の学芸員とつきあうようになって、そんなカレシとチャンピオンになったらケッコンするって約束をしたサクラさんだ。

ヴィクトリアのパンチを左コブシで内側にはじく。残り十秒。全身のパワーを右コブシに集中させる。サクラさんもまるきりおなじ動きだ。いまやふたりは完全にシンクロしている。そして風花の前にはヴィクトリアがいた。キレイな顔がボロボロだ。一路が言っていたように、目がいっちゃっている。彼女もまた右コブシをまっすぐ前につきだそうとしていた。それよりも早く、風花は、そしてサクラさんもヴィクトリアの顔面めがけて、右ストレートを

打った。

12　風花

「このひとがミクのオネーサンです」

　ノートパソコンの中で七歳の未来が言った。彼女とおなじ小学校で、おなじクラスの友だちが顔をよせあって、こちらを見ている。

「こんにちは。未来といつもあそんでくれてありがとう。姉の風花です」

　つづけて未来が友だちの名前を言う。男の子ふたりと女の子ひとりだ。この三人を四月のおわりに開いた未来のおたん生日会にまねいた話は前にきいている。

「ほんとにミクちゃんのオネーサンなんですか。ぜんぜんにてないんだけど」男の子のひとりが言った。

「なんだ、うたがうのか」未来が口をとがらす。

「ほんとよ」ほんとではない。でも未来の願いだ、ここはウソをつきとおそう。

「シマイだったら、いっしょにくらせばいいのに」とべつの男の子が言う。

「ひとにはいえない、トクベツなジジョーがあるっていったでしょ」

　なにを言っているんだか。風花はあきれた。

「そこってほんとにトーキョーですか」女の子がたずねてくる。

「そうだけど」

「だったら、マドをあけてスカイツリーとかトーキョータワーとか、みせてください」

「みえっこないでしょ」未来がムッとした口ぶりになる。

「おなじトーキョーなのに？」

「おなじエヒメでも、こっからマツヤマジョーはみえないでしょ。それとおんなじ」

そうなのだ。ほぼ二ヶ月前、三月後半に未来は星矢さんとキラキラヶ丘団地を去り、いまはエヒメなのである。

引っ越す前に、未来はぐずりにぐずって大変だった。最後の一週間は風花のウチにとまり、いっしょにくらした。それでどうにか気がおさまったかと思いきや、エヒメへむかう飛行機に乗る直前も、羽田空港でダダをこねた。織田公平と一路といっしょになだめすかし、どうにか送りだした。別れぎわには毎日、スカイプでやりとりすることをちかいあい、何度もゆびきりげんまんをした。

その約束は今日までやぶられていない。たいがいはジムから帰ったあと、夕食の前後が多い。ただ今日はちがう。昨夜のスカイプで話したときだ。明日の朝に友だちがウチにくるから風花をみんなにあわせたい、ただしみんなには風花をトーキョーのオネーサンと言ってしまったので、そういうことにしてほしいとお願いされてしまった。

未来をふくめた四人はクラスの中でとくになかよしで、今日も朝八時に集まり、裏山にタンケンにでかけてきたという。そのことについて風花に話していたのだが、はじめのうちだけで、やがて友だちにむかって話すようになってしまった。いまは四人そろっておナカをかかえて笑っている。

こういうのをカヤの外っていうんだな。

カヤがなにか知らないが、風花はそう思った。平たく言えばハブンチョだ。

あんなにダダこねていたくせに。

スカイプでも、やっぱりフーカとおなじガッコーにいきたい、いますぐにでもキラキラガオカにかえりたいと、なみだぐんでいたものだ。ところが四月に入って、小学校へ通うようになると、未来の話は主に学校でのデキゴトになった。学年は一クラスだけで、三十人もいないらしいが、話すたびにいろんな名前がとびだすようになった。夢中になっておしゃべりするその様子から、たのしくやっているのがじゅうぶん伝わってきた。いつかはスカイプをかけてくれなくなり、風花のみならず、キラキラケ丘の日々をわすれてしまう日がくるかもしれない。

「ごめん、未来ちゃん。あたし、そろそろジムなんだ」

「もう？　はやくないか」

早い。土曜の今日は正午からだ。二十分前にでればじゅうぶん間に合うが、いまは四十分も前だった。

「明日のことがあるから、早めにいかないと」

そんなことはない。カヤの外がイヤで、スカイプを切りたくなっただけだ。

「すごいんだぞ、あたしのネーサン」未来は友だち三人にいばるように言った。「あした、ボクシングのシアイなんだ」

五月第三日曜の明日、ジュニアグランプリの東日本地区予選なのだ。風花にとっては、はじめての試合である。

「オンナのコなのにボクシングやってるの？」男の子のひとりが言う。

「オンナのコがボクシングやっちゃいけないのか」

「ダイエットのためにやってるんだ」と女の子。

「ちがう。たたかうためだ」

「だれと？」べつの男の子だ。

「おのれとだ」

「だれ、おのれって」ふたたび女の子。

「おのれはジブンのことだ」

友だちひとりひとりに未来がツッコミをいれるように言う。おかげで風花はまたカヤの外になってしまった。

「それじゃ、未来ちゃん」

「まてまて、フーカ。シャドーボクシングをみせてくれ。そうすればオネーサンがどんだけすごいのか、みんなもわかる」

未来の言うことをきいてあげることにした。立ちあがって、少しずつ下がっていく。

「ストップだ、フーカ。そこがちょうどいい。みんな、よくみるんだぞ」

風花はワンツーからはじめて、右ストレートから左フック、右ストレートからの右アッパーといくつかのコンビネーションを、シャドーボクシングでやってみせた。

「こんな感じでいい？」一分くらいやってみせて、パソコンの画面をうかがう。

「すごぉい」「かっこいい」「いかしてるぅ」

目を丸くして、ほめたたえる三人に「だろ？」と未来はうれしそうに言う。「これがあたしのオネーサンだ。めっちゃツヨいオネーサンなんだ」

土曜日だがママは朝から会社へでかけてしまった。仕事ではない。サクラさんにまた、つくってほしいものがあるとお願いされたのだ。

ウエディングドレスだ。

バレンタインデーのタイトルマッチは、最終ラウンド残り五秒、サクラさんが右ストレートでヴィクトリアをノックアウトし、ミニフライ級のチャンピオンベルトを勝ち得たのだ。そして晴れて今田弾吉とケッコンする運びとなり、試合直後にママにウエディングドレスをつくってほしいとお願いしたのである。

式がいつかたずねるママに、ドレスができしだい決めたいと思いますとサクラさんは答えていた。そこでママは土日祝日に作業をすすめ、できれば夏までには完成させようとがんばっている。ゴールデンウイークもほぼ毎日、会社にでかけていたが、半分どころか三分の一もできていないらしい。

　手伝ってくれるはずのヒヨッコトリオが、手伝えなくなったというのが大きかった。三人は三人で、やはり土日祝日におなじく会社でコスプレ衣装をつくる教室をはじめたのだ。せいぜい月一で十人くらいに教えるつもりだったのが、参加希望の応募が予想をはるかに上回り、毎週土曜に二十人を相手におこなうことになってしまった。社長はヒヨッコトリオには月々、特別手当をあたえ、平日には順番に休みをとらせている。でもそのおかげで、おなじチームのリーダーであるママにシワよせがきており、秋までにはウチのチームにもうひとり、だれかいれてくれと社長にたのんだらしい。

　それでもママはヒヨッコトリオとはなかよくやっていた。風花をむかえにきたママといっしょに、三人はときどきジムをおとずれ、そろって焼肉を食べにいく。織田公平や一路、サクラさんが参加することもあった。そういうときに風花は、ここに未来がいればなぁと思う。

　まさに未来ロスである。だれしもがそうだったが、風花よりもヒドいひとがいた。松乃進だ。なにしろ未来がいなくなったのにたえきれず、そのさびしさをうめるために、この春からネコをかいはじめた。織田公平を通して、猫の事務所から、ゆずってもらった保護ネコで、黒と茶色がまだらのサビネコだ。ジムにきたときには、やせっぽっちだったが、子ネコではなかった。ひと月半たったいまは、ふっくらしている。

　名前はカコだ。名付けたのは松乃進である。最初はミクだったのを、小町さんにしかられて、未来の反対で過去にしたのだ。ノラだったが、ひとなつっこくて、いまや練習生の人気者である。トレーニングの最中は、オーナー室の中で、ガラスのそばに立ってみんなをながめているか、ソファで未来が使っていたタオルケットをしいてねむっていた。フシギなのは、ねむり方だった。ときどきなぜか、あおむけでねているのだ。しかもそのかっこうは卍みたいで、未来がねているときとそっくりだった。それを見て、未来ちゃんのうまれかわりだと松乃進はなみだぐみ、未来ちゃんだったらエヒメで元気にしているわよと、これまた小町さんにしかられていた。

サクラさんとヴィクトリア、ふたりが右ストレートで打ちあう。だがサクラさんのほうがわずかに速い。その右コブシが顔面にヒットし、ヴィクトリアはヒザからくずれ落ちていった。

「よっしゃあぁああ」何度見ても風花はここでよろこびの声をあげ、ガッツポーズをとってしまう。

試合前日だから、からだをあたためるくらいにしましょと小町さんに言われ、トレーニングは一時間たらずで切りあげた。ウチに帰ってもよかったが明日のことを考えると、ひとりになるのがイヤだった。そこでオーナー室で、サクラさんとヴィクトリアの試合を見せてもらうことにした。BSの生中継を録画したもので、明日にむけて、気持ちをアゲようと思ったのだ。

平べったいテレビの左側にはあいかわらず人体カイボー図がはってある。右側は練習生募集のポスターだが、ニューバージョンだ。サクラさんはドレッドヘアではなく、いまのヘアスタイルで、ママとヒヨッコトリオがつくった浄土之介のコスプレガウンをまとっていた。

　そのポスターのさらに右どなりには、一路がつくった『鯨沼小学校新聞』がアクリルのフレームに入れて、かざってあった。ふつうの新聞とおなじサイズだが、すべて手書きだ。『飛べ！　戸部ボクシングジム！』という見だしの下で、サクラさんがファイティングポーズをとっている。『サクラ選手、チャンピオンベルト獲得なるか？』と書いてあるのは、一月末がしめきりだったからだ。三月に審査結果が発表され、残念ながら一路は努力賞におわってしまった。だが松乃進と小町さん、サクラさんもこの新聞をほしがり、一路からゆずりうけたのだ。

　いまも一路はときどきジムに顔をだす。ぼくはイスの男だからとワケのわからないことを言い、風花や織田公平のトレーニングをビデオカメラでとってくれることもある。だがそれよりもカコと遊ぶ時間のほうが長かった。

　一路の新聞の下にもポスターがはってあった。ヴィクトリアの顔のどアップなのだが、左のほっぺたにパンチを食らって、キレイな顔がダイナシになっていた。みにくくゆがんでいるばかりか、鼻血がでて、口からよだれと血しぶきが飛んでいる。サクラさんの右ストレートを食らったときの写真だ。〈本気の女は負けても美しい〉とギョーギョーしい文字で書いてあるのは、これがケショーヒンの広告だからだ。テレビやネット動画のコマーシャルでは、ほんとの試合のこの場面が流れていた。勝って注目を集めるつもりが、負けてしまったため、それを逆手にとったらしい。しかもママや小町さんの話だと、なかなかの評判で、ケショーヒンの売れ行きもいいそうだ。世の中、わからないものよね、とママが言っていた。まったくそうだ。

「よう」

織田公平がオーナー室に入ってきた。風花よりも三十分ほどおくれて、トレーニングをはじめたが、彼も明日に試合をひかえているので、やはり小町さんに言われ、短めにおわらせたにちがいない。この四月から鯨沼中学校、略してクジラ中に通っているが、見た目には大きな変化はない。でもいまは少しオニーサンに見えた。学生服なのだ。土曜授業で、学校から直接、戸部ボクシングジムにきていたのである。つめえりではなくブレザーだが、ネクタイはしていなかった。

「なにやってんだ、橘」

「サクラさんの試合、見てたとこだけど」

「あ、オレも見たいと思ってたんだ。もう一回、はじめからスタートしてくんないか」

言うことをきくのはシャクだったが、風花ももう一度見たかったので、リモコンのスタートボタンをおした。そのあいだに織田公平はいつもどおり、松乃進のイスにすわった。するとソファでねていたカコがむくりと起きて、あまえた声で鳴きながら、オーナー室を横切り、織田公平のヒザの上に飛びのった。

そしてサクラさんとヴィクトリアの試合を見おわったあとだ。

「一路、明日の試合、こないってさ」カコの頭をなでながら織田公平が言った。「今朝、ジョギングがおわったあと、橘がいなくなってから言われたんだ」

朝六時からのジョギングにまだ一路は参加している。ただしあいかわらずトロい。風花たちより先に走りだすものの、コースのなかばくらいでいつも抜いてしまう。

「なんで？　ジュクでテストでもあるのかな」

「じゃなくて、ほら、アイツ、橋本龍子と文通しているだろ」

「そうなの？」

「知らなかったのか。クリスマスイブに、橘がわたしした橋本龍子の手紙に住所が書いてあったから、年賀状を送ったんだと。するとむこうから年賀状の返しがきてって、そっからはじまったって。サクラさんの試合んときには、アイツ会場でチョコもらってたぞ」

「全然知らなかった」

「マジか。これって言っちゃいけなかったのかな」

「いいよ、べつに。っていうか、なんで一路はあたしにだまってたんだろ」

これまたカヤの外というべきか。なんにせよ風花はおもしろくなかった。

「だけど明日の試合には龍子もでるんだよ。だったらやっぱ、くるべきじゃない？」

「橘と橋本龍子、どっちをオーエンしていいのかわからないそうだ」

「どっちもオーエンすればイイじゃん」

「でもふたりが対戦する可能性は高いわけだし」

風花はいま三十六・二キロだ。なので明日の予選では小学四年から六年の女子、三十四キロから三十七キロのあいだの三十七キロ級に出場する。ぜんぶで十二人おり、トーナメントで二戦勝ちすすめば、龍子と戦うことになる。たしかに可能性は高い。

「ふたりが戦うのを、目の当たりにするのは心苦しいそうだ」

「なに言ってんだか」

「オレもそう言った」織田公平は笑いをこらえているようだった。「オレの試合にはこいとは言っといた。くるかどうかはわからんが」

試合は小学生が午前、中学生と十六歳から十八歳が午後と分かれているのだ。ちなみに織田公平は体重が四十一・二キロなので、三十九キロから四十二キロの四十二キロ級だ。このクラスに出場するのは二十八人もいる。

「橘のお母さん、明日はオーエンにくるんだろ」

「もちろん」

「橘のこと、心配してるか」

「それはまあ」ママは口にだしては言わない。でも自分を見る目でわかった。心配させないためには強くならなくちゃいけないと言ったのは織田公平だ。でもそこまでは強くなれていない。

「いいな」織田公平がつぶやく。どこかうらやましそうでもあった。

どうして両親がいないのか、知りたいとは思う。でもたずねたことはなかった。風花だってどうして父親がいないのだときかれても、こまるからだ。高速道路で玉つき事故に巻きこまれた事実を話したところで、カワイソーとか大変だったでしょとか、うわべだけの同情をされてオシマイだ。それがイヤでたまらなかった。

「ママ、織田くんもオーエンするって言ってたよ」

「え？　ああ、そっか」

「それとそう、宮本先生もくるって」

　織田公平が小学六年のときの担任で、いまは風花のクラスを受け持っている。

「宮本先生が大学までボクシングやってたの知ってた？」

「知ってるよ。でもめっちゃ弱かったんだぜ。なにしろゼロ勝八敗一引き分けだからな」

　その話も宮本先生本人にきいた。

「戸部ジムにまた通えってオレに言ったの、あのひとなんだ」

「そうだったの？」その話は宮本先生にきいていない。

「ジムで橘になぐられてこい、そうすれば、おまえも目をさますはずだって。なに言ってんだと思ったけど、ジムにいったんだ。そしたら橘、破門になってんじゃん。それじゃ、オレがジムにもどる意味がないから、オーナーにドゲザしたよ、橘を許してくれって」

　そうだったのか。

「ありがと」

「なにが？」

「おかげで破門が解けたわけだし」
「いま、その礼？　おそすぎね？」

翌朝はいつもどおり六時に起きた。そして三十分後にママとウチをでて、鯨沼駅にいくと、松乃進に小町さん、織田公平、そしてマコト先生もいた。

ジュニアグランプリ東日本地区予選の会場は、三回電車を乗りかえ、もより駅からバスに乗らねばならなかった。東京を西のはしから東のはしまで横断したようなもので、九時十分前にようやくたどりついた。

会場はボクシングジムだった。戸部ジムのようにビルのワンフロアでもなければ、橋本ジムのように工場を再利用したものでもなかった。三階建ての立派な建物で、一階が事務室、更衣室、シャワールームにロッカールーム、二階はベンチプレスや腹筋ベンチ、バーベルセット、ランニングマシンやエアロバイクなど、設備が充実したトレーニングルーム、三階はサンドバッグにパンチングボール、そしてリングがあった。試合はもちろん、このリングでおこなわれる。

一階の事務室で受付をすませると、二階の一角で検診と計量をおこない、問題がなかったので、三階へあがる。そこには想像以上にリッパなリングがあった。

観客席はとくにない。リングのまわりでジムごとにひとかたまりになるのだが、あらかじめ場所が決まっておらず、早い者勝ちだ。戸部ジムはリングの青コーナーの近くにじんどっていた。

　するとちょっとしたさわぎが起きた。サクラさんがやってきたのだ。もちろん風花と織田公平の試合を見にきたのだが、女の子から黄色い声があがり、スマホで写真をとられてもいた。そのあとヒヨッコトリオが知らないオバサンを連れてあらわれた。ママの会社の社長さんだった。今日のために、ママはソデなしであわい青のシャツと、真っ赤なトランクスをつくってくれた。そのトランクスに『浅利洋裁』とワッペンが付いていた。なんとママの会社は戸部ボクシングジムのスポンサーになっていたのだ。つづけて宮本先生と、なぜか風花が四年のときの担任、小松先生がいっしょにきた。

「橘さんがまだボクシングをやっていたなんて、おととい聞いておどろいたわ」あいさつもそこそこに小松先生に言われ、風花は面食らった。「去年、電話をしたとき、いくら本人がやりたいと言っても、そんな小さいころからボクシングなんてキケンなスポーツを習わせるのはどうなんでしょうっておウチの方に言ったのに」

　おウチの方はママしかいない。小松先生のうしろに立っていたが、そしらぬ顔をしていた。

「橘よりも小さい子たちも今日の大会にでるぜ」織田公平がおこったように言う。

「いや、だからね」宮本先生があいだに入ってきた。「小松先生にはボクシングはたしかにキケンなスポーツかもしれないが、そのためにどれだけ注意をはらっているかをわかっていただくためにお連れしたんだ」

「なんであれ自分の目でたしかめたほうがイイと思いましてね」

「というわけだ。がんばってくれよ、橘さん。織田もな」

　十時半から開会式がはじまった。見たことのないオジサンたちが入れかわり立ちかわり話すのを聞いているうちに、風花はマドの外にあるスカイツリーに気づいた。けっこう間近だ。試合がおわったらママにスマホをかりて、スカイツリーをバックに自どりしよう。未来のオネーサンがトーキョーでくらしているショーコ写真だ。これを星矢さんにＬＩＮＥで送ればいい。

「なににやついているのよ」

　わ。わわわわ。

橋本龍子だ。となりにいたのだ。はじめて橋本ジムへいったときも、やはりおなじように、いつの間にか立っていたものだった。会うのはひさしぶりだ。前より勇ましさが増している。

「ずいぶんヨユーじゃない」

「そ、そんなことは全然」

　風花の顔の前に龍子は指を二本立てた。目つぶしでもされるのかと思ったが、ちがった。

「二試合、勝ちすすめば、あたしと対戦できるからね。負けたらゆるさないよ」

「あなたこそ負けないように」

　いけね。言わないでいいことを言ってしまった。龍子はギロリと風花をにらみつけたものの、「フン」と鼻を鳴らし、そっぽをむいただけだった。

第一戦はおなじ小五で、会場であるジムの練習生だった。ゴングが鳴ると風花に近づき、左ストレートを打ってきた。もっと間合いをつめてから打てばいいのに。しかもスピードがゆるく、どう飛ばしてくるかも読めた。風花が右コブシでパンチをはじくと、相手はあっさりバランスをくずして、グラついた。チャンスだと思うよりも先に、風花のからだは勝手に動いた。すかさず左フックを打ったのだ。きれいに顔に入り、相手はたおれ、そのまま立てなくなった。しばらく風花はまごついた。人生はじめての試合にこうもあっさり勝つとは思ってもいなかったからだ。ジムのタイマーを見たところ、試合時間は十二秒ちょっとだった。

「よかったぁ」みんなのところにもどると、ママがだきついてきた。よかったのは勝ったことではなく、無事だったことにちがいない。「この調子でがんばって。心配してソンしたって、ママに思わせてちょうだい」

「わかった」と返事はする。そうはウマくいくはずがないのだが、ママを安心させるために、そう答えておいた。

リングではつぎの試合がはじまっていた。赤コーナーから龍子が飛びだしている。海の声がしない。彼女は黒のテープで×をしたマスクをはめていた。

なんだ、あれ？　と思っていたら、リングの上では決着がついていた。龍子が左ストレート一発で、対戦相手をしとめてしまったのだ。タイマーを見ると十秒を切っていた。

リングの上から龍子が風花を見ている。

どうよ？　いつもどおり表情はなきにひとしい。でも目はそう言っていた。

だからなに？　という気持ちでにらみかえしたが、通じたかどうかはわからない。

第二戦の対戦相手は一学年上の小六だった。リングの真ん中でむきあったとき、風花はちょっとビビった。かまえが決まっていて、ステップにムダがなく、強さが伝わってくる。ヘッドギアの中から、くりっとした目でこちらを見ていた。ボクサーよりもアイドルを目指したほうがいい顔だが、去年はこの予選で準優勝した選手だという。つまり決勝戦で、龍子に負けてしまったのだ。事前に小町さんが仕入れてきた情報によれば、勝ちにいくというよりも、テクニックを見せつけ、ポイントをかせぐタイプらしい。

ジャブを数発、飛ばしてくる。当てにきたのではない。風花がどうでるか、ためしたようだ。それにしても速い。何度か当たりかけて、ステップの足がみだれてしまった。落ち着きを失いかける。

キックキックトントン、キックキックトントン。

風花はやや下がって、みだれた足をととのえようとしたところに、相手の左コブシが飛んできた。あやうく顔にあたりそうだったのをさらに下がってよける。

ヤバッ。

相手のからだがしずんだのだ。風花はすかさず右ヒジをからだにつけ、上体を左にまわす。そのヒジに相手の左ストレートが当たった。けっこうなパワーだ。みぞおちにでも食らっていたら、ひとたまりもなかった。アゴを引き、右フックを打ったはいいが、足がまだみだれており、からだがブレブレだった。全身の力がバラけていき、おかげで気の抜けたパンチになってしまった。左のほっぺたに当てたものの、まるで手応えがない。相手はぴくりともせず、ふたたび右ストレートで風花の顔をねらって打ってきた。左ヒザを曲げ、右カタをまわし、相手のパンチはかわせた。すぐさま内側から左ストレートを打ち返せば、ダメージをあたえることができるはずだ。でもまだ、からだがブレていたのであきらめざるをえなかった。ひとまず相手からはなれて、体勢を立て直す。

よし、またフックでいこう。

今度こそイケると思いきや、そこでゴングの音が聞こえてきた。

もうおわり？

「風花ちゃん、1ラウンド一分だからな。もっとガンガンいかないと、ポイントがつかないまま判定負けしちまうぞ」

コーナーにもどるなり、松乃進に注意された。

「はい」わかっている。

「だからってあせっちゃダメだからね」と小町さん。

「はい」それもわかっている。

ではどうやって戦えばいいのだろう。考えがまとまらないまま、2ラウンドがはじまってしまった。まずは松乃進の言うとおりにガンガンいくつもりで、間合いをつめようとするものの、ウマくいかない。風花がどれだけ打っても、ウィービングとダッキングで、ひょいひょいとかわされてしまう。

あたしのパンチを利用して、ディフェンスのウマさを審査員にアピールしている？

そうにちがいない。ヘッドギアの中の顔をあらためて見る。

かわいい顔して、あざといことしやがって。かわいい顔だから、あざといことをするのか。

あせっちゃダメだと今度は小町さんの言葉にしたがい、せめるのをやめ、ステップをふみながら様子を見ることにした。するとまた1ラウンドとおなじように、相手のからだがしずんだ。また左ストレートでみぞおちを打ってくる。いや、打たなかった。すぐさまひっこめた。フェイントだとわかったときにはおそかった。顔面に左のコブシがむかってきた。当たった。顔から全身にショーゲキが走る。両ヒザがかくんとなったかと思うと、しりモチをついてしまう。

なんてこった。

レフェリーがカウントをとりはじめる。

ち、ちがうんです、うっかり座っちゃっただけで、やられたわけではないんです。

できればそう言いわけをしたいところだ。でもそうはいかない。そそくさと立ち上がる。

「試合はつづけられるかい」

「だいじょうぶです」レフェリーに答えつつ、自分にも言い聞かす。だいじょうぶ、だいじょうぶ、あたしはだいじょうぶ。だいじょうぶ、だいじょうぶ、だいじょうぶだよ、ママ。

あと十五秒。

キックキックトントン、キックキックトントン。

全身がカッカと熱くなってきた。グローブの中でにぎりしめた両手がふるえだす。うなっているのだ。相手は手をだしてこない。一発決めて、風花にしりモチをつかせた。けっこうなポイントだ。これから先、なまじ手をだすよりも、残りは逃げ切ったほうがいいと思っているのだろう。

おまえの思いどおりにさせるものか。

風花は正面に立って右カタを前にまわす。相手は両ウデをあげ、ディフェンスのかまえになった。かかった。右ストレートがくると思っているのだ。フェイントにはフェイントだ。すかさず左ウデを引き、ヒジを折る。コブシをタテにし、上体を前にたおすと、コシをひねった。そのときになって風花のねらいに気づいたようだ。あわてて両ウデを下げようとする。だがもうおそい。風花の左コブシはおナカの右、カンゾーをとらえた。ボクシングはからだの外を打っても意味がない、中をねらって打つんだ。松乃進の教えだ。

「うぐっ」

かわいい顔にはあまりそぐわない、うめき声が聞こえてきた。

3ラウンドはなかった。

風花の左フックをカンゾーに食らった対戦相手は、苦しそうにコーナーへもどってイスにすわったはいいが、うなだれたままで動かなかった。セコンドやレフェリー、審査員、さらにはドクターまでかけつけ、これ以上、試合をつづけることはできないと判断された。つまり風花は二勝をあげたのである。

「すごいな、橘さん。自分のクラスの生徒がこんなに強いなんて、ほこらしく思うよ。まったくもってたいしたもんだ」

宮本先生だけではなく、二勝した風花をみんながほめてくれた。でもうれしくなかった。自分のパンチでぐったりとなった相手を見るのは心苦しかった。とんでもないことをしでかした気がしてならない。

「こわいの？」小松先生にきかれ、風花はたじろいだ。自分のいまの気持ちを見すかされたからだ。

「なんでわかったんです？」

「織田くんたちとモメたときに、言ってたじゃない。まさかあんなふうに、やっつけることができるなんて自分でもビックリした、ほんとに起きたことなのかとこわくなったって」

そうだ。たしかに言った。

「なぐったふたりのことを心配してもいたわ。いくらなんでもやりすぎたって、翌日、あやまりにもいった。いま、たおしたあの子に対しても、おんなじ気持ち？」

「はい」

「だったらどうしてボクシングをしているの？　相手をたおしたら、よろこぶべきでしょ。

いちいち気にしてたら、勝てないんじゃない？」

「むすめは自分がしたいことをしているだけです。クラス担任でもないあなたに、とやかく言われるすじあいはありません」

ママが口をはさんできた。いかりをおさえきれずに、目が三角で鼻息があらい。

「自分がしたいことをしているのであれば、なおのこと本人に答えてもらいたいわ。教えて、橘さん」小松先生はくりかえし、たずねてきた。「どうしてボクシングをしているの？」

「いま答えさせなくていいでしょう」宮本先生がこまり顔で、声をひそめて言う。「橘さんはこれから先、まだ試合があるわけですし」

「だいじょうぶです」風花は小松先生の質問に答えることにした。とはいえ頭の中で整理はできておらず、思ったことを口にしていくしかなかった。「戦っているときは相手をたおすので必死なんです。他になにも考えられません。考える前にからだが動くこともあります。でもいまみたいにたおしたら、相手がかわいそうで、自分がこわくなってくるんです。だからといって、ボクシングをやめる気はさらさらなくて、それどころかもっとトレーニングをつんで強くなりたいと思うんです。まったく反対のふたつの気持ちがあたしの中で順ぐりに起きてくるんです。どちらもあたしで、どちらかがなくなったら、あたしじゃなくなっちゃうようで」

小松先生と宮本先生、ママ、さらにはまわりにいたみんなが自分をマジマジと見ているのに風花は気づいた。

「す、すみません。なに言ってんですかね。あたし」

「どんなひとでもイイとことワルいとこがある」織田公平がフォローするように言う。「ってことか」

「そ、そうかもしれない。うん。たぶんそう。あ、でもふたつの気持ちのどっちがイイのかワルいのかはわからないけど」

「私は暴力がきらいなの」小松先生が言った。「暴力を正当化するものはみんなきらい」

「ここでそれ、言います？」

「でもね」宮本先生をさえぎり、小松先生は話をつづけた。「橘さんが戦うすがたを見ていたら、がんばれ、負けるな、相手をたおせって、知らないうちに思っていたわ。私にもまったく反対のふたつの気持ちがあって、どっちがイイのかワルいのかはわからない。でもいまはただ、あなたにがんばってほしいと思っている」

「風花っ」声のしたほうをむくと、龍子がずんずん近づいてくるのが見えた。

「つぎはおまえだからな」

「え？」

「え？　じゃないよ。見てただろ、いまの試合」

「ごめん」

「見てなかったのか」龍子はグローブをはめたままの手をコシにあてる。「なにやってたんだ。ライバルの試合くらい、ちゃんと見とけよ」

「勝ったんだよね」

「勝ったよ。あたりまえだろ。だから、つぎはおまえだからなって言ったんだ。ぜったい負けないからな」

「お、おたがいがんばろうね」

「なんだよ、それ。もっとあたしをチョーハツするようなこと言わなくちゃダメだろ。ジュニアグランプリにでて、あなたをマットにしずめてやるわっ、カクゴなさいとまで言ったの、わすれたのか」

「そんなこと言ったの？」

「それはあの、うん」小町さんにきかれ、風花はしどろもどろになる。

「チョーシくるっちゃうなぁ。さっきの相手みたいに、おまえも病院送りにしてやるとか言えない？」

「病院送りにはなってないぞ。医務室で横になってただけだ。見ろ、もどってきた」

松乃進の言うとおりだ。おなじジムのひとたちにかこまれ、「だいじょうぶ？」「よくがんばった」などと声をかけてもらっている。

「あの子にあやまってきていいですか」

「あやまるのは変よ」小町さんに注意された。「風花ちゃんは実力で勝ったんだし。だいじょうぶでしたかってくらいで、またどこかで戦いましょうってところかな」

「いや、だからさ」龍子が風花の行く手をはばんだ。「まだ言ってないだろ。あたしをチョーハツする言葉」

めんどくさいなぁ。

やむなく風花はファイティングポーズをとって、こう言った。

「おまえにむかって、あたしのコブシがほえるんだ。気をつけな」

「いい。いいよ。意味よくわかんないけどカッコイイ。あたしもやる気がでてきた」

「きゃっ」

うっかり女の子みたいなさけび声をあげてしまった。女の子だからしかたがないのだが、リングの上でだす声ではない。1ラウンドがはじまってすぐだ。風花としては自分から先に打つつもりが、龍子のほうが早かった。ノーモーションで左ストレートを風花の顔面めがけて飛ばしてきたのだ。

コブシを顔につけ、両ウデでパンチを受け止める。左のつぎは右、最後にまた左ストレートがきた。ガードをしているにもかかわらず、三発目はキョーレツで、けっこうきいた。できればウデをもとにもどしたい。だが龍子はストレートを連打してくるため、思うようにはいかなかった。

「ボディ、ねらわれるぞっ」松乃進がさけぶ。

そっか。顔を守るのに必死になりすぎて、ムネから下、ガラ空きじゃんか、あたし。

それが龍子のねらいにちがいない。すぐさま前足をおしけって、後ろ足で下がる。龍子の左ウデが九十度に曲がって水平になっていた。あぶなかった。まさに左フックをボディに打ちこもうとしている。ピンチではあるものの、龍子の顔の左半分が丸見えなのはチャンスだ。間合いをちぢめ、クシざしの自分をイメージしながら、右のかかとをあげ、からだの右半分を前方にまわし、体重を左足にかけ、右ウデをまっすぐ前へのばす。

リーチはじゅうぶん、龍子の顔の左半分にガツンと食らわすことができるかと思いきや、風花の右ストレートは彼女の左カタの上を通っていった。インサイドのダッキングでよけられてしまった。

なんだよ、チクショーッ。

なんてくやしがっているヒマはなく、左ストレートを飛ばそうとしたものの、それより先に龍子が左フックを、ボディではなく顔めがけて打ってきた。これは右ウデの前でガードする。頭からはなしていたので、ショーゲキをやわらげることもできた。

だがつづけざまに龍子の右ストレートが飛んできたではないか。左ウデでガードするか、それともバックするか、まよってしまい、からだがゼロ・コンマ何秒動かなくなった。なんとか上体だけをそらし、右足を引いて、パンチをよけることはできた。

「おぉぉおおおぉっ」

なんだ、どうした。

リングのまわりから声があがる。ヘッドギアの中で、龍子も意外そうな顔になっていた。

よけただけなのにどうした？

でも気にしてはいられない。龍子が右ウデをもどすのとおなじタイミングで、風花もからだを元にもどす。さらにバックしようかと思ったが、自分と龍子のあいだがごく近いことに気づく。これをのがす手はない。

いける。

そう思ったときには左足をふみこんでいた。上体をひねって右ウデをまっすぐ前へ。やった。右のコブシは龍子の左のほっぺたに当たったのだ。もちろんヘッドギアを被っているので直ではない。それでも龍子はよろけた。風花はさらに前にでて、右ストレートをもうイッパツお見まいする。でもこれは失敗だった。まちがった。さっきほどきいていない。ヒットはしたが、龍子がうしろにさがっていたからだ。ここはおなじ右ストレートでも、ヒザを曲げておナカの左、イブクロを打つべきだった。くやんでもどうしようもない。

風花のリーチがとどかないところで、龍子は基本のかまえで、前後に軽くステップをふんでいた。あんたのパンチなんて、どうってことなかったわよ、とでも言いたげな顔で、風花を見ている。

そこで1ラウンドはおわってしまった。

「どういうこと？」

コーナーにもどってイスに座ると、小町さんがたずねてきた。

なにかしでかしちゃったのかな、あたし。

「龍子ちゃんの右ストレートをスウェイバックでよけただろ」松乃進がつづけて言う。「いつの間にあんなワザができるようになってた？」

だからあのとき、おどろきの声があがったのか。

「やろうと思ってやったんじゃないんです。あれはあの、どうディフェンスすればいいのかわからなくて、からだをそらすだけしかできなかったんです」

「たまたま？」と小町さん。

「はあ」

「あのあとすぐに右ストレートを打ってたのは」これは松乃進だ。

「こんくらい近ければ、ウデがとどくんじゃないのかなぁと思って。そんだけです」もう一度やれと言われても、できるかどうかわからない。

「なにも考えずに、からだが勝手に動くの？」

「ちゃんと考えながらやっています」風花は少しむくれた。小町さんにはその気はなくとも、バカにされたように思えたからだ。「あ、でもそうだ、小町さん、むかしの試合でおんなじことしてましたよ。その動画をマネてたんで、からだがおぼえていたのかもしれません。変ですか、あたし」

「変じゃないわ」「変だな」小町さんと松乃進の声がそろう。

「お父さん」「オレはいい意味で言ったんだ」

いい意味でヤバいとか変とか言われても、全然うれしくないっていうの。

あれ？

　おかしい。

　2ラウンドがはじまってしばらく、龍子が打ってこないのだ。おたがいのパンチがギリギリとどきそうなところでステップをふんで、こちらの出方を待っているようだった。

　どうしよう。

　リング中央で、見あっているうちに十秒が過ぎようとしている。風花は前にでてパンチをくりだすが、龍子は後ずさっていくばかりだ。いつしか龍子のうしろにはロープが間近にあった。風花にとっては有利ではある。ただしどれだけ打ちこんでも、龍子のディフェンスはかたく、顔にもボディにもまるでヒットしない。

　マズい。つかれてきちゃってるよ、あたし。

　そう思ったとき、目の前から龍子が消えた。そんなはずがない。

　左だ。

　左にぬけていったのだ。

　そう気づいたときには、龍子の左コブシがカンゾーにつきささってきた。

　小町さんにサクラさん、織田公平、そしてよそのジムの練習生とスパーリングをして、何発も食らってきた。だがここまでキョーレツなのはなかった。

　しかもまだつづきがあった。龍子がふたたび左コブシで打ってきた。今度はアゴにチョクゲキだ。ディフェンスもなにもできやしない。マコト先生がつくったマウスピースをかみしめる。去年のマスボクシングの最後とおなじだ。いや、ちがう。アッパーを打つときの動きがずっとコンパクトになっていた。なのにパワーは増し増しだ。

「風花っ」

ママだ。いまにも泣きそうな声だった。

ごめん、ママ。あたしはまたママを心配させちゃっている。

「橘っ。たおれんなっ」

つづけて織田公平のさけぶ声が聞こえる。いつもみたいにエラそうではない。

「ふんばれっ。ふんばって立ってなきゃダメだっ。いまたおれたら、もう立てなくなるぞ」

そんなのイヤだ。負けたくない。勝てないかもしれないが、負けたくもない。龍子のうしろにスカイツリーが見える。

未来に見せてあげたいな、スカイツリー。できればいっしょにいきたいよ。

ボクシングとは関係ないことが頭をよぎっていく。今日もまた未来はクラスのなかよしとボーケンにでかけているだろうか。未来がここにいなくてよかった。こんなすがたを未来には見せられない。

未来にとっては、めっちゃツヨいオネーサンでいたいんだ。

「キックキックトントンッ」

未来の声がした。空耳か。アゴを打たれたせいで、ノーミソがどうかしちゃったか。

「キックキックトントンッ」

また聞こえた。

「キックキック」右足を前に二回だして、「トントン」二回ふむ。「キックキック」今度は左足を前に二回だして、「トントン」二回ふむ。

立てた。

カンゾーもアゴもイタいし、頭はクラクラする。でも風花はまっすぐ立っていた。はなれたところに立つ龍子は、ヘッドギアの中で目をパチクリさせている。

「なにぼんやりしてんだい、龍子っ。せめなっ」

海がどなるのが聞こえた。今日はじめてだ。こらえきれずに×マスクを外したのかもしれない。龍子はウデをかまえ直す。風花もだ。だがそこでゴングが鳴った。

空耳ではなかった。未来がいた。星矢さんもいっしょだ。いつの間に？　とは思うがいまはそれどころではない。コーナーへもどり、小町さんがだしたイスにたおれこむようにすわる。Tシャツもパンツも汗でびっしょりだ。

「口あけて」小町さんが風花の口からマウスピースを外す。つづけてペットボトルの先をくわえさせられた。「のまないのよ。うがいだけ」

言われたとおりにする。そして松乃進がさしだすプラスチックの器に水をはきだした。

「まだできる？」

「やらせてください」

小町さんの問いに、風花は食い気味に答えた。ヘトヘトだ。だけどまだまだ戦える。グッグッ血がにえたぎっているようで、全身が熱くてたまらない。龍子をロープぎわまで追いつめたときに、パンチを打ちすぎたのはマズかった。ちがう。追いつめたのではない。あれは龍子がさそいこんだのだ。

　あたしったら、とんでもないアンポンタンだよ。

　龍子は強いだけでなく、どう戦うか、計算もきちんとできている。風花にムダ玉を打たせ、つかれさせるだけでなく、ダッキングでぬけて死角へ移り、左ストレートでカンゾーを打ち、前かがみになった風花のアゴを左アッパーでＫＯするところまで、シナリオはできていたのだ。もちろん主役は龍子で、ワキ役の風花はここで退場のはずだった。

　ところがそこに飛び入りゲストがあらわれた。未来だ。まさか龍子も未来の「キックキックトントン」で、風花がふんばってしまうとは思ってもいなかったのだろう。ジ・エンドのはずが、タイトルロールがおわって、つづきをにおわすエピソードがくっついていたみたいなものだ。

　ちがうかな。

　なんにせよつぎが最終ラウンドだ。

「ツメがあまいんだよ、おまえは。あとイッパツなぐってたらノックアウトできたのにさ」

反対側のコーナーで海がどなっている。「ひとりで平気だ、口をだすなって、こんなマスクを私につけさせてさ。なのにあんな弱っちぃの相手に3ラウンドまでかかるなんて、全然なっちゃないよ」

弱っちいのってあたしだよな。聞こえてますよと言ってやりたい。

「こっから先は私の言うとおりにやるんだよ」

「うっせぇ。試合中に一言でも言ってみろ。ウチでてってやる。あんたのしてることはギャクタイだって、何度言ったらわかるんだ、このドク親っ。あんたはじいさんのシゴキにあって、その仕返しをあたしにしてるんだ」

「龍子っ。おまえ、母さんになんてことを」父親の淳二がとがめるように言う。

「母さんがあたしになにしたって、知らんぷりしてるくせして、あたしが母さんに文句言ったら止めるってどういうこと？　父さんもきらいだっ。あんたらふたり、大っきらいだっ。あたしはあたしのボクシングをする。あたしはあたしで強くなりたいんだっ」

龍子のブチ切れぐあいがハンパではない。だいじょうぶかと心配になってしまう。

「ああいうのは家でやってほしいよな」風花の気持ちを見すかしたように、松乃進が言った。

「あんなケンカされちゃあ、気がチるっつうの」

「風花ちゃんは戦うことだけに集中するのよ。いい？」小町さんがマウスピースをまた風花の口にはめる。「みんなそれぞれ事情がある。でもリングの上では、おなじボクサー同士だわ。強いほうが勝つ。それだけよ」

「泣いても笑っても残り一分だ」と松乃進。

「試合のあいだに、泣いたり笑ったりしないでしょ」小町さんがつっこむ。

「橘っ」織田公平によばれた。リングの下、ごく間近にいた。「いいかっ。自分を信じるんだ」

「ミクもフーカをしんじるっ」そのとなりで未来が言った。「フーカはぜったいかてるっ」

あたしもあたしを信じよう。

ゴングとともに龍子が前かがみでせまってくる。いや、つっこんできたと言ったほうが正しい。いきなり接近戦だ。何発かジャブでも打ってから、左右どちらかにサイドステップし、よりいいポジションに立って、有利なコーゲキができるようにするのがふつうだ。ところがいまの龍子は、真正面からむやみやたらにパンチを放ってきた。まるで両親へのウップンを風花にぶつけているようだった。

右にも左にもうしろにもステップをふむ。でもダメだった。龍子は一定の間合いを保ちながら打ちつづけてくる。ヒザを曲げ、足を使ってウィービングやダッキングでポジションをうつろうとしても、絶え間ないパンチで動けなくなってしまう。ブロッキングで、なんとか打たれないようにするのがセイイッパイだった。

コーゲキにでるためには、ブロッキングをやめるしかない。だがそこで顔面にパンチが飛んでくるのはまちがいない。マッドドッグこと海が、そうやって相手を負かした試合の動画を見たことがあった。いまの龍子はまるきりおなじだ。あたしはあたしのボクシングをするんだと言いながら、結局は母親とおなじとはどういうことだ。あるいは自分でも気づかぬうちにしているのかもしれない。それだけからだにシミついてしまっているのだろう。なんにせよ、このままだとボディにフックかアッパーをくらってオシマイだ。それではいくらなんでもみっともない。ならばダメ元でコーゲキしよう。そのほうがまだマシである。両ウデを下げると同時に、龍子の思いもよらないポジションへいけば、なんとかなるかもしれない。

右も左もうしろもダメなら残るは。

龍子の左カタがまわる。ストレートだ。まともに食らったらひとたまりもない。だが風花はカクゴを決め、顔から両ウデを外した。ただしワキはしめたままだ。うしろにあった左足を右足に引きつけ、さらに大きく一歩ふみだし、風花から見て龍子の右横に入る。龍子のストレートが顔の左側をかすっていくのを感じながら、風花はハンゲキにでた。

さらにワキをしめ、コシを回転させつつ、ほんの少し内側にたおした左ウデを、真上に思いきりのばす。たしかな手ごたえがあった。

マジですか。

左のコブシは龍子のアゴをとらえた。ここまでウマいことできるとは思っておらず、自分自身おどろいてしまう。だが龍子も負けてはいない。二、三歩あとずさりしながらも、すぐさまファイティングポーズをとった。

のこり五秒。風花はまよった。バックステップで逃げてもいい。ところがだ。

こいっ。

龍子の目がうったえている。

最後の一勝負だっ。

のぞむところだよ。おまえにむかって、あたしのコブシがほえるんだ。気をつけな。

「よせっ」「やめろ」「にげなさい、風花っ」「フーカッ」「つまらんチョーハツにのるな、橘っ」

だれしもが引き止める。

だが風花は前にでる。龍子もだ。いばらの道こそわが道なり。

風花は左ストレートを打つ。龍子の顔面にヒットするはずが、その右カタの上を通りすぎてしまう。動きを読まれていたのだ。マズいと思ったときには、頭がバクハツした。そんなはずがない。だがそれくらいのショーゲキだった。右のこめかみに龍子の左フックをモロに食らっていた。

〈もうよだかは落ちているのか、のぼっているのか、さかさになっているのか、上を向いているのかも、わかりませんでした〉

立っていられなくなった。両足がからんで、しりモチをつき、さらにはうしろへたおれた。

負けちゃった。

風花はさっぱりとした清々《すがすが》しい気持ちだった。

自分を信じるんだ。織田公平に言われ、信じた結果がこれだ。しようがない。

〈ただこころもちはやすらかに、その血のついた大きなくちばしは、横にまがっては居まし

たが、たしかに少しわらって居りました〉

「フーカッ。しんじゃダメだっ」

未来が言うのが聞こえた。死んでないよと言い返そうとすると、ママが顔をのぞきこんできた。目が赤い。泣いているのだ。

あたしが心配でリングにあがってきちゃったんだな。

まだ頭がぐらぐらする。それでもなんとか上半身をおこす。するとママは風花のヘッドギアを外した。そして自分のほっぺたを、風花のほっぺたにピタリとつける。

「よくがんばったわ」

みんなが見ている前ではずかしいとは思う。でもママのほっぺたは、とてもあったかくて気持ちがよかった。全身のいたみが引いていく、なんてことはさすがにないにせよ、安心はできた。

ふと見あげると龍子と目があった。せっかく勝ったのだ、もっとうれしそうにすればいいのに、フシギそうな顔つきで風花を見ている。どこかうらやましそうでもあった。

「負けてしまったのは残念だった。でも橘さんにとって、これは大きなステップアップです。さらにトレーニングを重ねて」

「おまえが言うな」一路の頭を織田公平が軽くはたく。

「な、なんですか、織田さん」

「だから橋さんと橋本さんが戦うところを見るのが、しのびなかったんですよ。実際にふたりは戦ったわけですし。午後の織田さんの試合は橘さんの分もオーエンしますので」

風花はいまからマコト先生のふたごのお姉さん、マサコ先生の病院へむかう。いくらだいじょうぶだと言っても、ママがゆるしてくれなかったのである。未来と星矢さんもいっしょにいくことになった。

龍子のつぎの試合は見た。相手を2ラウンド目で二度ダウンさせ、全国大会進出が決まった。風花はすなおにその勝利をよろこんだ。おめでとうと一言言いたいくらいだった。

ここは会場であるジムの玄関口だ。風花が帰るので、みんなが見送りにきている。マコト先生がいないのは、オーエンの場所を確保しているからだ。小町さんにたのまれたのだ。

「がんばってね」

「橘があんだけがんばったんだ。オレもがんばらなきゃ、ダメだよな」

「いい知らせ待ってる」

「あんまりプレッシャー、かけないでくれ」

織田公平が笑う。風花もつられて笑った。

「ごめんな、フーカ」バスに乗り、二人がけの席にすわると、未来が突然あやまった。「ミクがもっとはやくきていれば、フーカはタツコにかてたのに」

「どうして？」

「あたしがチャンピオンになったのは、未来のおかげよ、勝利の女神だわって、サクラさんに言われたのを真に受けちゃったのよ、この子」星矢さんが言った。うしろの席にママとすわっている。「昨日、風花ちゃんとスカイプで話したあと、やっぱりオーエンにいくって言いだしてきかなくてさ。今朝七時半の松山空港発の飛行機で飛んできたってわけ。羽田に九時くらいで、ギリ間にあうと思ったんだけどね」

「つぎのシアイは、ちゃんとはじめからいる」

「わかった。よろしくたのむよ」

「だからといってフーカ、トレーニングをサボったりしたらダメだからな。ショーリのメガミはがんばったひとにだけ、ほほえむんだ」未来はにっこり笑ってみせた。「サクラもそうだったろ」

「わかった。がんばるよ」

「ウソでしょ」星矢さんが言った。なにかと思って、うしろをむくと、マドの外に歩道を猛ダッシュで走る龍子が見えた。バスを追っかけている。少しおくれ気味ではあったが、バスが赤信号でとまると、追いつくことができた。だが龍子には休む間はない。信号が青になり、ふたたびバスは走りだしたのだ。龍子はなおも追いかける。ウマイぐあいに十秒もしないうちにバス停があった。そこでバスがとまると、龍子が乗りこんできた。風花に近づき、目の前に立ち止まった。手すりにつかまった龍子はあせだくで、ぜいぜいと息を切らしている。

「つ、強かった」

「え？」

「決勝戦で戦ったヤツよりも、風花のほうが十倍強かった」息を整え、龍子は言葉をつづけた。「だから落ちこむことはない」

落ちこんではいない。でも風花は「ありがと」と礼を言った。

「いつかまた戦おう」

「わかった。今度は負けない」

「あたしもだ」と言ってから龍子は停車ボタンをおした。

「それだけを言いにバスを追っかけてきたの？」うしろの席からママがたずねる。

「はい。つぎでおりて、また会場にもどります」

「タツコはイイひとだな」

未来に言われ、こまった顔をしながらも龍子は少し笑った。つぎのバス停に着くと、そそくさとおりてすぐ、会場にむかって走っていった。

13 陽菜子と風花

「どう？」

「いいんじゃない？」

「もうちょっと言いようがあるでしょう。せっかくママがあなたのために愛情こめてつくったんだからさ」

娘は改めて姿見に映る自分を見た。小さな花がらのワンピースを着ている。

今日は六月第二日曜、ジュニアグランプリの東日本地区予選からほぼひと月が経つ。朝のジョギングから帰ってきた娘は朝食を済ませたあと、ダイニングに陽菜子の姿見を運んできた。シャドーボクシングでもするつもりだったにちがいない。その前に、これ着てちょうだい、と陽菜子はお手製のワンピースを渡した。

「うしろも見なさいよ」娘は言われたとおりにする。

いま、おつくりになっているのって、サイズからして風花ちゃんのですよね。それにしては地味過ぎません？

昨日、会社のミシン室で、ヒヨッコトリオの砧に言われてしまった。三人は今日おこなうコスプレ教室の準備にきていたのだ。地味なのは百も承知だ。五年生になった娘は、生地もデザインもシックでシンプルなものを好むようになったのだ。

でもやっぱ、アクセントは必要ですよ。首もとのうしろにリボン付けてみたらどうです？

讃岐が提案すると、つづけて君田が愛らしいリボンをさしだしてきた。

これなんか合うと思うんですけど。

たしかにピッタリだったので、試しに付けておくことにした。娘が嫌がったら外せばいい。

ところがだ。

「このリボン、かわいいじゃん」

「でしょ？」陽菜子は胸の内でヒヨッコトリオに感謝する。

「でもあたしのつくってる場合じゃないんじゃない？　サクラさんのウエディングドレス、まだできてないんでしょ」

「社長が手伝ってくれてるんで、あとひと月もすればできそうなの。今日はサクラさんに会社にきてもらって仮縫いするのよ。挙式の日取りより先につぎの試合が決まりそうだって、彼女、言ってたけどそうなの？」

「初防衛戦ね。十月に中国の選手と戦うことになるかもって、あたしは小町さんに聞いた」

「だとしたら結婚はそのあとかぁ。でも待って。まさかその試合で負けたら、チャンピオンじゃなくなっちゃうわよね。そしたらまた結婚を延期だなんてことは」

「ダメだよ、ママ。サクラさんはぜったい勝つって、信じてあげなきゃ」

そう言ってから、娘は姿見にむかって、シャドーボクシングをはじめた。さらに動きの切れがよくなり、パンチの速さが増している。

「打ってみてちょうだい」陽菜子は両手をかざす。「どんくらい強くなったか、たしかめてあげる」

「マジでイタいよ」動きを止め、娘は困り顔で言う。

「だったら手加減して」

「わかった」

娘は身体のむきを変え、陽菜子と正面に見あってから、ややうしろに下がる。そしてファイティングポーズをとった。その段階で陽菜子はヤバいかもと少なからず後悔した。殺気立つとまでいかずとも、娘はなかなかの迫力だったのだ。

「いくよ」

「どうぞ」

ワンツーと娘のパンチが飛んでくる。

「痛たたたたぁ」と声をだしてしまうほど痛かった。まるで手のひらを火で炙《あぶ》られたようだ。そんな経験はないにしてもである。「手加減してって言ったじゃない」

「全力の半分くらいだよ」

マジですかと思いながら、自分の頰に涙が伝っていくのを陽菜子は感じた。

「なくほど、いたかった？　ゴメン」

「ちがうのよ。子どもの前で泣くのはうれしいときだけにする」

「なにそれ？」

「あなたがうまれる前に、パパと決めたこと」〈子どもを育てるための五か条〉だ。「いま泣いているのはうれしいからよ。あなたが強くなってうれしいの」

オナカやアタマはクスリをのめばなおる。でもココロのイタみにはクスリがない。だからひたすらナクしかないそうだ。だからどんどんナイていいぞ。

未来ちゃんが言ったのを思いだしながら、止めどもなく溢れる涙を抑えることができずに、陽菜子は娘を抱き寄せる。娘もまた陽菜子の背中に手をまわし、ぎゅっと抱きしめてきた。

　午前九時には娘とウチをでた。陽菜子は会社で社長とふたりで、ウエディングドレスづくりのつづきだ。娘は正午から戸部ボクシングジムだが、その前に猫の事務所にむかう。掃除やエサやりなど、猫の世話をするためである。地区予選があったつぎの日曜から毎週、いくようになったのだ。これで四度目だ。織田公平はもちろん一路もいる。ただし今日は一路がナントカ模試で都心までいかねばならず、ジョギングもこなかったらしい。

　団地をでて、四車線の国道を渡る。鯨時計の門をくぐってすぐ、織田はんこからでてきた織田公平と、ばったり出会した。ただし彼は自転車だった。そのカゴには百均ショップの袋に詰めた猫のエサが載っていた。

「おはようございます」陽菜子に挨拶をしてから、娘に顔をむけ、「先にいってネコたちと待ってるからな」と言い残し、織田公平はまだ人気のない商店街を走り去っていった。

　公平くんは風花ちゃんのおかげで変わったんですよ。

　ときどき小町さんと琉珈琲でお茶をしており、つい先だって彼女がそう言った。まだつづきがある。

　公平くんだけじゃない。私も父も変わりました。風花ちゃんが熱心にトレーニングをしているのを見ると、自分もがんばらなきゃって思えてくるんです。練習生もみんな、よくその話をしてましてね。サクラが勝てて、晴れて結婚できたのも風花ちゃんのおかげと言って、過言ではないですよ。

いくらなんでもと思いつつ、娘をほめてもらい、陽菜子は悪い気はしなかった。だがそのあと、はたと気づいた。娘がボクシングをはじめたのがきっかけで、星矢と未来ちゃんに会えた。小町さんや松乃進、サクラともだ。さらにはサクラのガウンをいっしょにつくることで、ヒヨッコトリオとも打ち解けた。おかげで仕事も順調だ。

私自身、ずいぶん変わったと陽菜子は改めて思う。この一年で人生の幅が広がった。

すべては娘のおかげだ。

「どうしたの、ママ？　ぼんやりして。いこっ」

「ありがとね、風花」思わず口からでてしまう。

「なんかした、あたし？」

「いろいろよ、いろいろ。いろいろたくさん」


「みゃぁああぁ」「にゃぁああ」「ぐるるぅぅう」「みゃぁ」「みゃぁああ」「にゃぁ」

風花のウチよりも広い洋間に、すがたカタチ大きさがバラバラなネコが二十匹以上いる。やたら親しげにすりよってくるネコもいれば、毛をさかだててイカクしているネコもいる。キャットタワーのてっぺんにすわり、まさに上から目線で見ているネコもいた。

鯨沼駅の改札口までママを見送ってから、猫の事務所をおとずれた。織田公平の大オバさんは、ついさっき近所に用事があるとでかけていった。大オバさんとはいままで何度か会っている。本人もネコみたいなひとだ。先々週の日曜にここでおこなわれた、ホゴネコたちを里親にわたす会を風花が手伝ったときだ。猫の事務所という名前は、宮沢賢治のお話のタイトルからとったのですか、と大オバさんにたずねたところ、よく知っているわねぇとほめられた。だけどここのネコはみんな自由気ままにやってて、あのお話みたいに、ネコ同士のイジメはないのよ、と笑ってもいた。二階の本棚には、宮沢賢治の本がたくさんならんでおり、織田公平が図書室で、『よだかの星』を読んでいたのは、大オバさんのすすめだったらしい。

織田公平にはネコたちのブラッシングをたのまれた。ただしすべてのネコをやる必要はない。いやがるネコもいるのだ。それとは反対にブラシを見ると、近づいてくるネコもいた。いまブラッシング中のネコがそうだ。

アメショーっぽいけど、こいつはサバトラだな、と以前、一路に言われたネコだ。どっちだってイイじゃないと当のネコは言いたげだった。風花もそう思った。

ネコの砂を表へ捨てにいってもどってくると、織田公平は部屋のあちこちにある皿に、それぞれちがうエサを順番に入れていった。自分が好きなエサのところに、ネコがよっていく。風花がブラッシングをしていたネコもいってしまった。するとだ。

「これでこっからむこうの部屋半分、コロコロしてくんないか」

織田公平からクリーナーをうけとる。そしてふたりで部屋の真ん中からはしっこにむかって、床をコロコロした。ハンパの量ではないネコの毛がとれていく。ネコが食事のあいだに、部屋のそうじをしてしまうのだ。だがそうはウマくいかない。

「みゃぁご」「にゃにぁあ」「ふぎゃぁあ」「みゃあ」

エサに目もくれず、織田公平の元に集まるネコたちもいる。

「なんだ、おまえら。そうじしてんだから、あっちいってろって。ジャマだよ、ジャマ。あとで遊んでやるから待ってろ」

どんなひとでもイイとことワルいとこがあるって、ママがいってたのは、ほんとなんだな。未来が言っていたのを思いだす。織田公平は自分勝手でもなければワガママも言わない。まわりのみんなにメーワクをかけることもなくなった。中学では無口でアイソがわるく、ボクシングをしているせいで、おそれられてもいるらしい。鯨沼商店街に流れるウワサを、小町さんが聞きつけて教えてくれた。なのに女の子の人気はダントツ一位であることもだ。

ひと月前の地区予選で織田公平は二回戦目で負けてしまった。相手が悪かった。中学三年生で、去年の全国大会のチャンピオンだったのだ。マコト先生がビデオカメラでとっていたこの試合を、ジムで見たが、それはもうボコボコにやられて、かわいそうなくらいだった。

よっぽどくやしかったんだろうね。リングから下りてから泣きくずれていたわ。

これまた小町さんに教えてもらった。でもその話を風花は知らないふりをしている。他のみんなも、本人の前ではぜったいに言わない。一路は風花にもしたことがなかった。そのへんは信用がおける、いいヤツだ。

「橘」

「はい」

自分が考えていることに気づかれたのかと思い、風花はあわててしまった。あと少しでおわりそうなところで、手をとめて顔をあげる。織田公平は反対側のはしっこに立っていた。コロコロはおわったようだ。

「オレのほうこそ、ありがとな」

風花は面食らった。

どうした？　今日はなにが起きているんだ。ありがとねって、ママにも言われたし。

「地区予選の前の日に、オレに言っただろ、ありがとって」

言った。破門が解けたことについての礼だ。すると織田公平は、おそすぎね？　と言い返してきた。

「あとから考えたら、オレも橘に礼を言うべきだったと思って」

それでいま？　そっちこそ、おそすぎやしないか。

「なんかした、あたし？」

ママにしたのと、おなじ返しをしながら、残りの床をコロコロしていく。

「橘のおかげでボクシングがまたできるようになった。そして自分よりも弱いヤツをイジメるよりも、強いヤツにいどんだほうがおもしろいことがわかった」

負けて泣きくずれたくせに、とは言えない。風花もはしっこまでたどりつき、すっくと立ちあがる。すると織田公平がファイティングポーズをとっているのに気づく。そしてこちらにむかって、ワンツーをくりだしてきた。風花もクリーナーを床に置き、おなじポーズをとってからヒザを曲げ、ダッキングで織田公平のパンチをよける。ふたりともその場を動かず、数メートルはなれたままで、戦いつづけた。ここまではなれずとも、ジムでもときどきこの練習をすることがあった。

おナカの左、イブクロめがけてフックを打つ。当たった。と思ったが、織田公平は平然と左ストレートを打ってくる。ここで文句を言っても意味はない。

「みゃあ」「にゃぁああ」「みゃぁああ」「にゃあ」

ネコたちがさかんに鳴きだす。なにかを求めているのではなく、ふたりをオーエンしているようだ。

キックキックトントン、キックキックトントン。

いつもどおり、風花はつぶやく。

「橘っ。おたがい強くなろうな」

「はいっ」風花は素直に答えた。

キックキックトントン、キックキックトントン。

キックキックトントン、キックキックトントン。


（おわり）

りんどうの花が咲いている

みゃぁああ。

猫の鳴き声がした。だが姿は見えない。

どこだろう。

織田《おだ》公平《こうへい》は立ち止まって耳を澄ます。でも聞こえてくるのは、むかって右のパチンコ屋の何十もある台が発する効果音と騒々しいＢＧＭ、左の大型スーパーからの陽気なオリジナルソング、背後のロータリーを走るバスをはじめとした車のエンジン音、鯨沼《くじらぬま》駅のアナウンスに電車が走る音、行き交う人々の足音にしゃべり声といった街の騒音ばかりだった。

遠くからキンコンカンと鐘の音もする。鯨沼商店街の鯨時計が午後五時を報《しら》せているのだ。九月もなかばだが、夏の暑さは粘り強く残っており、Ｔシャツに七分丈のパンツでも、全身からじっとりと汗が滲《にじ》みでてきた。

猫のことが気になる。だが捜している余裕はない。三十分後には橘《たちばな》風花《ふうか》の祝賀会が開かれる。それまでに彼女に渡す花を買っていかねばならなかった。二つ返事でオッケーしたはいいが、ジムをでる直前、小町《こまち》コーチから五千円札を渡されたときにはビビった。こんな大金、ふだん持ち歩かないし、もちろんそれだけの買い物など中三の今日まで、したことがなかったからだ。

ここは鯨沼駅前にある川原崎《かわらざき》花店だ。パチンコ屋と大型スーパーのあいだというよりも隙間に立つ三階建てのビルの一階にあった。二階は路面側の窓一面に『鯨沼囲碁《いご》倶楽部《くらぶ》』と文字が貼ってあり、三階は中が見えないようカーテンが引いてある。

さきほど着いたばかりで、店前に飾ってある花を眺めているところだ。ジムからダッシュしてきたため、荒くなった息を整えようと、口を覆うマスクを摘《つま》み、少しだけ空気の通りをよくする。

目の端に咲き乱れたバラが見えた。正しくはバラの花のラッピングが施された、一人乗りの電気自動車だ。公平はその車が町中《まちなか》を走るのをよく見かけた。川原崎花店の車で、花を配達して回っているらしい。ちょうど戻ってきたところで、店の裏手にある車庫に入っていくのだろう。

待てよ。いったいどんな花を買えばいいんだ？

公平は首を捻《ひね》った。まったくのノープランだったのだ。

小町さんに訊いときゃよかったな。

いまさら悔やんでも遅い。公平は中三になってから、祖父にスマホを買ってもらったものの、いつまで経《た》っても持ち慣れず、今日も自宅に置いてきてしまった。おかげでジムに電話もできないし、ふさわしい花をネットで検索することもできない。こうなれば自分で考えるしかない。だがいまになって気づいたのだが、花屋で花を買うのははじめてで、どう選べばいいのかさえ、見当もつかなかった。

本来ならばおなじ戸部《とべ》ボクシングジムの練習生で、おなじ鯨沼中学の三年だがクラスは別々の宇田川《うだがわ》という男子がその役目だった。しかし彼は昨日の金曜、学校を休み、今日はジムを休んでいた。コロナではなく、ただの風邪らしい。祝賀会をいちばん楽しみにしていたのは宇田川だ。橘風花を祝ってあげたいわけではなく、会場が鯨沼商店街にある焼肉屋で、食い放題だからである。

橘様様だよなぁ。これから先も彼女にはがんばってもらわなくちゃ。

つい先日、ジムの帰り道に、宇田川が同意を求めるように言ったのが気に入らず、公平は彼のケツに蹴りを食らわした。

いってぇな、なにすんだよ。

橘に頼ってねぇで、てめえもがんばれっ。

宇田川を叱りつけたものの、それは織田自身にも言えることだった。

半月前の八月末、ジュニアグランプリ全国大会が茨城《いばらき》県の水戸《みと》市で開催され、橘風花は中学生女子四十五キロ級で優勝を果たした。それも決勝戦は1RKO勝ち、たったの十五秒で勝利を収めたのである。

ただし橘風花自身がこの優勝をよろこんでいるかと言えば少し微妙だった。小学校四年からこの大会に出場していたものの、これまで東日本地区予選止まりだった。というのも全国大会への切符は、いつも橋本龍子《はしもとたつこ》に奪われていたからだ。では中学一年になった今回、彼女を倒したのかと言えばそうではない。

橋本龍子はジュニアグランプリに出場しなかったのだ。東日本地区予選があった頃、橋本ボクシングジムで新型コロナのクラスターが発生し、感染は免《まぬが》れられたものの、濃厚接触者のため、橋本龍子は外出さえできない状況だった。宿敵と拳《こぶし》を交えることもなく、橘風花は心残りというか不完全燃焼におわってしまったのである。

公平も今年はじめて全国大会に進出した。中学生男子五十四キロ級で、トーナメントを順調に勝ち進み、決勝戦は3ラウンドまで戦い抜いた。ＫＯはできなかったものの、我ながら満足いく出来で、試合直後には自分の勝利を確信していた。ところが判定負けで、優勝を逃す結果となった。三年前、東日本地区予選に二回戦敗退した際、リングから下りるなり泣き崩れてしまった。中学三年ともなると、さすがにそこまではしなかったにせよ、抜け殻のようになり、水戸から鯨沼までどうやって帰ったのか、まったく記憶がなかった。

ちなみに宇田川は東日本地区予選で、中学男子四十八キロ級を初戦敗退におわっていた。その後、対戦相手は全国大会で優勝しているので、やむをえないと言えなくもない。それでももっと悔しがるべきではないかと公平は思っていた。初戦で負けた直後、へらへら笑っていたのが、いまでも許せない。

みゃぁああ。

ふたたび猫の鳴き声がした。

空耳？　そんなはずはない。

店の中かなと思い、川原崎花店を覗きこもうとしたときだ。

がんっ。

右足の爪先になにかが当たった。店の前にある縦八十センチ横四十センチくらいの黒板で、そこにはチョークでこう記されていた。

〈「ああ、りんどうの花が咲いている。もうすっかり秋だねぇ。」これは宮沢賢治《みやざわけんじ》のある作品のセリフです。花をお買い上げのうえ、どの作品か正解したお客様には素敵なプレゼントをさしあげます！〉

織田公平はその答えがすぐにわかった。宮沢賢治の作品の中でも一、二を争うくらいメジャーだ。公平も好きな作品で何遍も読み返し、その場面を頭の中で再生することもできた。

小学生の頃にはりんどうがどんな花なのか、図書室の図鑑で調べたことがある。それだけではない。宮沢賢治は〈月長石《げっちょうせき》ででも刻まれたような、すばらしい紫のりんどうの花が咲いていました。〉とも書いていたので、月長石もべつの図鑑で調べねばならなかった。

図鑑に載っていたりんどうは真っ直ぐに伸びた長い茎に、筒っぽいカタチをした花がたくさんついていた。ただし色は紫というよりも青に近かった。月長石もやはりそうだった。

実物のりんどうを目にしたのは中学一年の秋だった。

キラキラヶ丘団地の中を橘風花とジョギングしている最中、その一角にりんどうが咲いているのに気づいたのだ。団地の住民のだれかが育てているらしい。指差して教えると、橘風花はりんどうがでてくる宮沢賢治の作品の名前を言った。彼女も読んでいたのだ。今朝もふたりでりんどうの前を走っている。蕾《つぼみ》が膨らみだして、開花も間近のようだった。

じつはいま、公平の前には溢れんばかりのりんどうがあった。川原崎花店の店頭に飾ってあるのだ。もちろんすべて売り物で、花の色は小学生の頃に見た図鑑の写真とおなじ、青が圧倒的に多い。つづけて多いのは紫で、白や淡いピンク、白地で花びらの先が水色のもあった。そんな中、どれよりも公平の目を引いたのは鮮やかな赤のりんどうだった。

橘にはこれがピッタリだな。

根拠や理由はない。強いて言えば直感か。

そのときになって、店の窓ガラスに〈敬老の日の贈り物にりんどうはいかがでしょう?〉と手書きの紙が貼ってあるのに気づいた。敬老の日は明後日の月曜だ。

いつからそんなことになった?

公平は両親がいない。物心がついた頃からずっと祖父母に育てられている。だが敬老の日にりんどうを贈ったことなど一度もなかった。

「よく見て」

ほんの少し離れたところで男の子が言った。愛媛《えひめ》に引っ越した未来《みく》とおなじ、六、七歳くらいだろう。

俺に話しかけた?
ちがった。男の子のむこうで聞き返すひとがいたのだ。

「なにを見ればいいの、ランくん」

馬淵《まぶち》じゃんかよ。

クラスメイトの馬淵千尋《ちひろ》である。制服姿ではなく、野球のユニフォームだった。彼女は地元の女子野球チーム、キラキラヶ丘サンシャインズの四番でキャッチャー、そしてキャプテンなのだ。町中で見かけるときは、普段着よりもこの恰好《かっこう》のほうが多かった。

ランくんの視線にあわせるためだろう、馬淵は腰を屈《かが》めている。どうやら公平には気づいていないようだ。

「りんどうの花のほとんどが開いていないで、つぼんでいるでしょう？」

「いま買って持って帰って、二、三日後に咲くんじゃない？」

「ちがうんだなぁ」ランくんはえらそうに言う。ただし生意気さよりもかわいらしさのほうが勝っていた。「いつまでまってもつぼんだままで、そのうち茶色になって、かれちゃうんだよねぇ」

「マジで？」

「マジだよ。こうして花屋さんで売られるりんどうは、もともと花がほぼ開かないエゾリンドウ系だからなんだ。少し開いているのはササリンドウ系で、エゾリンドウ系よりもおくれて、いまぐらいに花屋さんで売られるようになるんだ」

よくもまあ、こんな小さな子がそんなことを知っているものだと、公平は感心してしまう。

「ラーメンに二郎系と家系があるのとおんなじか」

　ちがうだろ。

　馬淵のトンチンカンな意見に、公平は胸の中でツッコミを入れた。するとあたかもそれが聞こえたかのように、馬淵が見上げてきた。

「織田くんじゃん。なにしてんの、こんなとこで」

「花を買いにきた」間抜けな答えだと公平自身思う。

「なんで？」そう言いながら馬淵が立ちあがる。「だれかへのプレゼント？」

「うん、まあ」

　公平は中三男子のごく平均的な体格だ。対して馬淵は優に五センチは高かった。肩幅も公平の一・二倍はあるだろう。骨太でがっちりしているし、腕や脚も太い。向きあうだけで、その圧に押されてしまう。なのに、というかだからこそか、馬淵はだれに対してもフランクに接することができて、男女いずれにも人気が高い。大勢の女子からバレンタインデーのチョコをもらうし、男子に交じって野球のみならず、サッカーやドッジボールで遊んだりもする。宇田川などはとくに仲がいい。ただし公平は小中学校おなじなのに、ほとんど口をきいたことがなかった。

「そっか。わかった。今日、ボクシングの試合があるジムのだれかに渡す花束を買いにきたんじゃない？」

　ヴィクトリアと試合をするサクラに、未来が渡した花束もここで買った話を、小町コーチから聞いたのを思いだす。いや、それよりもだ。

「俺がボクシングジムに通っているの、知ってんのか」

「その恰好で町を歩いていれば、みんなわかるよ。あたしのユニフォームほどじゃないにせよ目を引くもの」

　公平が着ている黒地のTシャツは、背中に白抜きで『TOBE BOXNG GYM』とプリントしてあった。たしかに馬淵のユニフォームほどではないにせよ、わかって当然だ。

「けっこう強くて、今年は全国大会に決勝戦まで勝ち進んだのに、判定負けしちゃったんだよね」

「だれからそれを？」

「宇田川くんからよ」

　夏休みに入ってすぐ、宇田川に誘われ、隣の市の球場までキラキラヶ丘サンシャインズの応援にいったことがあった。馬淵がスポーツ推薦で高校に進学するらしいという噂を聞き、どれほどの実力なのか、自分の目でたしかめてみたいと思ったのだ。結果、その試合で馬淵は二安打一本塁打の活躍で、キャッチャーとしての役割もじゅうぶん果たしていた。

　あの試合を見てよかったと公平は思っている。クラスメイトがあれだけがんばっているのだから、自分だってできるはずだと励まされたからだ。いや、ある種の対抗心だったかもしれない。いずれにせよ、そのおかげでジュニアグランプリを決勝戦までいけたと言っても過言ではない。できれば馬淵には礼を言いたいところだが、どう伝えればいいものかわからず、そのままだった。このことは他のだれにも話したことはない。

「全国大会で優勝した中一の女の子がいるんだよね。名前はたしかフーカさん」

「それも宇田川から？」

「じゃなくてウチのチームに、フーカさんとおなじクラスの子がいて、教えてもらったんだ」

「その優勝した子に渡す花束を買わなきゃいけないんだ」五時半から橘風花の祝賀会があることも話した。「だけどどんな花がいいのかわからなくて」

「あと二十分もないじゃない。どうするの？」

「ゴヨサンはいかほどですか」

いきなり口を挟んできたランくんを、公平はまじまじと見ながら、「ご予算って、花束の？」と聞き返した。

「そうです」

「ジムのコーチからは五千円渡されてきたんだけど」

子ども相手になんで正直に答えているのだ、と公平は我ながら思う。するとランくんはつづけてこう言った。

「もしよろしければ、ぼくが五千円分の花をおえらびいたしましょうか」

なんなんだ、この子は？

唐突な申し出に公平は面食らってしまう。

「ランくんはこの店の常連さんで、幼稚園の頃からほぼ毎日通っていて、花についてとっても詳しくてさ」フォローするように馬淵が言った。「いまもお母さんが隣のスーパーで買い物をしているあいだ、ランくんはこの花屋で花を見ながら待っているの。ときどきこうしてお客さんの花を選ぶのも珍しくないわ。頼んでみたらどう？」

　りんどうについての知識を聞いたかぎりでは信じてもよさそうだ。それに公平としても願ったり叶ったりではある。

「それじゃあお願いしようかな」

「かしこまりました」芝居がかった口調でランくんが言う。「さっそくですが、りんどうの中で、お好きな色のはどれでしょう」

「赤いのかな」

「さすがおきゃくさま、お目が高い」

　ランくんの説明によれば国産のピンク色の花と、ニュージーランド産の赤色の花をかけあわせてできた、日本ではじめての赤いりんどうで、出荷されるようになってからまだ数年程度らしい。川原崎花店の店長さんが、花の市場で親しくしている仲卸《なかおろし》のひとに頼みこんで、仕入れてもらったのだという。

「まさにキショーヒンシュです」

　キショーヒンシュは希少品種か。そんな言葉、中三だって滅多に使わない。

「いいじゃん。ひとまずキープしておこうか」そう言いながら、馬淵が赤いりんどうを水に入った筒から抜き取った。「一本じゃ寂しいよね。三本にしとく？」

「そうしましょう」とランくんは答える。「赤いのだけでなく、他のりんどうもほとんどが岩手《いわて》でつくられているんですよ」

日本全国に流通するりんどうの七割方は岩手産なのだと、ランくんは教えてくれた。その話を聞きながら、公平は黒板に目をむける。宮沢賢治が岩手出身であることを思いだしたからだ。

宮沢賢治が作中にだしたから、りんどうの生産が盛んってこともないよな。

でもなにかしら因縁めいたものは感じる。

「織田くんだったら、あの答え、わかるんじゃない？」

赤いりんどう三本を大事そうに持ち、馬淵が訊ねてきた。その視線も黒板にむけられている。

「わかるけど、どうしてそう思うんだ？」

「だって織田くん、小学生の頃、雨の日は決まって図書室で宮沢賢治の本を読んでたじゃん。あたし、何度か見かけたことあるよ」

たしかにそうだった。でもそんな自分を馬淵が見ていたなんて、一度も気づいたことがない。

「織田くんが読んでた本、女の子達が争うようにして借りてたのって知らない？」

「知らない」本当に知らなかった。どうして女の子達がそんな真似をするのかも、よくわからなかった。「馬淵さんも借りたの？」

「あたしが借りるわけないでしょ」馬淵は強い口調で言った。そこまで強く否定しなくてもいいのにと公平は思う。「宮沢賢治の本は母さんが子どもの頃に読んでいたのがウチにあったからさ。この作品も読んだんだ。りんどうの花がでてきたあと、主人公の友達が言うセリフが、あたし、好きっていうか胸に刺さったんだよね。〈ぼくはおっかさんが、ほんとうに幸《さいわい》になるなら、どんなことでもする。けれども、いったいどんなことが、おっかさんのいちばんの幸なんだろう〉」

　公平は少なからず驚いた。そのセリフが好きというひとを、もうひとり知っているからだ。橘風花である。母子家庭の彼女は、いつも母親のことを気にかけていたので、当然だと納得できた。

　馬淵んとこも母子家庭じゃなかったかな。

　離婚して父親がいないという話を、以前だれかから聞いたことがある。だからといって、わざわざそれをたしかめる気にはならなかった。

「さいわいってしあわせってことだよね」ランくんが言った。それまでふたりのあいだで黙って話を聞いていたのだ。

「そうだけど」と馬淵が答える。

「ママにとってのいちばんのしあわせは、ぼくが元気なことだって、ぼくのママはいってたよ。チヒロはそんだけ元気なんだから、チヒロのママはしあわせにきまってるじゃん」

「そっかなぁ」

「そうだよ。このあいだのシアイで、声だしはダメなのに、チヒロのママ、チヒロがバッターボックスにたつたびに大声でオーエンしてたでしょ」

宇田川と観戦した試合で、「がんばって千尋」「あなたならばできる千尋」「やっちまいな千尋」などと叫び、何度も注意されていた女性がいた。あれが馬淵の母親だったにちがいない。

「たしかにウチのチームが勝つと、だれよりも母さんがよろこぶけど」

橘風花の母親もおなじだ。いや、どうだろう。橘風花の話では、ボクシングをすることに母親が反対をしたことはないらしい。だが娘が勝っても負けても、試合がおわりさえすれば、ほっと胸を撫《な》で下ろしているのが、ありありとわかった。橘風花の母親にとっては、娘が元気であることが〈幸〉とは言い難いかもしれない。

みゃぁああ。

「どうしたの」あたりを見回す公平に、馬淵が訊ねてくる。

「どこかで猫が鳴いていないか」

「聞こえないよ」耳に手を当てながらランくんが言う。

「どこから聞こえてきたかわかる？」と馬淵。

「店の中からだと思うんだが」

「だったらテンチョーさんにきいてみよう」

そう言ってランくんが店内へ入っていく。馬淵と公平もそのあとについていった。

「猫なんかいないわよ」

レジ横にある大きな作業台で、小さなブーケをつくりながら、店長さんが答えた。カーキ色のポロシャツに緑に灰色を混ぜたような色のエプロンといういでたちだ。歳は三十代なかばだと思うがどうだろう。顔の下半分はマスクに隠れているのでさだかではない。

「どうしていると思ったの？」

「鳴き声が聞こえたって、彼が言うんです」そう答えながら、馬淵は公平のほうに顔をむけた。「おなじクラスの織田くんです」

「織田はんこさんとこの坊《ぼっ》ちゃん？」

「ええ、まあ」坊ちゃんなんて言われたのははじめてだ。

「戸部さんのジムに通っているんでしょ。一旦辞めてたけど、小六からまたはじめたって」

なぜそれを？

「よく知ってますね」公平の代わりに馬淵が言った。

「小町さんが話していたのよ。彼女とは近所のスナックで、ときどき会うんだ。技術も体力もあるのに、リングにあがると緊張して、思うように戦えないのが惜しいとも言ってたな」

まったくもってその通りだ。でもそれを酒の肴《さかな》にしないでほしいと思わないでもない。

「それ、おばあさんに買ってくるように頼まれたの？」

店長さんが馬淵にむかって言う。それとは赤いりんどうのことにちがいない。

「ちがいます。織田くんが通うジムに、全国大会で優勝した女の子がいて」

「風花ちゃんね。その子のことも小町さんに聞いた。ふだんはおとなしくて控えめなのに、織田くんとは正反対で、リングにあがるとヤバくなるって」

「その子の祝賀会がこれからあるそうなんです。そこで渡す花束を」

「ぼくがつくってさしあげることにしたんだ」

「全国大会の優勝者に渡す花束に、りんどうはピッタリだもんね。さすがはランくん」

どうしてりんどうがピッタリなのか、公平が訊ねようとしたときだ。

　みゃぁああ。

「聞こえた」と言ったのはランくんだ。「ぼくにもネコが鳴くのが聞こえたよ。このビルのどっかいるんじゃない？」

「キクちゃぁん」

「はぁい」店長に呼ばれ、バックヤードから女のひとが顔をだした。

「配達の途中、どこかで猫を拾ってこなかった？」

「いいえ」キクちゃんは目をぱちくりさせた。「なんでです？」

「配達ってバラの車でしているんですよね」公平はたしかめるように言う。「あの車が戻ってくる前から、猫の鳴き声は聞こえていました」

「囲碁倶楽部のだれかが持ちこんできたのかしら」と店長さんは天井を見上げる。

「聞こえてきたのは上じゃないよ」ランくんがきっぱり言い、右腕を水平にあげ、キクちゃんが顔をのぞかせるバックヤードのほうを指差した。「あっちからだった」

「ここにはいないってば」キクちゃんが口を尖《とが》らせる。

「その裏って車庫ですか」すかさず公平は訊ねる。

「裏って言えば裏だけど、バックヤードをでると、ビルの玄関口で、そこを挟んだむこうよ」と店長さん。

　もしかしたら。

　公平はあることに気づき、なおも訊ねた。

「車庫にはバラの車の他には？」

「私のミニバンが一台あるわ。そんなに気になるんだったら、車庫にいってみる？」

「お願いします」

　それから十分後、午後五時半を回っているのにもかかわらず、公平は繁華街の中を歩いていた。祝賀会会場の焼肉屋とはまったく反対方向である。両腕には川原崎花店でもらった段ボール箱を抱え持っていた。鉢植えなどを贈る際に使う縦長のもので、つくりは頑丈だった。いまその中には猫がいる。

「どうして車のボンネットにいるってわかったの？」隣を歩く馬淵が訊ねてきた。

「よくあることなんだ。とは言っても俺自身が実際出会《でくわ》したのは今日がはじめて」

猫は店長さんのミニバンのボンネットの中、エンジンルームに潜んでいたのだ。

「エンジンの熱で暖かくなったところに入りこんじゃうんだよ。だから冬に多いって言われているけど、わりと年間通してあるらしい。もともと猫は自分の身を守るために、狭くて薄暗いところが好きだからな」

猫は首輪もなく痩せ衰えており、野良猫にちがいなかった。そこで公平が猫の事務所へ連れていくことにした。祖父の姉が自宅の一階を改築しておこなっている猫の保護施設だ。

「店長さんも言ってたけど、車庫にとめた車のボンネットの中にいた猫の鳴き声を、店の前で聞き取るなんて、よくできたよね」

「小学校のときから野良猫の保護をしているんで、猫の鳴き声には敏感なんだと思う」

「それってほとんど超能力の領域じゃない？」

馬淵は自分の言ったことに笑う。公平もつられて笑っていた。

小町さんのスマホの番号を登録しているというので、店長さんのスマホを借りて電話をかけさせてもらい、事情を話した。そしてだれかに花束を取りにきてもらってはどうかと提案したところ、小町さんにはこう言われた。

風花ちゃんはきみから花束をもらいたいと思うんだ。切磋琢磨《せっさたくま》してがんばってきた仲なんだからさ。

そういうものかと思いつつ、ランくんには引きつづき、花束をつくってもらうことにして、ひとまず川原崎花店をあとにしてきた。すると公平の隣に馬淵が並んで歩きだした。自宅が猫の事務所の近くだから、途中までいっしょにいくという。断る理由はないので、好きにさせることにした。

「織田くんってどこの高校、いくつもり？」

なんだ、いきなり。っていうかそれ訊いてどうする？

そう思いながらも、公平は隠すことでもないと、隣町の公立校の名を挙げた。自分の頭の出来に見合った、いちばん近い高校だからだ。

「あたしもおんなじとこ、いこうかな」

「どうして？　馬淵さん、スポーツ推薦で高校に進学するんだろ」

「でもさ、これ以上、野球をつづけることに、なんか意味あるのかなって、迷っているとこなんだ」

　公平は驚き、思わず馬淵の横顔を見てしまう。たしかにこれまで見たことがない、憂いを帯びた表情になっている。

「つづけるべきだよ」気づけば公平はそう言っていた。「夏休み入ってすぐの試合を見にいったけど、すげえホームラン打ってたじゃんか。あれ見て、おんなじクラスのヤツがこれだけがんばってるんだから、俺も負けちゃいられないって思ったんだ」

「みゃあああぁ」

　相槌《あいづち》を打つように、段ボール箱の中の猫が鳴いた。だが馬淵はおなじ表情で口を閉ざしてしまった。余計なことを言ってしまったかと、公平は少なからず後悔する。いちばんの近道だからと、繁華街を通っているのも間違いに思えてきた。六時近くでキャバクラやガールズバー、スナックなどがオープンし、ケバケバしい電飾の光に照らされているのが、どうにも落ち着かなかったのだ。

「織田くんこそどうなの？」やがて馬淵が訊ねてきた。「ボクシングをつづけてくつもり？」

「それはまあ」

「プロ目指してるわけ？　それともオリンピックにでようとしているとか？」

「そういうのはあんまり考えないようにしているんだ。目標を掲げちゃうと、それだけでプレッシャーになるし、叶わなかったときのダメージがデカいだろうからね。だったら自分ができることを、毎日ちょっとずつコツコツこなしていったほうがいい。そうすれば自《おの》ずと道は開かれるはずだし」

「自《おの》ずと道は開かれるか」その言葉を噛《か》みしめるように馬淵は呟《つぶや》いた。「さすが織田くん、いいこと言うね」

　なにがさすがなのか、公平自身よくわからなかった。それにいま話したことはすべて小町さんの受け売りだった。ジュニアグランプリで優勝を逃した翌日、事務室に呼びだされて言われたことである。それを白状しようと思ったができなかった。

「あたしん家《ち》、こっちなんだ」ちょうど繁華街を抜け、交差点をでたところだった。馬淵は表情に明るさを取り戻している。「それじゃあね」

　走り去っていくその背中を、公平はしばらく眺めていた。

大伯母《おおおば》に猫を渡してから、公平はダッシュで川原崎花店まで戻った。花束は完成していたが、ランくんはいなかった。スーパーで買い物をおえたママが迎えにきたのだという。

「でも花はぜんぶ、ランくんが選んだのよ。きれいでしょ。赤いりんどうにあわせて、赤いトルコキキョウに赤いバラ、それにピンクと白のピンポンマムね。あとはぜんたいが際立つように葉ものもくわえてみたの。いかが？」

「ありがとうございます」

礼を言いながら、橘風花には派手過ぎやしないかと思う反面、優勝を飾ったのだからこれくらいは当然と納得もできた。お金を支払ってから、公平はさきほど聞きそびれたことを訊ねた。

「全国大会の優勝者に渡す花束に、りんどうはピッタリだって言っていましたが、どうしてです？」

「去年の東京オリンピックで、メダルの副賞に花が渡されているの、気づかなかった？」言われてみればそうだったかもしれないとしか、公平は思いだせなかった。「あれってビクトリーブーケって言って、東日本大震災で被災した地域で育てられた花だったの。岩手県産のりんどうもその中にあって、このトルコキキョウも福島《ふくしま》県産なのよ。それにね、りんどうの花言葉が勝利なんだ」

本当にピッタリではないか。

「あと、これ」店長さんがさしだしてきたのは、青いりんどうを押し花にした栞《しおり》だった。

「表の黒板の問題に正解したらあげることになっているの。あのお兄さん、答えを知ってるみたいってランくんは言ってたけど」
「わかります。あのセリフがでてくる作品の名前は」

（おわり）

謝辞

本書を書くにあたり、第六代ＷＢＯ世界ミニフライ級チャンピオン、ワタナベボクシングジム所属の江畑佳代子選手、株式会社辻洋装店さんにお話を伺ったほか、多くの関係者の方々にお世話になりました。

また左記の書籍を参考にさせていただきました。この場を借りてお礼申し上げます。

『ＤＶＤでわかる！　勝つボクシング　最強のコツ50』（メイツ出版株式会社）

著者

本書は『あたしの拳が吼えるんだ』（二〇二〇年二月　中央公論新社刊）を改題の上、加筆・修正したものです。

「りんどうの花が咲いている」は文庫版のための書き下ろしです。

中公文庫

あたしとママのファイトな日常《にちじょう》

2023年1月25日　初版発行

著　者　山本《やまもと》 幸久《ゆきひさ》

発行者　安部 順一

発行所　中央公論新社
〒100-8152　東京都千代田区大手町1-7-1
電話　販売 03-5299-1730　編集 03-5299-1890
URL https://www.chuko.co.jp/

DTP　ハンズ・ミケ
印　刷　三晃印刷
製　本　小泉製本

Published by CHUOKORON-SHINSHA, INC.
Printed in Japan　ISBN978-4-12-207312-8 C1193

各書目の下段の数字はISBNコードです。978-4-12が省略してあります。

中公文庫既刊より

く-19-10
ただいま家事見習い中 ハウスワーク代行・亜美の日記　鯨統一郎
家事代行会社のアルバイト・亜美が行く先で、トラブル発生！　意外にも鋭い推理力を持つ亜美は、事件を解決へ導けるのか？　ハートウォーミングミステリ。
206585-7

く-19-11
恋と掃除と謎解きと ハウスワーク代行・亜美の日記　鯨統一郎
家事代行業のアルバイトも板に付いてきた大学生の樋口亜美。意外にも鋭い推理力で、今日も派遣先の事件を解決する！　ハートウォーミングミステリ第二弾。
206724-0

こ-40-23
任侠書房　今野敏
日村が代貸を務める阿岐本組は今時珍しく任侠道を弁えたヤクザ。その組長が、倒産寸前の出版社経営を引き受け……。『とせい』改題。「任侠」シリーズ第一弾。
206174-3

こ-40-19
任侠学園　今野敏
「生徒はみな舎弟だ！」荒廃した私立高校を「任侠」で再建すべく、人情味あふれるヤクザたちが奔走する！　「任侠」シリーズ第二弾。〈解説〉西上心太
205584-1

こ-40-22
任侠病院　今野敏
今度の舞台は病院⁉　世のため人のため、阿岐本雄蔵率いる阿岐本組が、病院の再建に手を出した。大人気「任侠」シリーズ第三弾。〈解説〉関口苑生
206166-8

こ-40-38
任侠浴場　今野敏
こんな時代に銭湯を立て直す⁉　頭を抱える日村に突然、阿岐本が「みんなで道後温泉に行こう」と言い出し……。「任侠」シリーズ第四弾！〈解説〉関口苑生
207029-5

し-53-2
駐在日記　小路幸也
昭和五十年。雉子宮駐在所に赴任した元刑事・周平と、元医者・花の若夫婦。平和なはずの田舎町で巻き起こるのは、日誌に書けないワケあり事件⁉
206833-9

各書目の下段の数字はISBNコードです。978－4－12が省略してあります。

よ-39-1 **それからはスープのことばかり考えて暮らした**　吉田篤弘

路面電車が走る町に越して来た青年が出会う、愛すべき人々。いくつもの人生がとけあった「名前のないスープ」をめぐる、ささやかであたたかい物語。

205198-0

よ-39-2 **水晶萬年筆**　吉田篤弘

アルファベットのSと〈水読み〉に導かれ、物語を探す物書き。繁茂する道草に迷い込んだ師匠と助手——人々がすれ違う十字路で物語がはじまる。きらめく六篇の物語。

205339-7

よ-39-3 **小さな男＊静かな声**　吉田篤弘

百貨店に勤めながら百科事典の執筆に勤しむ〈小さな男〉。ラジオのパーソナリティの〈静香〉。ささやかな日々のいとおしさが伝わる物語。〈解説〉重松　清

205564-3

よ-39-4 **針がとぶ Goodbye Porkpie Hat**　吉田篤弘

伯母が遺したLPの小さなキズ。針がとぶ一瞬の空白に、どこかで出会ったなつかしい人の記憶が降りてくる。響き合う七つのストーリー。〈解説〉小川洋子

205871-2

よ-39-5 **モナ・リザの背中**　吉田篤弘

美術館に出かけた曇天先生。ダ・ヴィンチの『受胎告知』の前に立つや、画面右隅の暗がりへ引き込まれ……。さぁ、絵の中をさすらう摩訶不思議な冒険へ！

206350-1

よ-39-6 **レインコートを着た犬**　吉田篤弘

〈月舟シネマ〉の看板犬ジャンゴは、「犬だって笑いたい」と密かに期している。小さな映画館と、十字路に立つ食堂を舞台に繰り広げられる雨と希望の物語。

206587-1

よ-39-7 **金曜日の本**　吉田篤弘

子どもの頃の僕は「無口で」「いつも本を読んでいた」と周りの大人は口を揃える——忘れがたい本を巡る断章と、彼方から甦る少年時代。〈解説〉岸本佐知子

207009-7

よ-39-8 **ソラシド**　吉田篤弘

幻のレコード、行方不明のダブルベース。「冬の音楽」を奏でるデュオ〈ソラシド〉。失われた音楽を探し、もつれあう記憶と心をときほぐす、兄と妹の物語。

207119-3